不要丢下我

Unsaid

[美] 尼尔·艾布拉姆森 著

杨云升 程佳更 译

江苏人民出版社

图书在版编目(CIP)数据

　　不要丢下我／（美）艾布拉姆森著；杨云升，程佳
更译．—南京：江苏人民出版社，2012.4
　　ISBN 978-7-214-08091-2

　　Ⅰ.①不… Ⅱ.①艾… ②杨… ③程… Ⅲ.①长篇小
说－美国－现代 Ⅳ.①I712.45

中国版本图书馆CIP数据核字（2012）第065708号

江苏省版权局著作权合同登记：图字10-2012-185

UNSAID ©2011 by Neil Abramson

Simplified Chinese language edition published in agreement with

Neil Abramson c/o Folio Literary Management, through The Grayhawk Agency.

书　　　名	不要丢下我
著　　　者	[美]尼尔·艾布拉姆森
译　　　者	杨云升　程佳更
责 任 编 辑	曹富林
特 约 编 辑	朱　鸿
文 字 校 对	陈晓丹
装 帧 设 计	门乃婷工作室
出 版 发 行	凤凰出版传媒集团
	凤凰出版传媒股份有限公司
	江苏人民出版社
集 团 地 址	南京湖南路1号A楼　邮编：210009
集 团 网 址	http://www.ppm.cn
出版社地址	南京湖南路1号A楼　邮编：210009
出版社网址	http://www.book-wind.com
经　　　销	凤凰出版传媒股份有限公司
印　　　刷	北京兆成印刷有限责任公司
开　　　本	700毫米×1000毫米　1/16
印　　　张	17
字　　　数	247千字
版　　　次	2012年6月第1版　2012年6月第1次印刷
标 准 书 号	ISBN 978-7-214-08091-2
定　　　价	29.00元

U目录
NSAID

U 目录
NSAID

追寻

一切有生之物都会死亡，无人能阻止。

我这一生经历了太多的不如意，以我的经验来看，事情结局往往不会圆满。死亡毫无生命积极面可言。你会以为，死亡太过普遍并且无法挽回，人们应对处置死亡的过程多一些重视。遗憾的是，生命没有下一次。

在我有生之年，我的本职工作是如何使生命更容易地结束。作为一名兽医，我不过是专业康复的一名成员，与其说我被赋予了杀戮的权力，不如说我被赋予了理应杀戮的权力：我不仅挽救它们的生命，我也夺走了它们的生命。

由索命者和医治者双重身份衍生出来的矛盾，从我踏进兽医学院的第一天起，就一直陪伴着我。可我不明白，是因为我是一个掌握生杀大权的女人，还是仅仅因为我神经思维的某种方式让我萌生了这种矛盾。

尽管我曾尝试说服自己，我一直都在竭尽全力照看所有动物，但我依然经常担心那一个个被我结束生命的动物正在生命的终点等着我。我曾想象，无数双漂亮无辜的小眼睛在注视着我，在审判着我，在指责着我，一一列出我的罪状。它们的眼神仿佛在说，我对它们不够好，我不是一名优秀的兽医，仿佛在指责我对它们的生命放弃得太早了。或者对一些动物来说，仅仅因为人们的希望，我就让它们长久地在痛苦中挣扎，无视它们瘦骨嶙峋的可怜样儿。

这些恶行足以让我萌生罪恶感。对于像我这样的凡人来说，挤进天堂这项重任太难了些。是的，我曾经关爱过它们，但这些关爱与失去生命相比是微乎其微的。

我的病情日益严重，癌细胞从乳房扩散到淋巴结，我由担心变成了害怕，最后演变成恐惧。在这份我自找的负担过重的工作中，我的双手结束了许多生命，可我还没准备好如何去承担这些责任。直到一个亡灵对我的生命发出警示，才使我的内心充满羞愧，我无法再用否定和合理化来为自己辩解。

我开始相信，若不进行一次诚挚真实的忏悔我永远无法正视这些失败。对我而言，这种忏悔不能只是空洞的致歉语，而应该是寻求我曾经做过的那些事情的正当理由和意义。抑或相反，我最终承认了自己并不是我相信的那样，承认其实我并不真的在乎他们，无论是我的丈夫、我的同事和动物们，还是我曾追寻过的其他东西。

那次探求——如同将零散的线编织成一条富有规则的大花毯一样——耗尽了我的余生，疼痛变得让我难以忍受，吗啡注射液成了我最后的好朋友，直到生命终止。

所以，我两手空空到了这里，不能后退也不敢前进，这种状态持续越久我的记忆就会越模糊。即使在我死后的几天里，我仍然能感觉到那织物开始破裂，我曾预测的线索也逐渐从我身边溜走。虽然我相信，至少死亡能给我留下足够的时间来理清这些事情，可惜我没这么幸运。

我一直在留意，我希望我观察到的东西能让我理解，至少能让我在一切消失前、在我的人生变成空白前、在没理清这些事情前我能找到继续前进的勇气。我不确定，若我等待得太久会发生些什么，但我确定这些事情不会有什么好的转机。

如果你认为我现在的窘境不过是我神经过敏或者是怯懦胆小造成的，也许你是对的。但我只需问你一个问题：曾经，你夺走过多少生命？

第一章

UNSAID

死亡

极具讽刺意味的是：过去，我从未意识到死亡会潜伏在我的生命里，直到死亡的强大力量使我屈服。其实，死亡一直存在于我身边，可能是因为我太专注生活的忙碌了，忽略了它的存在。

我嫁给了一个孤儿：一个没被死神掳走的孤儿。应该说，是死亡让我们走到一起的。

当时，大卫为了赶去法律学院上夜课，正驾车超速行驶着。而我刚结束24小时的工作，从康奈尔兽医诊所出来，我的思绪还沉浸在一只名叫查理的大猩猩的印象中，我睡意蒙眬地驾着车朝相反方向驶来。

突然，一只硕大的鹿子从树林窜到公路上，由于车灯太刺眼，它不知所措地僵站在路中央。我立即踩下急刹，结果车从一侧的路堤冲了出去，熄火在茂密的丛林中。

大卫和那只雌鹿却没有我幸运，虽然他也踩了急刹，但还是晚了几秒钟。我只听见车身撞上肉体的可怕闷响，而后，随着轮胎发出的一阵刺耳摩擦声，大卫被甩到路的另一边。

我迅速爬上路堤，发现那头鹿子被汽车撞倒了，躺在路中央。它还活着，正拼命挣扎着试图站起来，可它的后腿已经骨折了。此时，我脑海中掠过各种各样的解决办法，却没有一个行得通。

"你还好吗？"大卫一从车里出来就冲着对面的我喊道。

当时我没理会他，而是径直向倒在路中央的鹿子跑过去。鹿子前腿的气力已经耗完了，全身瘫在地上。就在此时，我发现在离我们不足两英里的黑暗弯道处，有两只车灯正向我们驶来。

"不好！"大卫尖叫道，"开车的人看不见你！"

我用了差不多五秒钟的时间跑到那头被吓坏了的鹿子身边，抓住它的前腿，试图将它拖离车道。可由于鹿子受了深度惊吓，加之体重太重，所以我无法挪动它。

那辆逐渐驶近的小汽车现在离我们只有一英里了，大卫想将我从路中央拽回他的车边。他冲我吼道："快走，我们得赶快离开这里！"

我推开大卫："这事儿我能处理！"

当我再次抬起头，那辆车离我们大概只有半英里路程了。大卫是对的，因为公路的坡度很陡，等到开车的人看见我们时已经来不及停车了。

大卫不忍心将我留下，他迅速脱下自己的外套，用衣服在鹿的前腿和前膀处绕了两圈，将衣服的两只袖子绑成结。随后，他在前面拉我在后面推，也仅仅将鹿挪动了几英寸。

此时汽车越来越近了。

受了惊的鹿猛踢一脚，刚好踢在大卫的脸颊上，刮出一道很深的伤口，立刻有鲜血流出来。大卫的双腿开始颤抖，眼神充满无助。我似乎看到了他晕倒在道路中央的可怕画面：要赶在车经过之前挪开这个晕倒的男人，无论如何我是做不到的。

"别往路中央走！"我喊道。大卫使劲摇着头以使头脑清醒，我看见他的眼神逐渐明朗起来。

他试着抓紧他临时做成的绳索，"数到三，一起用劲，怎么样？"

我瞟了一眼那辆正向我们疾驰而来的汽车，距离实在太近了。我冲大卫点了点头，冰冷的夜色中我紧张得浑身冒汗。

"一，二，三！"如果这期间大卫还说了其他什么话，肯定被我用劲时的叫喊声和汽车的喇叭声淹没了。

就在汽车经过的一刹那，我们将鹿子从车道上拖开了，我们都累得瘫倒在路旁。那辆车甚至没有丝毫犹豫，随着喇叭声驶远了。

鹿子挣扎着抬起头，鲜血从它的鼻孔喷出，溅到我和大卫的身上。鹿子的血和大卫面颊上的血混在一起。

就在我准备向我的车走去时，大卫缓缓站起来，"你要去哪儿？"他在身后问我。

"待那儿别动！"又一辆车驶过，在我横穿马路时差点撞到我。

两分钟后我提着医药箱回到鹿子身边，取出一个大大的注射器和装有苯酚的暗粉色药水瓶：死亡看起来有着美丽的颜色。

"你要干什么？"

"我要杀了它。"

"杀了它？可我们刚刚……"

"它失血过多，血液已经灌满了它的胸腔。我是个兽医，相信我，它的生命已经走到了终点。"

"你什么时候知道这些的？"

"在路上看见它时我就发现了。"我边说着边将苯酚吸入注射器，之前我不止一次这样做过。

"那为什么我们还冒着生命危险将它从公路上救下来呢？"听起来大卫并没有生气，只是有些疑惑。

"因为我希望它最后听到的是我的声音，而不是一场车祸的声音。它离去的时候感受到的是温暖的双手，而不是将它的胸骨压碎的沉重的车轮。我十分抱歉，但它值得我们为它冒险，我们也愿意为它冒险。"

对于我的回答，大卫只是点了点头。我想他并没有完全理解，但他没有反驳。"我该做些什么呢？"

"我自己能行。"我边说边转过头去。

大卫抓住我的胳膊，"我知道你能行，但你没必要这样，让我来帮你吧。"

"好吧。将它放平，越轻越好，我要在它的脖子上注射。"大卫尽力依照我吩咐去做。那鹿子的眼睛睁得很大，眼神充满了疼痛和恐惧。我轻抚着它的喉咙，以缓解它的痛苦，同时也为了找到注射的脉管。

我深吸一口气，将针头扎进去，并迅速将药物推进脉管。鹿子挣扎了一会儿，最后将头垂落在大卫的胳膊上。我取出听诊器听了听它的心跳，"它走了。"我告诉大卫。

大卫轻抚着鹿子的头，一行泪水从他另一侧没受伤的脸颊缓缓滑落——可能是因为这次意外，可能是因为他脸颊疼痛的伤口，可能是因为这一天发生在他身上的一系列事情，也可能是因为亲眼目睹了这头鹿子的生命被我取走。他耷拉着双肩，呼吸越来越沉重，牙齿咯咯作响。就在此时，我似乎突然了解了这个我从未认识的男人。

那一瞬间，大卫仿佛变回从前那个孤独的高中男生。先是得知父亲的死讯，接着母亲也离他而去了。没人能分担他的悲伤，他只能独自将苦难吞咽。死亡用一种神秘的语言和他沟通，这种沟通方式改变了他，使他变得与众不同，使他一生经受了各种苦难和折磨。

"对不起……"他贴着鹿耳朵轻声说。

半小时后，我们到了汤普金斯县社区医院，向治安办公室打电话报告了关于鹿子尸体的事，并给大卫的车子叫了一辆拖车。他们给大卫脸上的伤口缝补了22针，之后给他服了一些抗生素和止痛片，这一过程我都握着他的手。直到现在，当阳光照在他脸上，仍能看见那一道浅浅的疤痕。

自那晚以后，没什么商讨，甚至也没大肆张扬，我们就走到了一起。

这就是死亡的力量，它能撕毁，也能融和。16年后的今天，死亡压在大卫的胸口，正缓缓将他的生命从身体挤出。

那时我们住在纽约州一个美丽的小镇上——距曼哈顿很近，只需花75分钟就可以到大卫的办公室。也可以说很远，如此我就觉得自己是一个平凡的乡村兽医了。

我们的房子坐落在一座小山顶的空地中央。房子本身不算豪华，但房子的性能非常好，这房子给我的动物们提供了足够的空间。

两年前，即大卫成为他公司的合伙人之前他应我的要求买下了这套房子，并从市中心搬迁到了市北郊。在我们的婚姻生活中这是我提出的第一个正式要求，无论对我还是对他，我相信这都是一个正确的决定。从此，大卫有了一个充满爱与生命气息的家——作为一名压力重重的上班族，这是他的额外奖励——直到……当然，好景总不会长久。

现在我几乎辨不出我们的家了，即便在大白天，那屋顶看上去要么灰蒙蒙一片，要么覆盖着一层薄薄的雪。车道旁边两个打翻的塑料垃圾桶，一只饥饿的浣熊正撕扯着垃圾袋，报纸和碎屑垃圾被风吹过花园，房子周围乱成一片。我的吉普车被冰雪覆盖着，长时间未启动，电池已经废弃。数个未开启的来自联邦快递公司的邮包沿着台阶排成一排，上面写着"大卫·克尔顿收"，并标有"加急"字样。

眼前这一幕提醒我：家是一个有生命的组织，一个被死亡侵袭的家庭不会有任何生机可言。

在房子旁边，有一个几亩地的小牧场和一个木结构牲畜棚。我的两匹马由于缺少照料而备感无聊和烦躁，正用蹄子刨着地寻找新鲜干草。

亚瑟和爱丽丝是两匹杂交马——它们母亲怀孕期间的尿液被用来制药——生下不久就被生物制药中心抛弃，当时我们搬到城北不到一个月，从屠宰场救下了它们。

因为这种奇特的结合，你永远不会知道它们会变成什么种类，我的这两只宝贝就证明了这点。爱丽丝看起来有些像摩根马，又有些像夸特马，但它长得更俊美，它总想在自己头上挠一把。而亚瑟，半个比利时血统的大个头，非常聪明，除了我本人它几乎不能容忍任何陌生人与它接触。直到现在，我坚信它仍能感觉到我的存在，它正盯着我曾站过的地方喷着鼻息呢。

小牧场旁是另一个较小的围栏。几年前，我曾在那里放置了一个大大的狗窝，现在一只375磅重的粉红色猪霸占了这个狗窝，它将以前垫在窝底的稻草拱得遍地都是，它巨大的头正朝我的方向发出呼噜声，它叫科莱特。

我们四年前收养了科莱特。当时正值隆冬，它和20个年幼的兄弟姐妹被遗弃在一个腐烂的牲畜棚里。我们发现这群小生命时，只有三只幸存下来，科莱特便是其中一个。科莱特是战胜死亡的勇士，但它早期的那些经历给它留下了无法抹灭的记忆。它郁郁寡欢，即便在风和日丽的日子里也没多少幽默感。显然，它的每一天都是不快乐的。

房子孤零零空置在那里，已经没什么生命迹象了。在走廊的桌子上，有一个空空的中国食品盒，与写满悼词的卡片一道构成一个奇怪的雕塑。一打开盒子，这些卡片就像瀑布一样从桌上倾泻到地上，有些卡片已经被蛀成碎片。

起居室的窗帘虽然拉开了，倘若不是壁炉里的余火和昏暗的落地灯，室内依然很暗。未启封的邮件松散地堆在地上，这些邮件和陈旧的酒杯占了大半地面。

那些酒杯让我害怕。大卫喜欢喝酒，好几次我见他被问题困扰时，他对酒的嗜好骤增，可他从来没酩酊大醉过。酒精只能使他越发消沉，使他将我封闭在他的心门外。我相信，是他自己想借酒把自己灌消沉的，以便与我分隔开。

我不止一次向他倾诉过这种担忧，但他总不屑一顾。大卫的工作要求他在精神上百分之百集中，因此他的工作成了限制他摄入酒精量的外在因素。如果某一天他的工作负担突然减轻了，他究竟会喝多少酒呢？我不知道，因为我们还没碰到这种情况。

与屋子的其他地方如出一辙，厨房也一片狼藉。橱柜上的空酒瓶摆成一排，水槽里装满脏兮兮的餐具和杯子。如果在市区，这里可能到处爬满蟑螂——因为我们的居住地甚至超出了郊区，所有会出现在家里的害虫几乎都成"野生动物"了，不会来打扰我们。

大卫正在厨房里费力地开一罐狗粮，而我的三只小狗——奇普、伯尼和斯基皮——正蹲坐在他脚下耐心等待着。大卫穿着一条脏兮兮的牛仔裤，一件运动衫，一双工作靴，留着几天都没修剪的胡楂，仿佛他就是屋子的化身。他瘦了许多，看起来也憔悴了许多，脸上新增的粗糙棱角消损了他几分帅气。

他还年轻，不该承受这些。37岁就成为鳏夫，丧妻之事来得太早。而他仍戴着我们的婚戒，直到现在他也不承认这一切发生在了他的身上。他脸上的表情与多年前曾困在我们车灯前的那头鹿的表情相似。

事情远不止于我离开这个世界这么简单。大卫早将他的生命融入了我的生命：我的朋友成了他的朋友，我的动物成了他的动物，我的规划成为了他的规划，他所有的关系都与我有关。我并不是在诉苦——我不仅心甘情愿成为他生命的一条血脉，我还能感受到成为他生命的血脉是一件幸福的事。

反过来，大卫也成了我生命的基石——坚实而可靠。当我被那些累积的僵硬的小躯体压得喘不过气的时候，他是我安全的港湾。当我对一个难以攻克的病例失去信心的时候，他让我冷静下来，并总能说服我，让我相信自己的直觉而不是信那些书本知识。大卫对我的信任是一份美妙的礼物，而我现在才意识到我从未因此感激过他。

直到现在，你对我的信任还支撑着我，不是吗，大卫？你曾为我付出过许多许多，不是吗，大卫？我依然担心我的离去会折断你在人世的羽翼，如我一样，你已开始枯萎和消逝。

大卫，我发誓，我真的不知道。我真的不知道一切会以这样的方式结束，我无法改变过去。我们曾在十字路口相遇，而在人生重要时刻相遇的人，一生都会是生命中最重要的人。我很想知道，如果今生今世没有死亡——没有查理——结局会不会不相同呢？如果将生活中的这些偶遇去除，我还会出现在你的生命中吗？若过去我不那么焦虑不安，你还会像现在这样在乎我吗？发生在人生中的每一个环节都与前一个环节相扣，虽然直到现在我才明白，于我也是益处。

大卫最终打开了那罐狗粮，迅速装满地上那三个盘子。狗儿们看看大卫，又看看食物，然后又看看大卫。通常我都会在它们的晚餐中加一些米饭和鸡汤，很可能大卫忘记了加这些东西，或者他不喜欢额外劳动。

奇普、伯尼和斯基皮，我亲亲的孩子们，我十分想念你们，我怀念抚摸你们绒绒的体毛和湿湿的鼻子的感觉。

再次看见我的狗儿们如同看见我的丈夫一样令我撕心裂肺。奇普总喜欢焦虑不安，毛呈巧克力色，它陪伴我的时间最久了。记得刚搬家没多久，我就开始每月去附近的宠物中心视察一次，它就是从那里带回来的。我第一次看见奇普时，得知它产自条件极差的中西部幼犬培育场，只有8周大。由于感染了葡萄球菌，它的脸上覆盖着大块小块的褥疮。那店铺老板极其可恶，我告诉他，我只需一个月左右的时间就可用抗生素将它治愈，但那店铺老板抱怨说，到那个时候这只狗会因为"太老"而卖不出去，他要求我结束它的生命算了，这样他也可以省去药物费用。就在那天，我将奇普带回了家，在大卫最后一次开车送我去医院时它才离开了我。

伯尼，一条源自伯尔尼的山地犬，体型硕大，长得挺漂亮，虽然憨憨的，却是我见过最忠诚的狗，它是一年后来到我们身边的。当时马戏团曾计划将伯尼驯养成一只马戏犬，由于伯尼的血缘因素，驯养师曾对这只威斯敏斯特的"最佳品种"寄予了很高的期望。不幸的是，在伯尼出生后的几个月里，它的体型越长越不适合马戏表演，不再有驯养机构愿意为它支付驯养费用。

驯养师要求我给伯尼实施"安乐死"，我告诉她我可以为伯尼找到一个美好的家，可驯养师坚持唯有将伯尼安乐死才是保全她名誉的唯一选择——仅仅因为她的承诺：她不会驯养出一条"次品"犬，因为她所驯养的这些犬都有高贵的血统。

我送走了驯养师，并保证我会照顾好伯尼的，然后趁午餐休息时将伯尼偷偷带回了家。那是愉悦的一天，奇普非常喜欢这个同伴，很快它们就成了朋友。

斯基皮是拉布拉多犬，它是我生命中收养的最后一只狗，也是我曾经历的最大挑战。它有缎子般的皮毛。聪明，伶俐，活泼，斯基皮从没遭受过愚弄。在这三只狗中，它最能让我联想起我的丈夫。

虽然我一直没弄清楚斯基皮来自哪里，但我总会设想也许它就是一只产于密苏里州幼犬培育厂的特价犬。一个冬日的清晨，当我准备开办公室门时，发现斯基皮独自坐在门前的擦鞋垫上耐心等待着，像在等待一种任命。等我将办公室大门推开时，斯基皮理所当然地小跑着进了办公室。

我将斯基皮带进体检室，替它做了一次彻头彻尾的体检，斯基皮没有拒绝。它没有尾巴，没有颈圈，也没有明显的伤口。然而我却发现一个意外，对于一只处于休息状态的小狗来说，它呼吸的速度太快了。在我第一次对它听诊时，我找到了原因：斯基皮的心脏有杂音。这杂音听起来丝毫不比北美尼亚加拉大瀑布的杂音逊色。就在那天清晨，我为斯基皮做了一份心电图，这心电图简直是一种致命的预兆。我们根据这幅心电图预测，距它的心力耗损尽，它只剩一年的存活时间。

我猜测斯基皮是从什么地方逃出来的。当我们的员工到处张贴失物招领启事时，我默默祈祷不要有人来认领。最后，我的祈祷实现了。

斯基皮没有意识到死亡正一步步逼近它，或许因为它太喜欢与我们生活在一起了，而将疾病抛至脑后。现在它已接近四岁，仍然健康地活着。它一直是我最好的伙伴，在我生命的最后一年里，它一直守护在我的心灵里。我经常抓起它，将它头朝下倒置，在我的两腿间像荡秋千一样晃荡，它会摇动着它那残存的小尾巴兴奋地叫喊着。它每天早晨都会来舔我的鼻子，将我从睡梦中弄醒，然后藏起来，直到我将它揪出来为止。每天早晨，它都会陪我度过一段特殊的时光，然后才去和那些大块头的狗一起玩耍。它快乐的样子，早忘了生理和心理遭受的伤害。

斯基皮出人意料地活下来这事儿令我喜出望外。和狗狗们生活在一起，你永远不会知道接下来会发生什么。

"好吧，那一起来吧，"大卫说，并示意狗儿们走向食物。在大卫举起　满杯酒时，狗儿们不情愿地走向各自的碗，"干杯。"

门铃响了，狗儿们冲出厨房对着大门吠叫，大卫慢悠悠跟着它们。

在黑暗的起居室里，大卫将窗帘拉开，刚好可以窥见车道。一辆银色的宝马折篷车停在了垃圾桶旁边。

大卫步履艰难地朝前门走去，像一个学生向校长办公室走去一样。他尽量使狗儿们安静下来，然后打开门。在门前站着的是马克斯·德莱尔。

你可能不相信马克斯像他自称的是讽刺画中的原型，但他的确像极了。他出奇的讲究，自以为是，就像讽刺画中曼哈顿律师事务所中呼风唤雨的人物。他44岁，个子高挑，瘦瘦的，很帅气，穿一套定做的深灰色条纹西服，配着紫色领带和一双闪闪发光的艾伦埃德蒙兹牌皮鞋。刚从纱窗中看见大卫（三周以来第一次），马克斯就拿出来一盒大卫杜夫牌香烟，用登喜路牌打火机点燃了其中一根，然后深深吸了一口。

"马克斯，马克斯，马克斯，"大卫一边斥责一边摇头，"那些香烟会让你丧命的。"

马克斯难为情地笑了笑，"我正想在癌症让我丧命前，我的客户会杀了我呢。"

"一直都有那种期待，我想，你要进来吗？"

"是的，我想进去和你谈谈。"

"好吧。不过得把烟留在外面。"

马克斯将香烟扔在雪中，烟蒂嘶嘶地融化着雪。他走进了屋子。

大卫不理会他的客人，却对那三只狗儿说着话："伙计们，我相信你们认识马克斯吧。"

马克斯弯下身子想要将狗儿们引到他那里，狗儿们却转身进入厨房继续享用美餐了。

"不要以私人的名义接案，"大卫说，"也许正如你预料的那样，他们并不是自己。顺便告诉你，我也不是我自己。那是你自己的事，这不过是合理的警告。喝酒吗？"

"现在喝酒早了点，不是吗？"

大卫耸了耸肩以示反对，"自从海伦娜去世后，一天的这个时候对我来说已经够晚了。你请自便吧。"

"我过去一下。"

　　大卫走进厨房，而马克斯向起居室走去。他打开窗帘，光一下子照进来，他不禁对眼前这一切感到吃惊。靠墙的书架是整个房间里唯一不凌乱的部分，这个书架摆放着我生病期间读过和用作研究参考的所有书籍。这些书籍都保持着我生前的原状，对此我并不感到惊讶。只是这些巨变对大卫来说太过残忍，他必须学会不去较真，直到整个人被灾难压倒。

　　马克斯走到书架前去浏览这些书目——《当今动物的权利》《合群》《大象为什么哭泣》《动物行为与沟通研究》——每个书目都涉及到动物行为、动物权利、沟通理论，或者美洲式的手语。

　　大卫端着杯子出来了，狗儿们跟在他脚下。马克斯指着书架问："所有这些书都是海伦娜的？"

　　"她一生病就会读许多书，我猜她可能是感觉自己没有多少时间学习了。她是对的。"

　　大卫一屁股坐在壁炉旁那张放满东西的椅子上，马克斯只能另找地方坐，这时狗儿们占领了所有座位。马克斯想在奇普身旁挤出点空位坐坐，但奇普不给他面子。

　　那一刻，马克斯一脸的窘态倒让大卫开心了一会儿。随后他将奇普叫到自己身边，马克斯这才找到空位。

　　马克斯只关心三件事——钱、女人（我相信喜爱程度也是这个顺序）和我的丈夫。马克斯从招募大卫的第一天就开始训练他，并视他为门徒。他们之间都有一个心结，大卫虽然对马克斯深怀感激，但只有他在被强迫时才会承认对他的良师益友有一种莫名的感情。马克斯对大卫有一种困惑的感情，屡次体现在含"C"的单词——关心（Care），担心（Concern），控制（Control）——中。马克斯希望大卫变成像他一样，最后接替他在管理执行委员会的工作。为了实现这一目标，大卫至少每月要失眠两个晚上。

　　"什么事让伟大的马克斯·德莱尔在工作日离开曼哈顿的呢？"

　　"你应该知道我为什么来找你，"马克斯说，"你一不接电话，二不回信息。甚至连我的信息你也不回。"

　　"请你不要用这些交流的手段来打击我。"

　　"没有，我只是有些担心。"

大卫转了转眼睛，绕着马克斯做了个手势，"我只能想象。"

马克斯瞥了一眼仍戴在大卫手上的结婚戒指。大卫注意到了他的眼神，不自然地将手藏进口袋。

"我理解你的真实感受。"马克斯说。

"真的吗？那么请告诉我，你埋葬过多少个妻子？"

"你知道我不是那个意思。你有权痛苦，但是，不要成为一个被痛苦打倒的人。"大卫向远处张望，试图让自己平静下来，"对不起，但我得警告你。"

"仅仅是 …… 好吧，距离葬礼已经有两个星期了，你已经四个星期没去办公室了。"马克斯再次看了看凌乱的卧室，"你一直在这里做什么？没有人整理这些东西吗？"

"房里的这些东西一直由海伦娜整理，我还没有做任何新的安排，自从 ……"他的话突然打住。

"我想在这附近你可以寻求一些帮助的。"马克斯一边说，一边避开大卫的眼神。

"你来这里不是和我谈论管理家务的事吧？"

"不是，但你本来可以让日子过得更好些。"

"我很少看见你不安。这是自葬礼以来最让我高兴的事。"

"这样对你也算好了。"

"所以我没什么时间了，马克斯，是这样吗？"大卫看了看表，"告诫自己：公司已经对一个承受丧妻之痛的男人的怜悯时间，精确地说，已经持续了 3 周 3 天 10 小时 12 分。"

"听着，我们只想知道你过得怎么样，这是合情合理的。"

"我真的不知道该如何回应。坦诚地说，什么是合适的准则？我的妻子去世了，在这个地球上我再也不能见到她了。今天见不到，永远也见不到。所以，我能过得怎样？我过得太好了。"

"如果自嘲是一种治愈伤痛的方式，我想你这样做是正确的。"

"你想让我说什么？"

"让我们从根本说起，你需要什么呢？"

"当然，我需要一个让时光倒流的机器，收回那些浪费在与你胡扯的夜晚中的时间，收回那些花在办公室致力于几乎没用的诉书草稿上的时间，收回那些为了促成一桩愚蠢的买卖而浪费在跟着你在整个国家出差乱跑的时间。我想要——不，我需要——收回所有的这些时间。"

马克斯点了点头，柔和地说道，"我知道，如果我有那种力量，我会给你的。"

起初，大卫只是怀疑地看着马克斯，随后，那种怀疑逐渐转变成不信任。"哇，你真的有负罪感吗？马克斯·德莱尔，那真的是你吗？"

"请你停下。我要用自己的方式爱海伦娜，同时这种爱也会服从限制我的诸多因素——这些因素我很清楚，谢谢。"

"我相信你说的那些。"大卫说。我也相信马克斯说的那些。仅仅因为你总对限制你的那些因素太过自负，或许我该更努力，花更多的时间来观察你。

"你愿意让我们在城里为你找个地方住吗？暂时住在那里，直到你自己买房。"

"城里？谁说要搬回城里了？"

"是我，大卫。我了解你，了解你的工作方式。我曾见你准备审判的过程，我也目睹过你是如何处理案件的。这个地方你打算怎么办？你在办案的时候会发生什么？你该如何照顾海伦娜的所有动物？"

几个月之前我问过他同样的问题，"真的，大卫，你该怎么办？"

由于化疗，我双眼塌陷，我的秃头被头巾包裹着。我靠着枕头坐在我们的床上，当他不想看到我的这副样子时，我曾尽力劝说他，他便将骨瘦如柴的我搂在怀里。

"看得出来，你想念那种生活，"我告诉他，"在午夜叫中国外卖，跳进一辆出租车就可以回家，用不着再奔跑着赶火车，用不着和繁忙的交通过不去，想想那会多方便。"

"为什么我们要谈论这些？这些能扯上关系吗？"大卫问我，开始感到不安。

我拉回话题，突然很激动很生气。"扯上关系？看着我。这是我们剩下的最能扯得上关系的问题，你不这么认为吗？"

他求我，"不要再说下去了！"转过头去。

我捧着大卫的脸，让他看着我的眼说话。"求求你不要让我伪装，事实就是事实，我们都知道。这些动物是有需求的，它们不会因为我的离去而停止需求。对此我已经想了很多，为安置每一个动物都做了安排。"

"你怎么可以没和我商量就做这样的决定呢？"

"因为总有一个人需要这样做。求求你别生气了，我只是实事求是而已，我也要考虑你的生活。"

"你谈论的也是我的家庭，你不能把我们两个分开。"

"那只不过是一句话而已，一句动听的话，只是动听而已。事实我们都清楚，是我把你硬拉到这里来的。你能这样做已经很了不起了，但你是因为我才到这里来的。这些动物永远不会是你的动物。唉，你到现在仍然害怕马儿们和科莱特，其他的动物你几乎不认识，你该如何在每周工作 60 小时的同时，还去照顾它们呢？"

"到目前为止我们做得还可以，"大卫反驳道，"我成功地解决了它们的膳宿，难道不是吗？"

"我并没有责怪你的意思，这些事甚至和你没任何关系。我们都很清楚你需要在你的事业上投入什么，并不像解决动物们的膳宿那样简单，我们现在谈论的是你以后的生活。你总不能指望我的朋友会一直照顾每一个动物吧。他们都得为自己生活下去，你也要生活下去，你也必须生活下去。"

"我现在的决定是，我想让它们和我在一起。"

"为什么？我还没有听到你回答为什么。"

"我必须回答这个问题吗？"大卫提高了嗓门。

"如果我在最后的生命中理解了你的想法，我会很幸福，"我说，我的沮丧和疲惫逐渐占据了上风，"所以，是的，你就当你哄哄我吧。"

"因为……"

"因为什么？你没有说出任何理由。"

"因为没有什么其他理由，可以吗？没其他任何理由，"大卫吼道，"从来就没有过！"

对于大卫的绝望，我屈服了，"我能理解你现在的感受，亲爱的，但是……"

"我不想再谈这个话题了。"大卫站起身来，我又将他拉了回来。

"可以，"我告诉他说，"你是对的。我不会告诉你应该做什么，但我要你知道，你不必这样做，不必为了我做这些。你不需要再做什么证明给我看了，你已经是一个很了不起的丈夫，一个很伟大的朋友了。而你和这些动物都只有一次生命，做点儿对它们对你都有益的事吧，很快你就会知道，这两件事不一样。"

现在，大卫郑重其事地告诉马克斯，"我可以应付。"这句话他曾在几个月前和我对话时也说过。

再次听到这些话，我不禁产生了一种感觉，某种程度上是我将动物们遗弃了。本来我应该更加努力劝说大卫的，让他明白让动物们活在这个世界上的目的不单单是证明他一心多用的能力。

"我想你是最了解情况的。"

"是的，我了解。"

"打算什么时候回去工作呢，我也好向委员会汇报。"

大卫叹了口气，"告诉他们，我需要等到这周末再安排一些事情。"

马克斯站起身来，"太好了。"

"我知道公司没有我也可以开展业务的。"

"别低估你的价值。你操控了公司的很多生意，那些客户很喜欢你。"

"那是因为除了我之外，客户只能和你打交道。"自马克斯进屋以来，这是大卫第一次露出微笑。

"毋庸置疑，你目前的一些案件正被搁浅，而克丽丝的案件少得可怜，还有……"

"是的，我知道，对她来说今年是重要的一年。"

"其实我是想说，他们很怀念你那种独特的风格。"

大卫随马克斯走到门前，狗儿们跟在后面，大卫又一次只跟狗儿们说话，忽视了马克斯的存在。"这就是马克斯社交的微妙之处。"

"你太了解我了，伙计。"马克斯耸了耸肩。

"我担心你对我做的那些亏心事。"大卫为马克斯打开门，薄薄的雪花缓缓飘落。两个人一言不发地走到马克斯的车前。

"这个问题你可以不回答，"马克斯最后说，"而且上帝知道，你没有必要告诉我实话，但是……"

"快说，我很冷。"

"海伦娜原谅我了吗？"

可怜的马克斯，他依然不知道向逝者寻求宽恕如同在旷野中寻觅风一般，但大卫对待这个问题的态度却出奇的严肃。他将脸转向天空，思考了很久。当他回头再次向马克斯看去时，落在他面颊的雪花融化了，水顺着脸颊流淌下来。

"是两个人将她在康奈尔遇见的男孩变成一个凶悍的公司诉讼律师的。那时他并不是一个固执的小学生。海伦娜知道，海伦娜也足够聪明，她可以意识到我的职业带来的益处。这些。"大卫边说边向那边的谷仓小牧场和郁郁葱葱的林子做着手势，"如果我没有尝试生活在那样的世界，这一切都不会存在。"

"所以……"

"所以，是的，我想她原谅你了。我想她从没停止过对我的失望，失望生命的电梯将我留了下来。然后，她原谅你了。"大卫拂去面颊的雪花。

马克斯将自己的大块头塞进小汽车中，放低车窗，"我想，那也只能让我抚以自慰了。"他说着向大卫轻轻地挥了挥手，而后驰车离去。

大卫看着红色的车尾灯沿陡峭的车道疾驰而下，穿进了一幕愈加浓厚的雪景中。大卫转身走回了屋子。

大卫错了，我从来没有对他失望过。怎么可能？在马克斯的教导下，大卫很快成了一名优秀的律师。大卫的成功为我们的家庭带来了经济保障，对此我深怀感激。我们不可能以"我们"（意味着"我自己"）本可以选择的生活方式生活下去，那种仅仅依靠我自己的工资，或者远远少于马克斯在公司管理阶层的支持下，大卫通过努力赚得的六位数薪酬的生活方式。因为大卫，我不仅告别了年轻时的蛋黄酱三明治和快餐面条，同时还收获了创造一个被动物伙伴包围的别样的家的自由。

所以，我有过失望吗？没有。我只是想为大卫做点儿事，而不是从他那里得到什么。我希望他能有更多的时间放松，更好地享受生活，更多的时间和动物们待在一起，看它们搞怪的姿态和了解它们的小脾气。我想大卫能感觉到我们的婚姻关系，享受我们在一起的时间，而不会因他刚处理的事和将要处理的事而分心。我想让大卫认识到他在律师业已经很成功了，他掌握了做律师的技能，而现在，他需要学习一些更具难度的技能——去创造和享受充实的生活。

我真的只希望，他能重视我曾为我们的婚姻做出的力所能及的贡献。

我曾经的心愿。

也许大卫认为他让我失望是可以理解的，因为让你爱的人知道你对他有更多的期望是中听的。

当大卫回到屋子走廊时，三只小狗正在那里等他。大卫从它们身边走过时，它们没有跟着他，它们满怀期待地盯着门口。看到大卫脸上浮现出的感受让人难受。

"只有我一人回来，"大卫对狗儿们说，"对不起，从今以后一直是我一人回来。"

最后，两只狗走开了，放弃了等待。只有我的斯基皮，为我倔犟地守候在门口。

第二章

杰西与辛迪

死后，我能如此容易再次找到简·卡西迪医生——是表明她的工作对我的生命具有永恒意义的最有力的证据。我似乎无法看到在我生病期间支撑我的朋友们，和之后为我送行的那些悲痛欲绝的亲人们。但无论何时，如果大卫和我的动物们不在身边，简·卡西迪（杰西）、辛迪还有灵长类动物研究中心（CAPS）总会在我眼前浮现。当然，不可排除一个事实，或许那实际上不过是我正在腐化的大脑制造出来的视觉幻象，我宁愿相信这个世界没有现实这么残酷。

杰西和我曾经历过一段非常痛苦的历史。在康奈尔大学的最后一年，我们成了蕾妮·瓦塔葛博士的研究助理，许多人（包括她自己）都认为蕾妮·瓦塔葛是那个时代灵长类动物研究领域的佼佼者。

作为我们团队的长期实验研究主体——一只名叫查理的黑猩猩，也被称为"侏儒黑猩猩"——它在兽笼中出生，我们见到它时它已经四岁了。正如它们的亲系动物一样，黑猩猩经常会因其与人类具有相似的免疫系统而被用于免疫学研究。这些是当时我所掌握的关于黑猩猩、侏儒黑猩猩和其相关方面的所有知识。当然，还有很多等着我去研究。

查理生活在一个按照瓦塔葛的要求设计的半室内半露天的围栏里。对于查理，瓦塔葛博士只要求我们负责以下几项职责：喂食，保证它时刻所需的新鲜饮用水，清理卫生，以及保证与它——这点也是瓦塔葛所列备忘条款中明确规定的一条——"每天不少于 60 分钟的人际互动"。

此外，瓦塔葛博士还要求我们在查理的食物中定量添加天然维生素和人工维生素。据她所说，查理从两岁就开始吃这些补品了，目的是为了提高它对一般性疾病和传染性疾病的免疫能力。我们每天收集查理的粪便样本，然后送到实验室研究分析，以证明瓦塔葛博士的实验理论。

尽管我和杰西每天只有一小时的任务和查理互动，但很快这项任务就变成了一种渴望。查理很不寻常，它好奇、顽皮、聪明、观察力强。让我记忆深刻的不是查理的脸，而是它那双异常灵活的手，温柔，温暖而脆弱，像小孩的手。杰西将她的空余时间都花在查理身上了。查理每天见到我来，都会指着我，而后面露喜色。

无论什么时候我去看查理，杰西都已经和它在一起了。如果我和查理闹着玩儿，杰西会在一旁不高兴地看着，这倒让我觉得自己像个小偷，窃取了他们之间的感情。

像这样的日子过了三个月，我和杰西收到瓦塔葛博士寄来的新便笺，命令我们停止对查理口服补给，转而用注射补给。

瓦塔葛博士向我们保证，注射液只不过是一些含 B_{12} 和维生素 C 的强效混合物，无其他副作用，她嘱咐我们每两天给查理注射一次。最后她还警告我们，如果我们不按科学实验计划去做，我们将失去这份工作。事实明摆着：只有注射才有查理。

即使不拿薪酬离开，我也不会有半点儿良心不安，但我不能抛弃查理。我们说服自己，如果我们不做这份工作，查理将被不关心它的人接管，还可能会受到伤害。众所周知，将事情合理化是人类特有的心理防御机制。我就这样说服了自己。

实际上侏儒黑猩猩与一般的黑猩猩的体格和力量相当。如果查理反抗，只有实行麻醉才可以实施注射。但出于对我们的信任，它从来都是乖乖接受注射的，瓦塔葛博士十分清楚这一点，她也正是利用这一点的。

我清楚记得第一次将针头扎入查理身体时，它脸上显露出来的痛苦与背叛。没想到原本给它带来嬉戏和欢笑的我们，竟沦为伤害和恐惧的工具。尽管这一针的时间很短，甚至可能没那么疼痛，但我可以肯定它从来没有那样看过我。尽管糖果和玩具可以抚慰查理的伤口，我们也还可以继续一起开心，但在查理的眼中我再也看不到当初的亲切眼神了。随着注射的继续，它的眼中透露出警戒和疏远的眼神。

为了给它注射，我们耍心机：哄它，骗它，有时甚至苦苦哀求它。最后它总会屈服，伸出胳膊，扭过头去。在这种执行上级命令时，顿生的无助感是我人生中最糟糕的经历。

在这段日子里，我忽略了免疫学领域中最重要一点：使身体患病才能真正检测出免疫系统的承受能力。

当查理的实验室数据显示出正确数量的 T 细胞、蛋白质、阮病毒或者任何瓦塔葛博士想要寻找的染色体时，她都会给查理注射含有丙型肝炎菌的血液。而我们并不知道。

最初查理患上了严重的痢疾，呕吐，伴随厌食症、嗜睡症和透骨高烧。仅仅几天时间，我眼前的查理就从一个生命力旺盛的活跃分子沦为一个接受临终关怀的晚期患者。

尽管如此，我们依然没停止对查理注射药物。到了现在，当查理看见我时，它宁愿转过身伸出大腿或者直接用后背接受注射。注射完药物，查理甚至连看都不看我一眼，杰西也无法再让它站起来，她能做的只是几个钟头地抚摸它的皮毛。

查理意识到事情有些变化，它感觉到自己病了，但它并不知道是什么引起它的病因的。

除了与我们的出现有关，查理无法理解"为什么"。第一天它还在追着皮球玩耍，第二天一切就发生了变化。在查理小小的世界里，只有一件事情改变了——我们的出现。而我们出现前，它一直健康。

当知道瓦塔葛博士为查理注射病毒性血液时，我们暴怒了，而她却开怀大笑："女士们，难道你们要用你们的整个职业生涯去打理宠物身上的寄生虫，去修理蝴蝶残损的翅膀么？"她质问。

我谴责她违背了职业道德，杰西也旁征博引批评了她。

与这样一位所谓的免疫学领域的著名人物对立，结局不言而喻——她二话不说就将我们解雇了。

我们恳求学校所有愿意听我们倾诉的人——包括系主任、院长和校长。说句良心话，我们并不在乎工作和钱，我们只想照顾查理，至少可以陪它走完生命的最后一段路程——所有听我们讲这段故事的人都礼貌地点点头，用"会尽快调查"一语将我们打发，事实上却没任何动静。

我的指导老师，约书亚·马克斯博士，他是教职工中唯一意识到我和杰西在此项研究中被利用了的人，并指责瓦塔葛博士的行为。他曾尝试出面干涉，但最终因瓦塔葛的势力过大以失败而告终。从此，我们再没见过查理。

大卫也是查理死因的见证者之一。在我们见面的第一个晚上，从医院返回时我将此事原原本本告诉了他。此后，关于查理的死因像电影一样无数次在我脑海中浮现。我宁愿让这个反复出现的故事变得真实（我就不会被禁锢在灰暗的天空），也不愿承受那萦绕耳畔的质疑和渴望与未来的空虚的撞击声。真相只有杰西知道，但她没有理由说出来。

查理事件之后，我和杰西步入了两个完全不同的领域。我再也不想从事灵长类动物的相关工作了——永远不想。而杰西想继续了解查理，想探求她觉察出的存在于她们之间的微妙关系。她的工作与激情只集中在一点——类人猿是否拥有迄今为止人类独有的思想状态，即"意识"。

我是一个不相信巧合的人。然而，在我病情初步确诊的那几天，当我无意中翻开康奈尔兽医学院的一本杂志（通常我认为没必要看的一本杂志）时，发现了一篇杰西写的文章，文中谈到了她对灵长类动物的感受。我觉得我有必要给她打个电话。

杰西探索的学科引领她横跨多个领域——动物学、心理学、比较人类学和语言学。当我找到她时，她正在灵长类动物研究中心研究一项四年计划的专项款项目。她随即带我去 CAPS 校园参观她的第一手工作。

CAPS 校园坐落于哈德逊河之畔，曼哈顿北侧的 20 英亩茂密的林地之中。初次游览此地，就让我依依不舍。此后我又去杰西那儿很多次，直到我的身体变成了活遗体，远足就变成奢望。

我发现杰西的研究颇具说服力。即使将我五年来在康奈尔大学所学的知识和与小动物医学实践经验加起来，也比不过最后一年从她身上学到的知识。我深刻了解人类与非人类思维的复杂关系。杰西在"我们"和"他们"之间的障碍中跨出了重要一步，而我也很快明白我必须越过这道障碍才能找到那些无止境、未实现的答案。

有必要向大家解释清楚 CAPS 是专门为"非侵略性灵长类动物研究"而设计的"陈列品"机构。除了大多数灵长类动物外，没有一间手术室。猕猴、狒狒、巴布诺猿、黑猩猩们像在自然界一样过着小型的群居生活，绝大多数没有意识到它们不过是心理学、社会学、人类学研究领域的研究对象。

国家科学研究院（国科院），CAPS 的上级机构，可以邀请国会议员参观，树立"人性化研究技术"的典范。若另外 20 个"侵略性"国科院灵长类研究机构让黑猩猩感染病毒性肝炎，或是没有提供任何外科术后治疗，它们将受到严厉处罚。简而言之，如果你是一只被联邦工作人员俘房的灵长类动物，CAPS 是你最佳的去处。

CAPS 是一个没有舆论压力的高端科研机构，集聚了许多像杰西一样的杰出灵长类动物科研中坚力量。政府为他们提供雄厚的资金，使他们可以从事领先项目的研究。反过来，国科院又可以借助这些鼎鼎大名的学者和所谓的重要项目向国会申请年度预算拨款。通常状况下，只要每个人劳有所得，便不会有什么是非可言。

每逢我想起杰西，总会看见辛迪，那只 75 磅重的黑猩猩。四年前从她出生于牢笼之中开始，她就一直生活在 CAPS。这儿对她来说是她唯一的家，而杰西是她唯一的养母。

杰西的实验室位于 CAPS 大楼底层，宽敞的房间里装满了各式各样的数字摄影机、平面监视器和电脑。研究室中间有一个宽 12 英尺、长 12 英尺的钢质有机玻璃围墙，一半牢笼、一半玻璃鱼缸，杰西称它为"立方体"。

现在我已十分清楚实验室的布局。尽管立方体的大门敞开着，但辛迪却耐心端坐在里面，没有半点儿想逃出来的迹象。立方体内有一个硕大键盘供辛迪使用。围栏的一面墙全部用镜子做成，辛迪常常一边走动，一边用余光注视着自己镜中的样子。

辛迪使用的键盘与我们常用键盘不太一样，不仅尺寸很大，按键也不按字母数字排列，而是标上一个或者一系列符号。这些符号与美国手语的基础手势相似。

辛迪戴一双黑色手套，手套与系在她硕大的二头肌上的小型电盒相连。大尺寸显示屏悬挂在立方体前方，数字摄像机正对着立方体的门口，这一系列设备构成了这个环境。

杰西坐在立方体门外的电脑控制台边，虽然她用的是标准尺寸键盘，但上面按键的符号与辛迪的一致。

杰西设计的"辛迪项目"旨在判定一个生于兽笼之中的黑猩猩自出生之日起在完全适应人类语言文化的情况下所能达到的沟通技能和水平。你可以否定这种行为的价值，但你不能否定一个事实，沟通能力永远是感觉性的科学基准。推断——无论正确与否，一直都是那些可以与我们沟通的生物能够像我们一样思考的必然途径。杰西抓住了事物的根源，她最终选择利用种间交流过程来证明自己的理论：即灵长类动物拥有意识。

辛迪在她的大键盘上按下一连串按键，紧接着用她那双戴手套的手做了几个特定的手势。"简，现在我饿了。"杰西的电脑和显示屏显示出这行字。

杰西看到字幕后笑了起来，用手势回复辛迪，语气肯定而温柔，"还没到用餐时间呢。辛迪，我们继续吧。"辛迪仔细观察杰西每个手势的细微差别。

当她确认杰西的话说完后，辛迪又在键盘上猛地敲出更多字符，屏幕上现在显示的是："我想和我的玩具娃娃一起玩。"杰西朝辛迪的方向望去，只见辛迪紧皱眉头。犹豫片刻后，辛迪又用手指画了一个圈，结果杰西的屏幕上显示出一个问号。

她用手势回答了辛迪的提问，这次她丝毫没有掩饰自己的失望。"不，辛迪，现在是工作时间，待会儿再玩。"辛迪注视着杰西直到她结束最后一个手势，然后脸转向一边，头垂到胸前，摆出一副闷闷不乐的样子。

杰西看着围墙，做手势时非常努力地抑制住笑容，告诉辛迪："今天你很不听话哦。"

辛迪用左手抓着右手拇指，重复了好几次。屏幕上显示："厕所，厕所，厕所。"

"你刚刚去过厕所。"杰西边说边用手做手势。

此时，杰西的高级研究助理弗兰克·华莱士（一个 30 岁的男人），似乎揣摩到了杰西的心思。"会不会是我们给她的压力太大了？"弗兰克低声问。

"给我一个更好的办法，"杰西生气地说，"专项款就快用完了，捷尼克已经开始质疑我的研究方法了，而课题陈述的延期几天后就要到期了。"

弗兰克后退了几步："我要说的是……"

"我知道，"杰西叹气道，"对不起，我知道你是在支持我。"

辛迪偷偷地朝弗兰克和杰西瞟了一眼，看他们是否注意到了她不愉快的心情。杰西与辛迪的眼神短暂地交流了下，而后这只黑猩猩又立即将头转回去。

"无论怎样，"杰西说，"今天干得不错。"

杰西走向立方体门，关掉摄像机。辛迪听到这声音后高兴地转过身来，忽地扑到了杰西的怀里，就像小孩子见到了分别已久的母亲。

"好吧，好吧，"杰西将担忧抛到脑后，会心地笑了，"不要讨好我，你赢了，现在是游戏时间。"杰西递给辛迪一个小女孩形状的布娃娃，辛迪紧紧地将布娃娃抱在胸前。

我知道那个布娃娃，那是我第一次见辛迪时带过来的。杰西曾建议我给辛迪带一小份礼物，以便建立友谊。我起初只是笑了笑，以为那只是杰西的一个玩笑。当意识到杰西是认真的，我就疯狂地在屋子里寻找合适的东西。而我只记得多年前大卫在情人节时送给我的布娃娃，大卫曾告诉我那个布娃娃很像我——确实很像。

辛迪对这个布娃娃爱不释手，这也使我很快成了辛迪所信任的其中一人。虽然杰西想让我相信是我自己取得了辛迪的信任而不是这个布娃娃，但我无法相信她的话。这也是我唯一怀疑杰西的工作和研究的一件事。

辛迪之前，其他黑猩猩的案例已经证明了由于语言中枢的局限性，黑猩猩不可能达到和人类一样的沟通能力。然而在这一点上，有关这些生物的学习能力的发现对世界来说没有任何改变——无论对我们还是它们。

据杰西说，这些受训的猩猩学会了一些单词的手语表达。但当实验资金断裂或没有收益时，它们最终会被遣返回普通的黑猩猩群种中去，被关在冰冷的实验室小笼子里，继续接受实验、手术以及病毒感染。它们还会继续用手势表达一些单词——例如 KEY，OUT，HURT，NO，STOP，END 等等——直到生命终点。但它们的新主人和新同伴们并没有接受过美国手语训练，自然也就不能够理解其中的含义。

杰西正努力将先前灵长类动物语言习得研究推向一个新的高度——确切地说，就是将其提高到幼稚园儿童的语言水平。她发誓，她永远不会让辛迪承受与那些试验品相同的命运。当我和辛迪相处一段时间之后，我也做了相同的承诺。谢天谢地，辛迪仍然处在杰西的呵护中，而我，已不能再兑现那个承诺了。

第三章

UNSAID

争论

到我去世的时候，约书亚·马克斯已经从我的指导老师变成了我的驻院顾问，而且还成了我亲密的朋友和从事兽医的搭档。虽然他只比我年长 12 岁，但因他内心的苦痛却让他显得过于苍老。

我在一个地方听到过这样一种说法："上帝可以将无数个掩埋过儿女的人捧在手心给予他们温暖，却不让他们感觉到他的支持所带来的热量。"我想这句话应该是约书亚最贴切的写照。

在他五岁的儿子夭折还不到两年时，又有传言说他对婚姻不忠以及滥用处方药，他的妻子因此与他分道扬镳。约书亚离开了康奈尔大学——应该说是被康奈尔大学解雇了。最后他迁到了这个小村庄，而他接管此项目的地点恰恰是他青少年时工作过的地方，是他曾经喂养动物、打扫兽笼的地方。这里，也正是我加入他的地方。

心怀人生追求加上家庭不幸使他的期望进一步加深，我想约书亚又回到了他的起点。我能肯定，他觉得自己还没找到生命中的这些追求，相反，他的人生依旧如同《电视指南》中的那些堆叠在一起的、没有任何关联的节目一样没有什么意义，这正是由于他缺乏感悟造成的。随着他生命中生活的颠覆，约书亚现在会有所不同，他会带着疑惑，甚至带着希望去挠头思考。或许他依旧可以为自己承担一切。

我们曾并肩作战的医院是由旧农舍改装成的一个温馨的地方，约书业总会将目己的办公室打扫得干干净净，他常常将兽笼清理个底朝天。但无论他清理得多干净，后屋（甚至整个医院）总是飘散着一股淡淡的混合着麻醉剂、酒精、狗粪和猫尿的气味。正是这种熟悉的气味将我吸引到了这里。

星期三这天医院相当拥挤，似乎有些异常。有四条拴在短绳套上的狗，两只装在便携板条箱里的猫和它们的主人一起，毫无耐性地在接待室里等着。动物们因急躁或疼痛发出的吼叫声与贴在墙上的兽医广告上那些无忧无虑的猫儿狗儿形成了鲜明的对比，幸好我不认识这房间里的任何一只动物。

接待处墙面的标牌上贴着两位兽医的名字：约书亚·马克斯医生，海伦娜·克尔顿医生。约书亚还没取下写有我名字的卡片，如同我的丈夫，他也还没适应我的离去。

约书亚的诊疗室里贴着动物患者的照片和节日贺卡，有两张带框的照片，其中一张是纽芬兰犬，另一张是西伯利亚爱斯基摩犬——这些照片放在本应摆放家庭合影的地方，刚好证实了一种说法，狗的主人们最终都会和他们的狗有几分相像。

当我找到约书亚的时候，他正在医护员伊芙的帮助下为一只体型巨大的杂种狗做腹部检查。很明显，约书亚手指的触摸让这只狗感到很不舒服，所以它无法安静，但约书亚丝毫没失去耐心，他正用轻柔的嗓音竭尽所能地安慰着这只狗，对任何一个人他都没显露出如此细心的呵护。

"美莎吃了多少东西？"约书亚问。

回答之前伊芙看了看手中的文件，"差不多吃饱了，所以，我想应该是20磅左右。"

"我想它正在消化那些食物呢。"约书亚边继续检查边说，"没有气胀，但需要做一个X光检查，为了安全起见，将它留院观察一个晚上吧。"

检测室的门"砰"一声打开了。贝丝，我们的另一个医护员抱着一只幽咽着的小狗闯了进来，那狗已然血肉模糊。我再清楚不过，这种程度的损伤必然是汽车对血肉之躯的猛烈撞击。如果此刻还没赶到医院，很快它就会休克。

"对不起，约书亚医生，"尽管小狗鲜血直流，贝丝还是用她一贯镇定的语气说道，"它刚刚被送过来，是警察在温盖特路发现的。创伤性腿骨折，狗身上没有标志。"

接待员在对讲机里向约书亚说，"约书亚医生，您预约的2:30和3:00间的病人都在等待着，预约在3:15的病人刚刚进来，我怎么向他们解释呢？"

约书亚泄气地抓了抓头，朝贝丝咆哮道，"我已经比预约时间晚半个小时了，去看看海伦娜能不能帮忙救急，告诉她……"我的话几乎脱口而出：让贝丝把狗带到我的办公室，拿着针线和生理盐水袋。而此时我突然想起……

贝丝和伊芙目瞪口呆地凝视着约书亚，见到她们脸上的表情，约书亚意识到了自己的错误。"上帝啊，对不起，"他说道，用一只手捂住了面颊，或许是因为他已精疲力竭，或许是由于眼前的窘迫，也可能二者皆有，"伊芙，你可以带美莎去做一个X光检查吗？贝丝，再给我点儿时间，等下我就去处理它的骨折。"

贝丝抱着狗离开了办公室，伊芙和美莎紧随其后。等她们都走了，约书亚确定办公室里只剩他一人的时候，他从桌子上的笔筒里抓起一把铅笔，一根根将它们折成两段。

这个地区另一所动物医院的医学水平与我们相差甚远。而在100路的路旁，沙顿医生的那所规模巨大、玻璃金属混合结构的现代化动物医学中心恰好位于富人区。他的这所医学中心拥有四名全职兽医、庞大的医护人员和辅助队伍，每天24小时运营。他甚至拥有个人实验室和实验室应急医护人员。这就意味着沙顿要承担一大笔额外的开销，而他则将这些开销慷慨地分摊给了顾客——毫不顾及他们的经济状况。

经过多年共事，我目睹了约书亚致力于疑难课题时的坚持不懈，他钻研每一个可能的项目，即使如此，他还拜访曼哈顿动物医学中心的专家虚心向他们求教，为的是对得起那同一笔诊疗费。必要的时候，他还会将动物的血液或尿液拿出医院送到实验室检测，只收取成本费。在解决所有问题后，约书亚会心怀怜悯与谅解，从坏消息的受领者角度出发，将他的解决方案和建议告知那些紧张的客户。

而这种处世哲学仅仅是沙顿经营模式的一部分。对同样的情形，沙顿会完全忽略动物的具体病症令其进行一系列昂贵的诊断测试。因为他拥有自己的实验室，即便是最普通的血液检验也会产生丰厚的利润，而这些利润都会直接流入他的腰包。

当完成所有测试后，沙顿会通过对大量实验结果的排除得出结论——他手持厚厚一叠测试结果作为"诊断鉴别"，并利用他傲慢的语气。接下来他会针对这一结论与等待中的家庭进行沟通，并且时不时地看一下手表。

其实沙顿并不是个不称职的兽医，因为他常常能得出正确的医学结论，只是他的人品有几分欠缺。对那些看到收费预算（50%都是服务费）就被吓得脸色发白的客户和对狗进行昂贵的肝脏扫描提出质疑的客户，他完全不予理睬。这些事我都了解，因为这些顾客最终都会来到我的门前，而后久久停留。

我想沙顿最让我头疼的地方是，他总会在人们的泪水真正来临之前，让那些家庭过于悲痛。而约书亚从来不会这样做，他多半都将悲痛留给自己。至少从这点出发，我很乐意让我的客户们认为是约书亚将我训练得如此出色的。

莎莉·汉森是沙顿的技术员之一。这些年来，我和莎莉很少交往，但我常在镇上见到她。一旦见到莎莉，你便很难忘记这个人。她是我们这个行业里为数不多的非裔美国人，36岁，高高的颧骨，古铜色的皮肤，高挑的身材，她看起来就像是为拍写真而下错车站的模特，只是一直没有离开而已。

我不知道莎莉·汉森为什么要为沙顿工作，也不知道她是如何为沙顿工作的，我只知道她确实这样做了。我不想去评判什么，免得自己被要求去向那些控制着通向彼岸的人证明我的行为的合理性。也许特定的环境和背景可以解释这其中的大部分原因。

我实在想不出此时此刻我能看见莎莉的原因，但她就在我前面，正向手术室方向跑去，手中紧握着手术钳。

"快点！"沙顿，一个矮矮胖胖的秃顶男人，长着香肠一样的手指，戴着一副大大的眼镜，朝她叫喊道。在他们俩之间的手术台上躺着一只金毛猎犬，这只狗由于胸外科疾病已经被开刀。我想手术进行得并不顺利。

"妈的，汉森，我要怎么做你才会给我拿来吸引器。"沙顿大声叫喊着。莎莉立即拿来吸引器，但动物的胸腔很快再次充满血液。

在外面拥挤的等待区，莎莉的儿子——克利福德，静静地坐着，他在腿上的速写本上画着什么。克利福德看起来差不多九岁或十岁的样子，他甚至比他的妈妈还要漂亮，大大的褐色眼睛，长长的睫毛，体态匀称。

虽然看不到他在画些什么，但从克利福德的笔迹可以分辨出，他并不是在杂乱无章地胡乱涂鸦。他将舌头伸在唇边，眉头紧锁，态度极其认真，好像他画的东西很快就会消失一样，所以他必须尽快将头脑中捕捉到的印象描绘出来。

经过一段时间，最终我觉察出了这间候诊室里的问题。这里没有狗吠、没有抱怨甚至听不见猫狗在等待治疗时的叫唤声。与之相反，这间候诊室充斥着恐慌、惧怕以及伤痛，屋子里尽是沉寂的空气，唯有一支铅笔在素描纸上沙沙作响。当我再接近点儿时，发现屋子里的动物都将注意力集中到了这个小男孩和他腿上的那张素描纸上。

除了小男孩，候诊室里唯一身边没有宠物的是位老妇人，她满头僵直的银发，用她那已形成习惯的动作吮吸着拇指，蹒跚地踱步到接待室前台，手术室中的狗一定是她的。

在我的注视下，小男孩忽然感觉有些不安。他坐在椅子上开始变得僵硬，铅笔掉到了地上，接着露出痛苦的表情。接着，他旁边的狗开始大声吠叫。

小男孩费劲地慢慢站起来，将素描纸放在椅子上，而后朝手术室走去。当他匆匆跑到位于接待区反方向的外科手术间时，沙顿医生几乎将他撞翻。男孩丝毫没有顾忌沙顿的存在，直接跑进了手术套间。

莎莉正努力地为那只失去知觉的狗进行胸腔止血，直到她的儿子几乎爬上手术台她才注意到他。

"克利福德，你不能待在这里，"莎莉急躁地对他喊道，"回候诊室去。"

克利福德完全没有理她。不，不是这样。他甚至没有意识到他妈妈的存在。手术台如此平坦，以至于他认为它应该不会是假的，他渐渐向狗靠近。

"克利福德！离开这里！"她立即向入口处看了看，以确认他们没有被注意到。"求求你，"莎莉恳求道，"出去吧！"

克利福德将头靠在狗儿的头颅上，闭上眼睛。接着，传来了一阵甜美、轻快、悦耳的歌声，克利福德哼唱着，"草地，草地，草地。大家都能看见的草地。我喜欢这幽绿幽绿的草地……"克利福德笑盈盈的，满脸愉悦，而莎莉则吃惊地说不出话来。"我知道，"克利福德自言自语道，"草地和树木……你们可以闻到空气的味道吗？我很久之前就闻到这样的空气了。"

沙顿"砰"的一声推开手术室的门走了回来，"你们在干什么？"

被激怒的沙顿使莎莉手足无措，"我正在赶他走，沙顿医生。"

"他不能待在这里。"沙顿说。

"草地，草地，草地，"克利福德紧闭着双眼又唱了起来，"我知道那里有草地的。"

"我明白，医生，"莎莉慌张地说道，"对不起，我不能把他赶走，否则他会……"

"好吧，如果你不赶他走，那我来！"沙顿为了威胁小男孩，朝着他的方向向前走了几步。

"不！求求你不要……"莎莉站到沙顿和克利福德中间，"你不了解，他……"

"这个男孩对我的狗做了什么？"满头银发的老妇人从候诊室问道，她一定听到了里面的叫喊声，"沙顿医生，看在上帝的分上，告诉我里面发生了什么事。"

"就要好了，潘德尔女士。"沙顿充满信心地回答。

"我的天啊！那些是阿奇的血吗？"潘德尔女士叫道，在她惨白的面颊上表现出的恐惧暴露无遗。

还没有人顾得上回答她的问题，克利福德突然兴奋地大叫起来："贝尼，贝尼，贝尼，贝尼，贝尼，贝尼，贝尼，贝尼，贝尼……"泪水从克利福德紧闭的双眼流淌下来，"我知道你这样做都是为了我，贝尼。我知道就是你，还是没有拐杖！"

潘德尔女士蹒跚着后退了两步，靠在一个工作台旁边。"没有拐杖？"她重复着。

几个工作人员挤到了手术室门口。"詹妮弗，"沙顿对其中一个外科医护员说道，"请把潘德尔女士带到我的办公室。"于是詹妮弗悄无声息地将这位老妇人带出了手术室。

当沙顿确定顾客已经离开、手术室的门关上以后，他转向了克利福德。"够了。"沙顿朝男孩大喊道，并抓住他的胳膊，试图将他从狗的身旁拉走。

克利福德尖叫起来，沙顿的手像由强酸制成的一样。"不不不！"克利福德痛苦不堪，他试图将自己的胳膊从他手中挣脱出来，"贝尼，他们要把我带走。"

莎莉急忙跳到他们中间去帮助她的儿子。"把你的手从他身上拿开，"她大叫着把沙顿的手狠狠地拽到一边，"你难道没看出来他甚至连意识都没有了吗？"

一听到母亲的声音，克利福德的眼睛猛地一下睁开了，而后笔直地站起来。他环顾了一下四周，最后认出了这个地方。克利福德脸上显露出来的痛苦——无论在任何一个年轻人的脸上——看起来都会让人惧怕。新生的泪水沿着面颊流淌下来，这些泪水与快乐无关。

"妈妈对不起，妈妈对不起……"克利福德一次又一次不停地重复着这几个字，边说边用他那早已不在手中的铅笔开始在空中画画。

"没事的，克利福德，没事的。"莎莉将胳膊绕过孩子的双肩，慢慢朝手术室门口走去。

沙顿用听诊器听了听狗的心脏所在的位置。"狗已经死了。"沙顿生气地说道，接着将听诊器扔到桌子的另一边。

莎莉没有理会他，她对克利福德说，"我们去拿你的铅笔和画板吧。"这一瞬，莎莉似乎苍老了许多。

克利福德在走出手术室时默认了母亲的拖拽，而他们之间没有任何目光交流。"妈妈对不起，妈妈对不起……"

"我知道，克利福德，"莎莉说，"我知道。"

"十分钟之内到我办公室。"沙顿朝莎莉的背影喊道。

十五分钟过去了，莎莉在一间体检室坐了下来，克利福德坐在她的大腿上。男孩儿已经差不多镇静下来了，只是偶尔还会抽一下鼻子。莎莉试图为他轻轻摇动，但他的手总在不停地摇晃，正拿着从候诊室中取回的铅笔在画板上涂画着。

一阵敲门声从门口传来，敲门的人如此踌躇以至于我几乎没有听见。是潘德尔女士，她眼眶中嵌着泪光，朝莎莉和克利福德走了过去。男孩没有注意到她。

"对于您痛失爱犬，我感到非常抱歉，潘德尔女士，"莎莉说道，"我为刚刚发生的混乱感到深深的抱歉。"

潘德尔女士点了点头。"你的儿子怎么样了？"她尽力抑制着声音中夹杂着的悲伤和疑惑。

"他会没事的。"

"我可以冒昧地问一句……"潘德尔女士在大脑中搜寻着恰当的词语。

"他患有阿斯伯格综合征，他的大脑布线和我们不太一样。当他伤心的时候……"莎莉停了下来，向手术室那边点了点头。

"我明白了，真的很抱歉。"

莎莉想从潘德尔女士的表情中寻觅到应有的傲慢迹象，但和我一样，她只看到了一位孤独的老妇人正试图从她毫不理解的事物中寻求些许慰藉的画面。

"谢谢。克利福德通常可以把事情处理得很好的，除了他心烦的时候。"

潘德尔女士想再次开口说话，但有些犹豫。"你儿子刚刚在手术室里提到了一个叫'贝尼'的人，那个人他认识吗？"

莎莉耸了耸肩。"这个名字我从来没听过，我们都不认识。"

"那你知道他为什么要提到那个名字吗？"

"当听到奇闻异事，他的大脑会全速运转。他可以从任何地方接触到这个名字的，比如从电视上、书上，或者从学校里某个人那里。医生们说这些词语很可能没有任何意义，就像他画的画一样。"莎莉说着指了指克利福德正在用铅笔涂绘的那张纸，"那只是他大脑中某些事物的反映，也许源于我们看不见的一种枢纽。在冷静下来之前，他可能什么也记不得。一直如此，从没有过例外。"

潘德尔女士清了清嗓子，将目光直接转移到工作台上那些没有必要倾注任何注意力的瓶瓶罐罐上。"我丈夫非常喜欢阿奇，有时候我会认为那只狗是他在中风之后继续生存的精神支柱。他讨厌手杖。"

"什么？"莎莉问道，对她所提及的内容感到吃惊。

潘德尔女士转头面对莎莉，再次哽咽道，"你知道……其实……好吧，我丈夫的名字是本杰明，只有我叫他'贝尼'。"

"啊？"

"如果我能得知贝尼和阿奇现在在一起，那会是对我最大的安慰。我知道这听起来有些荒唐，可是那会不会是你儿子见到的呢？你怎么看……"

我能感觉得到莎莉对这种谈话方式感到愈加不安。她的生活太过艰难，也太过漫长了。除了对儿子的照料和期望的需求，她不在乎任何事物，她只希望经过正规的教育和训练，他能学会在这个世界上独立自主地生存。除了自己，她不相信任何人，因为其他人都曾让她和克利福德失望过。她早就将一切不切实际的幻想抛之脑后了。

潘德尔女士的声音中充满希望，脸色也立即好转了许多，但我担心的是，不知她会给出什么样的答案。然而，她的答案既让我吃惊又让我颇感欣慰，我看到了莎莉的自我防御心理随即松懈了，"我想，如果那是他所看到的，我一点儿也不会惊讶。"

潘德尔女士紧紧地合上双眼。再次将双眼睁开时，她轻轻地对莎莉说了一句"谢谢你"，而后离开了，只留下小男孩和那幅已经完成了的画以及孤独的莎莉。

克利福德的画如此细致，如同黑白相片。

画中，阿奇和一个没有拐杖的老人并排行走在古老的森林中。

CAPS实验室中，杰西正在和辛迪进行"手语交谈"训练，我曾经看她们做过这样的训练。杰西首先写下一个符号，然后等待着辛迪用她戴着手套的手指对她的动作进行模仿。杰西通过辛迪的动作与出现在电脑屏幕上的词语是否匹配来确定辛迪掌握与否。

今天我在到目前为止的五分钟观看时间里，辛迪的答案大多是正确的。当电脑显示错误的时候，杰西会很认真地帮辛迪改正，直到屏幕显示出"正确"为止。每当做出一个正确的动作，杰西都会兴奋地表扬辛迪，而辛迪会高兴得尖叫。

当她们即将完成"苹果"这个词的学习时，一个瘦瘦的男人跳进了实验室，他花白色的头发恰好与西装的颜色相称。

"你没有权利！"他朝杰西叫喊道。

"见到你很高兴，斯科特。"杰西边说边将辛迪迅速送回笼子里。辛迪撇了撇嘴，很明显，她不喜欢这个人，也不喜欢他说话的语气。

"你至少应该让我知道国会议员沃尔夫就要来了吧。"他说，声音中带着不满。

"为什么？你能说服他不让他来吗？"

"不，因为我是这个项目的负责人，决定应该由我来做。"

"他是我能找到的唯一可以将拨款延期的人，你帮不了我。我只是做了我必须做的事。如果这不符合你那无关紧要的行政协定，那我只能说抱歉了。"

"我正试图将 NIS 和你本人从窘境中解救出来，你根本不了解情况。"

"你不相信我的研究并不意味着它不正确。"

"可事实上，就目前的项目资金而言确实是这样。"

"职业上的嫉妒并不是一种优秀的品质。"

"嫉妒？你认为是由于嫉妒？"

"我想不出其他什么原因了。"

"无法复制实验结果这个事实你怎么解释？这双手套和这套电脑程序只能为你一个人工作，而且她不会对任何其他人讲话。为什么会这样？"

"不是那样的。除了我之外，她可以和其他人沟通。"

"那还有谁呢？我知道那个人不是弗兰克。再给我列举出另外一个人啊，把他带过来让我看看。"

杰西没有回答。

"那就是我所考虑的，"他大声叫喊道，"没有别人，只有你。初步证据表明，她根本不会对语言做出回应，她只会回应你的信息——先不管那信息是不是你刻意为她提供的。你把她变成了一个马戏团里杂耍的把戏了！这就是同行评议期刊不认可你的原因。如果你和她没有这么亲密，"他指着辛迪说，"你就会明白我是正确的了。"

随着争论的进行辛迪变得愈加焦虑。她在笼子里来回踱步着，不时发出哀怨之声。

"我不认为沃尔夫会赞同你的想法，"杰西说，"正如我们都知道的，那才是你真正害怕的地方，不是吗，杰尼克？"

那个被杰西叫做杰尼克的人甩了甩手，朝门口走去。最后，他转过头来对杰西说，"你已经在研究中迷失了自己，杰西医生。事情发展到现在真的很令人难过，同时我更加坚信了自己当初决策的正确性。如果你不能将自己的研究成果复制到验收此项目的人的头脑中，那整个项目就会终止，不管你向沃尔夫表演得多么冠冕堂皇。"

杰尼克一离开，杰西便打开笼子，辛迪瞬间跳到她的怀里。为了使辛迪平静下来，杰西轻轻拍打着她的身体，用舒缓的嗓音哼唱着，我能想象，大概一个母亲抚慰自己受到惊吓的孩子时也不过如此吧。

我知道杰西为什么不愿说出另一个可以与辛迪沟通的人，她不能说。

因为那人是我。

寻找

又过了几天，大卫看上去稍微正常了些。他刮了胡子，身着卡其裤，上身穿一件领尖带有纽扣的蓝色牛津衫，脚上穿一双斯佩雷休闲鞋。

他正绕着起居室紧张不安地踱着步子，似乎自马克斯拜访以来他又受到了几分关注。屋子里依旧乱糟糟的，现在可以看出大致的轮廓了，至少那些残存的食物已经不见了。

他边走边反思着写在黄色格子板上的备忘录。奇普、伯尼和斯基皮也从地板上爬起来，开始跟着大卫的节拍走动，向左四步，停下，转身，接着向右四步。

大卫停顿片刻，俯身对狗儿们讲道，"你们必须好好表现。"而狗儿们同样回视着大卫，那样子就如同它们不仅理解他的意思，而且已经准备好了去照着做。但大卫并不如我了解它们。

很快，门铃响了，狗儿们顺从地跟着大卫来到了门前。等在门后走廊中的是一位身材矮小、体态瘦削、40 岁出头的女人。她身着钢灰色连衣裙，一条腰带将其紧紧缚于腰间，裙子熨烫得平平整整的，头发被紧紧地裹成面包状，那头型就像我在50 年代的厨房用品杂志广告上看到的一样。

大卫打开门道："请进。"女人伸出她瘦骨嶙峋的手，大卫小心翼翼地握了握。

"我是玛格丽特·冬妮利，你可以叫我佩格。"

"这边请，佩格。"大卫指引她进入房间。

"多么迷人的花园，你……"

佩格一跨过门槛进入走廊，伯尼便抑制不住它的兴奋。它开始愉快地欢叫，一跃到了她的身上。伯尼两只前爪那始料未及的推动让可怜的玛格丽特一屁股坐到了地板上。尽管安然无恙，但很明显，冬妮利女士并不是爱狗的人，虽然情况极为乐观，但她还是不知所措地尖叫着呼救。奇普和斯基皮也加入了这场游戏，也开始对她野蛮地狂吠。狗吠的声音越大，冬妮利尖叫得越刺耳。

"佩格——冬妮利小姐——请安静下来。"大卫边尽力将伯尼拉走，边朝她喊道。

"它们正在攻击我！"

"它们没有攻击你，它们认为你在和它们玩耍。"

随着她的尖叫，奇普和斯基皮再也按捺不住，也卷入了这场喧嚣中。走廊里，冬妮利和三条狗滚作一团。大卫试图将它们分开，但那就像试图将苍蝇从一碗燕麦粥的附近赶走一样困难。在拉拽的过程中，大卫不小心抓到了冬妮利的胸部。在这种可以感知的人身冒犯之下，她再次爆发出了尖叫声，那尖叫声唯有星期六早晨电视中的卡通角色发出的声音才可与之相比。

我开始大笑。这种感觉如此奇怪，以至于起初我竟没有意识到自己所发出的声音，但随后我便听到了。于是我用手捂住嘴巴以阻止笑声传开，但丝毫不起作用。我觉得自己有必要转身出门，即使某种程度上我确信没有一个人能听到我的声音。我跑出前门时几乎笑翻了。

突然，冬妮利女士从房子中冲了出来。她的头发由原来整齐的面包状被撕扯得乱蓬蓬，连衣裙歪斜得几乎翻了过来。她边从门前阶梯向下奔跑，边向外撕扯着嘴中的狗毛。

慌乱之中，冬妮利几乎被亨利（我的那只体型巨大的虎斑猫）绊倒，它正在门前阶梯打理绒毛。对于这次攻击，亨利只是恼怒地停下来看了看，而后便回到了它那更重要的工作中去了。冬妮利啜泣着冲向她的福特汽车，安全地蜷缩到车中，驾车呼啸离去。

屋子里，大卫表情严肃地将双手交叉在胸前，目不转睛地看着那三条狗。奇普和伯尼已经安静了下来，在他的注视下表现出几分懊悔。但我敢发誓，斯基皮是在傻笑。"这就是你们的最好表现？"

大卫从走廊的桌上抓起格子板，他用笔画掉了冬妮利女士的名字，如此用力，以至于戳穿了格子板上的纸。

费尽力气将方形木桩打进圆孔，是我自己对糟糕的一天的定义。以这种尺度来衡量大卫的五次频繁面试，我想，大卫度过了糟糕的一天。

国会议员沃尔夫是委员会中负责 NIS 款项的成员之一。杰西已经为他精心设计出了一篇关于自己已开发技术的详尽报告。大家期待着这次报告能够以辛迪语言技能示范而结束，接着再对杰西的项目拨款延期情况进行"询问"。

沃尔夫在一名助手、一名摄影师和一名让杰西有些不安的先生斯科特·杰尼克的陪同下来到了听取报告的实验室。

在杰尼克简短的介绍后，沃尔夫说："卡西迪博士，30 分钟后我必须返回市区，所以，开始展示你的成果吧。"

"我想以间接语言编程（简称 ILP）的简介作为开端。因为这个程序编制是我研究的基础。"杰西边说边给这位国会议员递去一本厚厚的幻灯片展示书。沃尔夫看也没看一眼就递给了他的助手。"我的助手稍后会阅读这份材料，"沃尔夫说，"我建议我们一起充分利用这段时间来见证她到底能够做什么。"

"非常好。"杰西说，很明显，她对目前的进展方式感到不满。杰西用对讲机对弗兰克说道，"我们先进行示范，你可以把辛迪带进来吗？"

不到一分钟，弗兰克便带着辛迪走进了实验室。辛迪已经戴好了手套。弗兰克将她带到笼子中键盘的旁边，而后其他人和杰西一起来到了笼子外边辛迪桌子的旁边。

摄影师为辛迪抓拍了几张照片。相机的闪光顷刻间让辛迪惶恐不安，她拼命地摇头，试图摆脱映在眼中的余光。

一直等到辛迪重新平静下来，杰西才说："现在我要和辛迪进行交谈。我将使用美国手语向辛迪提一些问题。她会用键盘、手语或者将两者结合在一起来回答我的问题。她手上的手套和我们以 ILP 为基础开发出的电脑程序能够把她的答案翻译成英语显示在电脑桌面上，通过此途径她的答案便可以一目了然。"杰西指着他们旁边的电脑屏幕，"报告册中有对这项技术更深层次的描述。"

"看来我们会不虚此行。"沃尔夫说道。

"你能告诉我们你将提问的第一个问题吗？"杰尼克道。

"首先，我会要求辛迪说出她的名字以及让她向国会议员问好，这些问题没有事先准备好的格式。我会向她问任何一个四岁小孩可以回答的问题。"

"四岁吗？"沃尔夫问道。他丝毫没有隐藏自己对此的怀疑，"你的意思是告诉我这头黑猩猩拥有四岁小孩所具备的语言能力？"

"完全正确，"杰西自豪地说，"辛迪拥有等同于人类四岁女孩的意识。也许国会议员会很乐意为我们的辛迪提出一个问题。"

"的确，我很愿意，"沃尔夫回答，"我们就让她说出她最喜欢的食物的名称吧。这个问题应该很适合四岁的孩子。"

杰西笑了，她曾无数次问起辛迪这个问题，但答案总是同一个——花生酱。"当然，首先我会向辛迪示意这个问题，然后你便可以清晰地看到辛迪的答案。"

"实际上，"杰尼克打断道，"如果你不介意，杰西，我愿意向辛迪示意这个问题。"

这一刻我和杰西同时看穿了杰尼克设下的陷阱，但太迟了。那也正是他没有试图阻止沃尔夫的原因。因为他想要沃尔夫亲眼见证这次示范，如此他便可以向那个能够直接扼杀杰西进一步研究的人表明他自己的观点。

"那并不符合我们的示范协定，斯科特。"杰西回答道，竭力使自己的声音保持冷静。

杰尼克毫不让步，"但毫无疑问，如果语言已经掌握，谁是提问者便不是问题的关键所在了。我的手语也相当出色，所以这不会对结果构成影响。"

杰西瞪着杰尼克，"辛迪对我比较熟悉，这是我的研究。"接着她转向沃尔夫，"杰尼克博士从没和辛迪一起练习过，我才是操控这次交流示范的唯一人选。"

沃尔夫的助手向他耳语片刻，而后沃尔夫点了点头，"也许，斯科特是正确的。"

不等进一步讨论，杰尼克三步跨到笼子中辛迪的面前。辛迪近距离看着他。"辛迪，"杰尼克边做手势边说道，"你最喜欢的食物是什么？"

辛迪只顾盯着他。

"让我再试一次，"杰尼克向着沃尔夫的方向，"你最喜欢的食物是什么？"杰尼克边示意边问辛迪，这一次，动作更慢了。

辛迪仍旧没有做出任何回应。

"嗯，我的手势对吗，弗兰克？"杰尼克道，"难道是因为我没有问她事先准备好的问题吗？"

弗兰克，似乎想找一个地方躲起的他此刻只顾点头。

"那再问一个问题怎么样？"杰尼克说，"简单地回答'是'或者'不是'，辛迪，你喜欢花生酱吗？"杰尼克依旧边问边示意。

辛迪痛苦地沉默着。

"或许是因为她不喜欢你。"沃尔夫以一种幽默的语气对杰尼克说。

"我想她并不是第一次拒绝我，"杰尼克说，"但我们都知道她喜欢弗兰克，对吗？他从一开始就和辛迪一起练习，你怎么看，弗兰克？想试试吗？"

弗兰克看了看杰西欲寻求指引。他们知道，弗兰克不会为现在的结果带来任何改观的。"这样操作太混乱太不公平了，杰尼克博士。"杰西说道。我能感觉到，挫败感已经将她带到了爆发的边缘。"我要向国会议员沃尔夫展示……"

"你是在说你的成果无法复制吗？"杰尼克嘲讽道，"在过去的四年里，你用政府的资金创造出了一项其他任何人都无法利用的技术，难道这不是证据吗？这点我警告过你，杰西！"

杰西转向杰尼克，她全然忘了沃尔夫的存在和正在进行的示范，"她可以和我说话，难道这不足以说明问题吗？"

杰尼克拿出一个文件夹在杰西面前晃了晃。"因为你签下的拨款协议告诉我们这并不足以说明问题。因为你设计的测试协定需要更多的证据来证明它的有效性，即便到游戏结束也不能更改这个规则。"

沃尔夫的助手再次对他耳语，然后沃尔夫故作夸张地看了下手表，"我必须回市区去了，医生们，这是一次有趣的经历，我向你保证，卡西迪博士，回到华盛顿后，委员会成员会仔细审核你的材料。斯科特，为何不一起走呢，这样我们可以讨论一下预算的问题。"

杰西甚至没有机会开口说话，沃尔夫的助手已经将他护送出了实验室，一同上了车。

空旷沉寂的办公室里，约书亚迎来了一天的尾声。他在为屋后笼子中的小动物们做最后一次检查，以确保它们都拥有足以度过整个晚上的食物和饮用水，同时确认了一下外科手术后动物的病情是否稳定。之后，他来到办公室前，关闭了所有电脑，并将电灯一盏一盏关闭。

普林斯，一只硕大的雄性玳瑁斑猫跟着他在办公室中游荡着。起初被约书亚发现的时候，无家可归的普林斯非常瘦小。骨瘦如柴的它如此丑陋，以至于无人有意收养。虽然它在某个街角的打斗中英勇地失去了一只眼睛和一只耳朵，但它无人收养的境况没有丝毫改变。

过了一段时间，约书亚不再费力地思考如何安置这只猫了，他不得不接受一个事实，普林斯的家就在这间办公室。每晚离开之前，约书亚都会拿出一个洁净的垃圾篓，一碗干性猫粮，一盘新鲜的饮用水，并任由普林斯在办公室中游荡。对一只猫来说，这个安排显然很让它满意，于是它很快变成了猫科动物中的巨兽，甚至可以推开办公室中最重的那道门。

普林斯喵喵地叫着，用它那宽广的后背在接待前台的桌子上滚来滚去。约书亚用手摩擦着它的腹部，但注意力突然被吸引到了门口。他的手悬在了半空。似乎那东西在目不转睛地盯着他，被微弱的灯光照亮着——是那张办公室招牌。

约书亚走过去，缓缓地摇了摇头，从他的视线中将那张带有我名字的木板取了下来。

腋下夹着我的牌子，约书亚关了所有灯，很快走进 11 月的黑夜。

普林斯在他身后大声叫着。

大卫仍旧是那天的装束，坐在床边，狗儿和猫儿们酣睡着。他攥着那张我们漫步沙滩时拍的合照，目不转睛地盯着那台没有打开的电视机。

床对于我们来说是个好地方。当然那里有性爱，但不仅于此，它承载了我们之间除掉性爱之外的许多亲密时光，因为通常当大卫回到家中时，我已经在床上等他了。那里是大卫最能放松、最能敞开心扉的地方，也是最能让他的心灵远离工作烦扰的地方。

所以，深夜里我们常常躺在床上讨论那些毫无意义的问题，例如哪种口味的冰激凌最难制作，哪种最难溶化，偶尔谈到某个情景喜剧时会哈哈大笑，有时还会去争论谁可以在午夜起床，命令一只猫从卧室的窗口爬进来，然后几分钟之后再让它出去。

就是这种微不足道的交流填补了婚姻生活中许许多多的空白。

但今晚，看得出来，大卫并没有回忆起这些，因为他眼中甚至没有流露出一点点快乐的迹象。不，大卫在回忆的不是这张床——是我的病床。我知道，因为我们心有灵犀。那张床没有留下什么重要的回忆，甚至是美好的回忆。

当最后一次抵达医院，我几乎失去了意识，连接在我身上的监视器精确地计算着我的生命从躯体中慢慢流出。真的没有必要利用机器来向我们讲述究竟发生着什么。我那苍白凹陷的面颊表现得再清楚不过，希望的迹象早已逝去。

因缺乏睡眠而脸色苍白的大卫精力殆尽，却依然坚持着守候在床边。他应该与丽莎（我的大学室友、最亲密的朋友和我的拥护者）轮流守夜，但多半时间他会要求与我独自相伴。

丽莎的抵触总会激怒大卫，这贯穿了我们婚姻生活的始终。她会在瑜伽课的前后抽烟，中餐时喝麦草果汁，晚餐时读《世界人》杂志，无论是《旧约全书》还是《新约全书》她都可以大量地引用（在成为心理学家之前她曾从事宗教研究），但如果你想让她认出纽约州州长却不得不花上一番工夫。当陷于纠缠不清的浪漫之中（有很多这样的情况），丽莎会如同迷失于奶酪室中的老鼠一样，失去自控力。尽管如此，她依然拼命地专注于我的事业——和我的丈夫组成同盟。抛开她的风格不谈，无论大卫在最后得到什么样的安慰，总是源于她的给予。

在我生命中的最后一天里，丽莎将大卫从病房叫到走廊，大卫的泪水游离于眼眶。"她仍旧在坚持着，"大卫说，"那是一种折磨。"

"但那正是你向她索要的，"丽莎温柔地说道，"这一切像是一场战斗。"

"但现在就要结束了。"

"是吗？难道对你来说结束了吗？"

"难道我还有其他的选择吗？"

"我想在她去世之前，她有必要知道，你和动物们都会好好的，告诉她你停止战斗的承诺，让她安心地走吧！"

"算了吧，她甚至没有意识了。别再开始你那些废话了，我现在无法做那些'天使有约'之类的事情。"

丽莎将手放在大卫的肩膀上，"你应该对她说再见，让她安心离去。"

大卫的眼神闪烁着，"但这是个谎言，完全就他妈的是一个谎言！"

"亲爱的，我知道，但有时谎言是唯一的真理。"大卫退后几步，丽莎的手垂下。"我去抽根烟，你必须负起责任。"丽莎给了大卫的面颊匆匆一吻，离开了。

四个小时之后，我静静地离开了。

那时我一直希望我们的告别会是促成谅解的重要契机，这种想法一直在我心底埋藏着，因为我们之间的种种必然会消逝。我祈盼着神灵会在这一切结束之前显现——那样我们便可以成为彼此最后、最好的导师。但与之相反，大卫坐在床边，我甚至可以清楚地听到他内心的挣扎，那充斥着自我怀疑与自我嘲讽的对话——全部都是"我本应该"。即使他就在身边，我也无法再向他直接询问什么，尤其在这即将到来的尽头，那无异于垂死挣扎。于是我迎来了另一个痛苦的结局。

你不会知道究竟谁会成为你生命中最伟大的导师。回顾往事，我所学到的有关告别的最重要的一课源自于一位六岁小女孩。

一只被幽默地误称为"布鲁特斯"的黄色拉布拉多，因骨盆两处破裂而被带进医院，那条狗被那一辆沃尔沃撞到了。狗儿的家人是个可爱的单身母亲和她年轻的女儿，小女孩名叫萨曼莎。我向她们提出我的建议，也许我可以修复这两处破裂，但有可能留下严重的术后神经损伤。我也告诉了那位母亲，从外科手术的费用、狗的年龄以及可能不会完全康复的手术预期，可以考虑选择安乐死。

那位母亲告诉我，萨曼莎目睹了这场几乎使狗儿丧命的事故，她丈夫早在两年前的逝世也是由于与汽车的正面撞击。

"如果可以将萨曼莎对于布鲁特斯的最后记忆换成另一幕，"她告诉我说，"那我愿意尝试。"

手术的外部整形进展得还算顺利。萨曼莎和她的妈妈每天至少花上几个小时来医院看望布鲁特斯。我无法准确地判断出布鲁特斯被探望时的感觉，但任何人看到萨曼莎将小狗的头抬起来放在膝盖中间时都会明白，狗儿对她们探望并非不知感激，那种探望也并非对它不重要。如果有人对此持否定态度，那疑惑是出于他的残忍，或者愚蠢。

不幸的是，我最初对神经损伤的预测完全正确，布鲁特斯再也无法控制它的两条后腿。实际上，远不止于此，它甚至不能自己排泄。这就意味着每隔三小时就要有人用导尿管将它的膀胱排空，每 24 小时要让他服用一次灌肠剂。对于一只一直独立生活的大狗来说，无法自主排泄只能算作一种耻辱。你可以从它沮丧的目光中感觉到这一切。从此，它再没有竖起过耳朵，最终，它开始拒绝进食，拒绝饮水。

手术后第 15 天，布鲁特斯彻底停止了摄取食物。第 16 天，停止饮水。

当萨曼莎和她的妈妈在手术后第 17 天来看望布鲁特斯时，她们一同待在等候室里，我和这位母亲来到一间无人的体检室讨论应当做何种选择。

"是的，我可以通过静脉输液让他活着，"我回答这位母亲的问题，"但你应该问一问自己，这样做会有怎样的结局。"

母亲开始哭泣，"这与布鲁特斯没有太大关系，我只是无法再告诉萨曼莎她又将失去另一个挚爱，她已经经历过了……"

我们的谈话被敲门声打断了，是萨曼莎。她的眼睛湿湿的，但嗓音很清澈，"我想是布鲁特斯自己想要离开，"她说，"它若离开，会去天堂，在那里它可以再次奔跑……"萨曼莎扭转脚跟离开了，留下我们面面相觑。

萨曼莎的妈妈决定不让她看见甚至不让她了解安乐死的处理方式。在我结束了布鲁特斯的生命之后，当天的晚些时候，我们为萨曼莎写下了应该告诉她的事实。在她们离开之前，小女孩拥抱了一下她的狗儿，就像她已经知道那已经是最后一次。

几个小时后，萨曼莎接听了我的电话，我告诉她，"天使来了，她已经把布鲁特斯带到了天堂。"

电话那边沉默了片刻，当再次有声音时，她的嗓音开始变得有些颤抖，"它可以在天堂里奔跑了，对吗？"她问道。

"是的，"我强忍住泪水，"像小狗一样奔跑。"

萨曼莎终于哭泣了，"太好了，真是太好了。"

那天以后，每当再次获取夺取生命的权力，我都会为那天性善良的天使祈福，为那个萨曼莎追寻到的为布鲁特斯打开天堂之门的真实、智慧、宽容的天使祈福。我想，大卫在医院伴我度过的生命中最后的日子里，他所祈祷的肯定截然相反。

4 个小时。250 分钟，14,400 百秒。我尽自己所能等待着大卫。我想，也许我仍旧是我。

在我们的卧室里，大卫将照片放在床上，然后伸手拿起电话。他在寻求联络，寻求声音，寻求任何可以流入他耳中的噪音事物。他拨通了一个自己记在脑中的号码。响了几次，电话那边传来了丽莎困顿不堪的声音。

"大卫？"电话中，丽莎打了个哈欠，"你还好吗？不用回答我。"

"非常抱歉这么晚打电话给你。"

"别这么说，什么事让你睡不着？"

"我从来没有告诉过她'会好好的'，是吗？我也没有和她说再见。"

过了一会儿，丽莎道："我知道，亲爱的。"

"也许我应该听你的。"

"我是为了你才这么说的，并不是为了海伦娜。"

"但是……"

"你今天晚上究竟有没有睡觉？"

"这里太安静了。"

"我明天早晨打电话找人帮你开一剂助眠药吧。"

"谢谢，但经历了这件事，我真的睡不着。那样做有意义吗？"

"经历痛苦不是什么值得尊敬的事。如果不睡觉，你会陷入恶性循环，相信我，那正是人们视剥夺睡眠为一种折磨的原因。"

"我会让你知道，我真正想要的是什么……"大卫戛然而止。

"什么？"

"就好像我只是想哭出来，然后越过这道坎一样。那样我做不到。葬礼以来，我从没哭过，我知道那很愚蠢。"

"不愚蠢。听起来现在你非常痛苦，我想如果你睡一会儿……"

"第一次听你这么说，亲爱的。"

丽莎知道是时候转换话题了。"你清洁工找得怎么样了，找到了吗？"

大卫笑了，说："你不想知道的。"

"快点儿，告诉我。"

"我不相信她们中有谁能洗得干净科莱特的水果，更不用说照顾斯基皮了。"

"斯基皮可以照顾自己的，倒是你，你才是我真正担心的，孩子，你需要为自己选择一个能够照顾你的人。"

"我知道，"大卫迟疑片刻，"你觉得什么时候……"他的声音逐渐减弱。

"我觉得什么？"

"没什么，我该让你睡觉了。"

"你想知道我觉得什么时候可以是吗？"

"聪明。"

"我是以朋友的立场，还是以心理医生的立场来回答你呢？"

"哪种得出的答案我会更喜欢呢？"

"两种都给你，你自己可以抉择。"

"好，我喜欢拥有选择权的感觉。"

"作为心理医生，我会告诉你治愈是需要时间的。随着时间的流逝，你会客观地从你所经历的遗失之中学习到一些东西。客观地对待是第一个步骤，因为它将给你一个环境，使你正确地去处理那些已失去的东西。"

"我希望你作为朋友的回答能够对我更有帮助。"

"也许会更少。听着，我每天仍然会拿起电话向她拨打两三次，然后才会记起她已经不在了。所以我甚至无法想象你的感受。所以我觉得'还好'，还有一条可以让你解脱的途径。如果从现在开始，五年以后你仍然每天晚上打电话叫醒我和你聊同样的话题，那我会说，你可能有麻烦了。在短于这个时间的任何时段，对不起，我真的不知道。"

"别这样说，你已经给我很大的帮助了。"大卫说。

"真的有用？那太糟糕了。"这句话引得他们大笑，"你需要处方的时候记得告诉我，好吗？借助药物会更好一些。"

"谢谢你的倾听。"

"随时乐意效劳。"

"我也一样。"

我的朋友和我的丈夫互道晚安之后彼此挂断了电话。大卫关掉电视机，脱下衣服，爬上床钻进了被子中。我也在他旁边躺下了。

我们一起盯着天花板，直到清晨的闹钟响起。

第五章
辛迪被送走

11月中旬一个寒冷的黎明，天还未亮，大卫就从床上爬了起来。他小心翼翼地从壁柜里取下西装、衬衫和领带。这些是他的工作制服，他将它们放在床上空置的一侧，狗儿们饶有兴致地观看着。他匆匆穿上牛仔裤、工作靴和一件运动衫，在狗儿们的追随下，走出了卧室。

大卫开始了清晨的例行家务，我跟随在他身边。他手脚麻利地为狗儿和猫儿们喂了食物，一切都进行得很顺利。随着例行程序的顺利进行，他的信心与日俱增，我看到了他嘴角浮现出一丝笑容。

他走到屋外，接着他该去对付科莱特和马儿们了。

如果你不曾有过和猪在一起生活的经历，那请摒弃你曾经对猪的一切理解。因为除非它们选择迟钝，否则它们的思维和动作并不缓慢，当它们思考自己想得到什么或者不想得到什么时，它们并非不狡猾。

大卫手中提着一桶食物，小心翼翼地走向科莱特的猪栏前。科莱特盖着干草正在它的猪栏里酣睡着，猪栏离门口差不多有3英尺的距离。

大卫尝试着将栏圈上厚厚的金属门闩拉开，但门闩卡在了中间。这可不是个好兆头。科莱特在它的栏圈里开始蠕动，而专注于挪动门闩的大卫似乎没有注意到。

在大学时代，我的第一任正式男友有一辆天蓝色的凯旋 TR-7。我对那个男孩倒是不太在意，但我很喜欢那辆车。我可以毫不夸张地说，这辆车从启动到提速至每小时 60 英里的时间，比我将他的手从我的裙子下面拿开的时间还要短。那车不是在行驶，而是在飞奔。

但今天早晨科莱特的速度足以胜过凯旋 TR-7 提速的速度。正当大卫即将拉下门闩，科莱特突然站起来，像火箭一样朝门口奔去。当大卫看到它疾驰而来的影子时已经太晚了，他所能做的只有跳开科莱特即将冲出的门口。

科莱特自由了。

但考虑到那一桶美餐它没有跑出多远。因为科莱特也是猪家族的一员，它骨子里透着吃的欲望。它从没表现出过毅力，哪怕只是一点可以否定它那贪吃的基因的倾向也没有。对于科莱特，食物不仅为王，它甚至就是整个该死的王国。尽管自从科莱特来到家中之后，大卫很少与它接触，但我知道，至少在这一点上，他很清楚科莱特的性格。

可以看得出，大卫正在斟酌——猪、食物、大卫、门——就像法律学派中的逻辑谜题。

大卫晃了晃装有食物的桶以吸引科莱特的注意力，而后谨慎地向它迈了几步。猪圈旁的地面结了一层薄冰，大卫利用这个计谋向前滑动着。科莱特向大卫发出带着质疑的呼噜声。

"过来，科莱特，吃早餐了。"大卫用尽可能柔和的语气说道，又晃了晃桶。

科莱特没有离开，大卫趁机逐渐向它靠近。但再明显不过了，这是个"当心你所索要的"时刻。在逻辑游戏模式中，大卫已经成功地将"猪"、"食物"，还有"大卫"这些目标角色组合到了一起，但他距离"门"却更远了。

大卫用他从未有过的温柔将科莱特向它心中欲望的方向推进着。虽然大卫只轻轻地碰了它一下，但科莱特却立即倒在了地上发出尖叫声，像头部中弹了一样。大卫挪开脚，以避免碰触到它的肥臀，但他一不小心滑倒在地，脸部刚好落在了科莱特的头边。

大卫要用胳膊将自己向上撑起时，科莱特恰好将脸转了过去。那一刻，他们在同一条水平线上四目相视，彼此间仅几英寸的距离。科莱特冲着大卫的脸打了个哈欠。

到了最后，大卫花费在此的时间远远超过了他本应该花费的——当然，比曾经所分配的时间还要多——值得表扬的是，大卫最终成功地解决了"猪"、"食物"、"大卫"和"门"的逻辑性游戏。科莱特愉快地进食，如果说这没有满足它的整个世界，但至少这一刻，它是幸福的。

25分钟后，大卫身着黑色布鲁斯兄弟牌大衣从房子中走了出来，他边走边看手表，向吉普车走去。前往办公室的漫长旅程开始了。

从前，狗儿们会在外面等待着，直到大卫的车从视线中消失。然后，它们会回到屋中与我相伴，开始"真正"的一天。大多数时候，那意味着它们可以跳进我那破旧的吉普车中，开始一段前往我的办公室的快捷旅程。斯基皮通常会选择副驾驶的位置，因为在那里，它可以通过挡风玻璃观察外面的世界。而伯尼和奇普几乎一坐在车后座便会立即睡去。我会在邓肯甜甜圈小店停车，为自己要一杯不错的咖啡，给它们每个要一张百吉饼。它们是我办公室中的同伴，所以办公室如同家一般温馨。

与动物生活在一起，会有很多这样的故事——从期望状态到做出回应再到行为的改进。宠物们的茁壮成长几乎无一例外地应用了类似的程序。

我和我的动物们演绎的故事已经结束了，它们被锁在一个我和大卫永远无法再次进入的房间。马儿们似乎知道这些事实。然而我的爱犬们，却需要更长的时间去领会。并不是因为它们不够聪明也不是因为他们意识不到，只因为狗儿们习惯了去相信美好的事物。

大卫最后向狗儿走去，欲向它们道别。但就在这时，畜棚中传来"砰"一声巨响，大卫转过身去。看得出来，他猛然间明白了，从昨晚到现在，马儿们还一直被锁在畜棚。由于和科莱特战斗，他全然忘记了它们。在离开之前，大卫还必须将亚瑟和爱丽丝从畜棚放到牧场，并给它们备足能维持一整天的新鲜草料。

我喜欢我的畜棚。那混合着肥料、新鲜干草以及糖蜜饲料的气味正是活着的味道。夏天，混凝土地面和高高的天花板使畜棚中格外凉爽。冬天，马儿身上的热量和一捆捆木刨花形成的隔热层使得畜棚中格外温暖。马儿在外面的时候，田鼠和鸟儿们会在牲畜棚中的地板上相互争夺剩余的谷物和糖蜜饲料，就像在演绎一场美妙的舞蹈剧。

大卫，从另一个角度来说，当观察畜棚时，他总是带着几分忧虑。因为畜棚作为相对狭小的空间容纳了太多体型较大的动物。在大卫眼中，这便意味着危险。并不是说哪匹马让大卫受过伤，也许这才是问题的所在——实际行动拥有有形的、可以衡量的影响，这种影响是可以改善的。而行动则只存在于人的意识中，它可以永远摆脱合理性的关注。

今天，大卫显然忘记了一个有关畜棚的重要事实，即使你站在那里一动不动，畜棚也不可能一直保持清洁。

进入畜棚，大卫开始小心翼翼地从临近的草堆上抱些干草，十分谨慎地将其远远地拿在手中以避免与他的黑色大衣有任何轻微碰触。这件大衣，正如他穿在里面的美利奴纯羊毛西装一样，对干草有吸附性。

很快，大卫走出畜棚，将干草通过小牧场的栅栏向马儿们抛过去。之后，他迅速地确认了一下自己是否在整个过程中弄脏了衣服，然后又走回畜棚。

大卫牵着爱丽丝的缰绳，穿过畜棚后门，慢慢地将它牵到小牧场。爱丽丝呼吸着清晨的空气和混合于其中的新鲜干草的味道，极力配合着大卫那生硬的双手。从走出畜棚到爱丽丝开始吃食竟不足三分钟的时间。

大卫松了口气，然后将目光转向了我的大个头——亚瑟。我在之前评论马儿们所感受到的我们这个小家庭的永久性变化时，实际上我心中想着的是亚瑟。

大卫向亚瑟走去，之前的片刻间他曾牵引着爱丽丝的缰绳，这正是大卫的疏忽之处。亚瑟，到现在大卫应该知道了，它就是所谓的"护头马"，它不喜欢自己的脸被触碰——尤其是被人触碰。

亚瑟用一连串的摆动避开了大卫的手，这个策略耗费了几分钟的时间。大卫最终还是抓到了缰绳，并试图将它从畜棚后门拉到小牧场。而亚瑟依然选择站在原地。

看到亚瑟脸上表现出的固执，大卫开始用力拉拽，边拽边低声诅咒着。亚瑟对我丈夫的敌意并不买账。当大卫仍然将缰绳握在手中，亚瑟甩了一下头，大卫便被甩到了干草堆旁边。

当大卫摇摇晃晃地从畜棚的地面站起来时，他让我不由得想起了《绿野仙踪》中的雷·博尔杰。他的膝关节摇摇晃晃，头发上、大衣上，甚至袜子和鞋子上都是干草。

走路的时候西裤上也掉下了几根草，不知怎么地，这些干草看上去就像长在他身上一样。

亚瑟看到大卫滑稽的表演，嘶嘶地叫了两声，缰绳也松开了，正慢慢地朝着畜棚的后门走去，穿过门，来到牧场，爱丽丝正在等待着它。

已经不早了，大卫向车跑去，边跑边掸下头上的干草。

如果让我来打分，马儿得了一分，而大卫只得零分。

74分钟后，大卫出现在曼哈顿市中心一座写字楼前拥挤的上班族人潮中。他抬头仰望这座由玻璃和铝合金混合结构组成的建筑物的顶端时，晕眩得不禁后退了一步。

大卫通过旋转门，在安检台刷了一下工作卡，和少数几个与他穿着相似的人一起走进了电梯。

依照曼哈顿规定的清晨乘坐电梯时的礼节，电梯中的谈话声要保持在绝对最小值。当电梯上升到第33层至第34层时，大卫一直低头看着自己的鞋子。电梯到达43层将门打开的时候，一位60岁左右的小个子老妇人从大卫身边走过，走出了电梯，大卫认出了她，她是公司的一位资深合伙人的秘书。她轻轻地从大卫的肘侧挤过，低声说了声抱歉。作为回应，大卫露出了一个浅浅的微笑。其他人同样重复着她的语言走出了电梯，却没人看大卫一眼。

大卫一直在电梯中待到了第48层。电梯门开了，大卫又重新加入到了皮博迪、格罗斯曼和萨姆森组成的这个大家庭。这个世界给予了我们钱财、给予了大卫律师事业的成功，但同样也经常将他从我身边夺走。

一位年轻的金发碧眼的接待员站在亮着微光的巨大的现代化大理石办公桌后面，正细声细语向她那头戴式对讲机说着什么。当大卫路过接待前台走进一组镶刻着"P，G&S"的双扇玻璃门时，她看到了大卫，笑着说道："欢迎回来。"

相对比较安静的接待区后面是一个大型的曼哈顿律师事务所，这里热闹非凡。电话机铃声、传真机和复印机的呼呼声，还有从各个方向传来的谈话声混杂在一起。

大卫走在律师事务所中间的走廊上，许多秘书从办公室中大声招呼着他的回归，一些律师在办公室隔着玻璃墙向大卫挥手致意。

大卫来到了玛莎工作的地方。玛莎最初被分配给大卫，仅仅是因为她为之工作十年的伙伴在午夜时离开了公司，并带走了几乎所有的客户资料。尽管她的伙伴从没向玛莎吐露过他要做什么，但公司的高层们一直都认为（无从考证）玛莎很清楚那个叛徒的计划。因为没有成功地向老板通风报信，作为对她的惩罚，玛莎开始了曼哈顿律师事务所最底层的职业生涯，开始做了个秘书，为一个第一年的合伙人工作。

玛莎起初拒绝与她的新主管大卫交谈，受到挑战时她表现得相当顽固，也相当傲慢（是的，后来也是如此），但这种性格丝毫没为她扭转局面。这种情况一直持续了一个多月，直到玛莎的爱猫患上了早期肾癌。大卫看到了这个僵局的潜在突破口，紧接着便是我提供的无偿服务。

当玛莎第一次带着猫来到我在动物医疗中心的办公室时，我震惊了，因为她不同于我从大卫对我说的故事中听说的形象（思想陈旧、怪异、可能像家庭主妇一样会将扫帚藏在桌子下面，或者其他什么怪相）。事实上她本人身材高挑，体态匀称，45 岁上下，长着一双大大的蓝眼睛，这和我的想象差别甚远。

在我们简短而礼貌的介绍后，我对斯摩基进行了初步诊断，并向她提供了有限的几个可供选择的治疗方案。在听完我从正反两面出发的冗长的治疗说明后，玛莎摇晃着手中的斯摩基，坦白地说道："我们没有孩子。"

在那天，我和玛莎达成了一致，为了斯摩基要不惜一切代价，但我们绝不能让她的生活质量因此而受到影响。玛莎让我答应她，如果我认为她让斯摩基撑的时间超过了它所应该承受的，我要提醒她。我也很愿意这样做。四个月后的某一天，像今天一样寒冷，斯摩基停止了进食。晚上，我带着那索命的医疗包去了她的住所。玛莎的丈夫，一个身材不太高但面容和善的长者，从门口将我热情地迎到了屋中。我还没脱下外套，玛莎就问我道："我们可以用管子给它喂食吗？"她看着我，然后自己回答了自己的问题，"它的时限到了，对吗？"

"是的。"我轻声地回答她。玛莎点了点头，眼泪开始顺着面颊流淌而下。斯摩基在玛莎的怀里走了。最后，我不顾自己努力维持的专家形象，像她一样，哭得一塌糊涂。我相信玛莎应该会因此而喜欢上我。

玛莎是我的第一个证明人。照料他人宠物的行为能够为彼此建立起一座桥梁，而我有时候又不得不将这桥梁放弃或摧毁。

玛莎很快成了大卫真正的秘书，也成为了他在公司中的主要拥护者和原则的捍卫者。她知道谁会在公司里竟献热吻，又有谁会扭转面颊去迎接。

今天早晨，当玛莎看到大卫回来时，她从椅子上跳了起来，给了他一个长时间的温暖的拥抱。"让我好好看看你。"玛莎慢慢地绕大卫走了一圈，摘下他肩膀上的干草屑，"你看起来就像狗屎。"

"谢谢。"大卫笑着对她说。

"真的，你看起来脸色苍白，非常可怕，还很虚弱。你感觉怎么样？"

"我很好。"为了对玛莎的质疑进行回应，大卫又加了一句，"真的，我很好。"

"开业当律师总比撒谎好。"

大卫和玛莎一起走进了他宽敞的办公室。桌子上整整齐齐地放满了各种文件和档案，这正是大卫最关心的地方。他难以置信地摇了摇头。

"不要担心，"玛莎说，"并没有看起来那么糟，最重要的是，你回来了。"

大卫走到桌子后面坐了下来。一坐下来，他的眼睛就不可避免地看到了桌子上我们在巴黎的合影。

"我能为你做点儿什么吗？"玛莎轻声问道。

大卫摇了摇头，眼睛盯着照片。

"事情变得容易解决多了。"她说。

"真的吗？什么时候？"

玛莎耸了耸肩，"我已经将你的电话分为慰问电话、业务电话和紧急业务电话了。"

大卫拿起他面前的清单，"谢谢，其他的我还需要知道些什么？"

玛莎咬着下唇。

"告诉我，毕竟早晚都要处理的。"

"好吧，在计划中，你要在三个星期之内，赶在阿勒顿法官之前选出一个莫里森案件的陪审团。"玛莎很快说完了计划中的最后一部分，就如速度能够避免大卫将注意力集中于此一样。

"什么？"大卫闭上眼睛摇了摇头，"克丽丝应该会申请延期的。"

"已经加上延期的时间了。"

"他仅仅给了我一周的时间？阿勒顿总是将长一点儿的延期看成肉中刺。"

"这不关你的事，这是他和马克斯之间的事。"

"不管是什么，这太不公平了。"

"如果你认为公平很重要，那可能是因为你太久不工作了。你可以私底下多去找他几次。"

"你是说乞求。"

"只有你抱怨的时候可以视为乞求，"玛莎说，"你最上面的抽屉里有一包还没用过的牙签。我还告诉了马克斯，如果他做出什么愚蠢事的话，我会亲自找到他的电子邮件地址簿，给他的全部女朋友发一遍每个人的电话号码。所以不要让他逼你做任何你不想做的事。"

这就是我喜欢玛莎的原因。她知道公司里每个人的弱点，但仅仅利用有用的东西。大卫笑了，因为他想到了马克斯的难为情。"也许马克斯会对我们俩很吃惊。"大卫说道。

"肯定，我会火冒三丈的。"

大卫从上面的抽屉里拿出一根牙签，放到嘴角里面。"如果你没有更多的好消息，你能帮我找一下克丽丝吗？"

"可以。最后一件事，按照日程表的安排，你明天要做年度报告，是关于道德方面的。我应该找其他人来做这件事。"

"不行，那是我能够告诉孩子们关于誓言和所有犯罪律师因为作伪证而进监狱的恐怖故事的地方。我一直在寻找这样的机会。"

"今年让其他人来做吧，你的事情太多了。"

"只需要一个小时的时间，那是我在这里应该做的几件重要的事情之一。最初几年，他们需要了解说真话的重要性。将它继续列在我的日程表上吧。"

"那就如你所愿。"玛莎在关门之前退出了屋子，并向大卫鞠了个躬。大卫对此微微一笑。

大卫从那一堆文件里拿出了最上面的一张。还没看完第一段，一阵巨大的敲门声传了过来，接着马克斯闯入了办公室。

"哎，能够见你坐在办公桌后面真是太好了，"马克斯道，"这段时间怎么样？"

大卫转向桌子上的那堆文件，"我刚进来不久，现在有点被工作淹没的感觉。"马克斯还没回答，大卫用非常缓慢又夸张的语气重复了那句"被淹没"。"你之前应该至少听过这种说法吧，没有吗？"

"想来就来，想走就走。把这些废话留给你的合伙人吧。"马克斯说道。

大卫最喜欢的项目经理克丽丝·杰罗姆这时走了进来，站在马克斯身后。马克斯并没有第一时间发现她，然后继续说道，"事实是许多事先训练过的猴子都可以做得到。"

克丽丝清了清喉咙，马克斯立即转过头来向她问好。"看到了吗？来得正好。"他说。你可能认为马克斯至少会因为一个同事听到了他刚才的谈话而感到一点儿尴尬，那你太不了解马克斯了，他会很自豪地在满屋子的同事面前讲述同样的故事。

"关于灵感，文斯·隆巴迪也帮不了你，"克丽丝对他说，"你知道的，马克斯，猴子每次回家的时候还要带上根香蕉呢。"

马克斯眼珠转了转，那是合作伙伴间的对话，因为合伙人们经常会忽略掉拥有对方会是多么美好的一件事。直到我成为他们的合伙人的第五个年头，他们才让我和他们穿同一双鞋子。而且，一直到了第六个年头，他们才把鞋子里面的刮胡刀取出来。还有些类似的事。"稍后我会来接你一起去马可尼餐厅吃顿便饭。"马克斯对大卫说。

"像以前一样，你不在听我说话，"大卫说，"我忙死了。"

马克斯挥手向他告别，"你仍旧需要吃点儿东西。"当马克斯走过克丽丝时，小声地对她说了些什么，然后关上了身后的门。

"那个恶魔说了什么？"大卫问。

"你想呢，他想让我来监视你，看看你有没有事。"克丽丝坐在大卫对面的椅子上。

"小心照顾马克斯。他可以成为你在公司里的一个很好的朋友……"

"只要你知道他正站在你的前面，"有人打断了她，克丽丝接着说，"我知道，我知道，你之前已经告诉过我无数次了。"

"我知道你已经为我做了18小时的工作了，谢谢你，我保证给你补偿。"

"别记在心上，可以吗？我依旧欠你太多了。"

克丽丝能够轻而易举地成为每一个妻子的噩梦——她聪明，年轻且有魅力，还可以和她们的丈夫们长时间共事。

我承认，大卫在我们的婚姻生活中从来没有让我真正担心过（他经常开玩笑说他连我都不能满足，更不用说再有第二个女人了）。即使克丽丝已经结婚，但几年以前的一段时间，我对她曾心存疑虑。克丽丝一度每个晚上都从家中给大卫打电话。我禁不住开始忖度，公司中大多数员工——无论男性还是女性——配偶都已是第二任或是第三任，而他们配偶当中的大多数都是他们自己以前的秘书、法律助理或者是合伙人。

还没有来得及让大卫得知我的忧虑，他首先开始向我寻求建议。大卫经常会处理人际关系方面的争论——那也是他感觉自己生命中最缺乏准备和最脆弱的方面。我非常喜欢让他相信我的判断，这让我感觉我们像盟友一样。

原来，克丽丝已经收到了一个与之不相配又讨人厌的资深合伙人（无论怎样，一个男人怎么会叫惠特尼呢？）的邀请，并且联系日益紧密，那人曾与她进行过合作并打算再次合作。克丽丝去找大卫讨论她应该（或能够）怎样做才不会影响她的工作。大卫，一个永远忠诚于他偏爱之人的人，想和韦特谈谈，如果还是无法阻止那个愚蠢的家伙，就将其报告给执行委员会。

克丽丝拒绝了这个建议，因为她没有足够的理由去相信大卫的行为会处在职业中立的角度，白痴都会找机会报复，况且消息一旦被揭露，克丽丝所得到的任何有利的评论或任务都会被解读成标注星号的"特殊事件"。即使是这种假设出来的结果，克丽丝也是根据那些不可避免的"他说／她说"的真实性而分析得出的。

随着形势不断恶化，克丽丝开始考虑离开公司。大卫决定将这种情况上报，尽管克丽丝不希望有人这样做。就在这时，大卫向我讲述了所有的情况。听到大卫叙述了克丽丝的隐私，我顿时轻松了许多，并将心中已经形成的一个解决方案说了出来。

"除掉隐患。"

起初大卫看着我，"你能认真点儿吗？"脸上带着他曾偶尔对我说话方式的质疑，但随后我便看到了他对这个想法的理解，最后他禁不住大笑起来。

"除掉。没问题，谢谢你，亲爱的。"他给了我的唇轻轻一吻，然后将那晚的大部分时间都用在了拨打电话上。

最后，大卫说服了克丽丝，即再和那个讨厌的家伙交谈时带上微型录音机。仅仅过去了一周，克丽丝便录下了足够的韦特对于她外表的谈论以及到城外进行"教育研讨会"的邀请（说话时还明显带着傻笑），足足录了两盘微型磁带。她随后便把这些令她作呕的磁带给了大卫，就像那是地铁的厕所中漂浮着的杂物。

大卫在那天晚上为韦特播放了所有磁带。结束时，大卫告诉韦特，他不仅会在下一次员工大会上播放，同样也会将这些磁带寄给他的第二任老婆。让大卫选择沉默的方式很简单：立即停止他自己的这种行为，然后为克丽丝在其工作上的评价给出一个理应的"优秀"。

距离三年后的今天仅仅九个月，克丽丝便从投票选举中得到了资深合伙人的地位，那些磁带现在还藏在我们家中，而韦特成了克丽丝最最忠实的拥护者（这也许与大卫每个月向韦特的办公邮箱中投递一盘空白的微型磁带有关）。

正坐在大卫办公室中的克丽丝拿出了一个粘满便条的文件夹，"准备好了吗？"

"准不准备好也由不了我啊。"

克丽丝耸了耸肩，"可能在公司里你剩下的合伙人中，没有一个能符合条件的。"按照手中的文件，克丽丝开始诵读一份长长的清单，其中包括公司中的人们正着手处理的事件以及他们本身的地位。大卫努力地集中注意力，但是我看到了他眼中的挣扎，他的目光一直游离在我们的那张照片上。

我的听觉突然开始退化，克丽丝的嗓音很快便与那些电话铃声和其他办公室中的谈话声融到了一起，直到所有的这些元素集结成了一堵势不可挡的噪音之墙，最后我逃出了这幢大楼。

约书亚离开康奈尔大学那覆盖着常春藤的大楼之后，像我一样，他也成了一名小城镇中普普通通的兽医。随后，很多因素促成了我对他事业的倾注。他所失去的一切让他对他自己和这个世界更加地不确定。他依旧对自己的"患者"们和它们的健康快乐尤为重视，而对于他自己，他不再把自己仅仅看做是一个手法熟练的兽医，"又一个乘坐公共汽车的傻瓜。"他会这样说自己。现在约书亚听得更多，而说得少（他从来不说关于自己的任何事），而且说话时用语谨慎。他的每句话之间的间隔越来越长，这种沉默让我觉得很舒服。我并不是唯一有这种感觉的人。

吉米·蓝金，一个穿着足球运动衫的 14 岁男孩，正在接待区等待着约书亚。医院没有正式营业，所以接待室里空荡荡的，只有那个男孩和他放在膝盖上的大纸板箱。

吉米的头发黑黑的，长着一双湛蓝湛蓝的大眼睛，笑容很甜美，但他只有一只耳朵，左侧的面颊露出一道深深的疤痕。两年前的车祸夺走了他哥哥的生命，也让他失掉了一只耳朵，留下了这一道伤疤。

在那场事故后，不知怎地，吉米迷恋上了各种各样的流浪动物。他找到它们——或者是动物们找到他——几乎所有这些流浪的小动物都已经找到了家，有的是通过吉米自己的努力，有的是通过我们办公室中的同事的坚持不懈（好吧，是在愧疚感的影响之下）。吉米总是给他找到的每一只动物——狗、猫、松鼠、浣熊或者鸟——取个类似的名字，这些名字几乎都是由"皮特"演变而来的，而皮特，正是他死去的哥哥。

"怎么样，吉米？"约书亚从一间检查室里走出来，跟这个男孩握了握手以示欢迎。

"不怎么样，马克斯医生。看的人倒是不少，却没人愿意领养。"

约书亚同情地点了点头。"好吧，继续努力。它们都还好吧？"约书亚顺着纸箱看了过去，八只小猫彼此蜷缩着，箱子里还装着一个热水瓶。

"我想还好，但是这个小家伙，小彼得，它打注射液的时候表现得可不太好。"

"让我们看看，"约书亚边说边把箱子里面个头最小的那只小猫轻轻地捉了出来。约书亚检查了彼得的眼睛和嘴巴，还轻轻地挤了挤小猫的肚子，小猫发出了"吱"的一声。"我想它大致上没事，为何今天不把这些小家伙留在这里呢，你在学校的时候，我可以帮你照顾它们。"

"那太好了，我真不想把它们单独留在家里，你了解妈妈的。"

吉米的妈妈很讨厌这些流浪动物。她儿子死后，她讨厌一切需要关心的事物，很多时候甚至包括这个幸存下来的丑八怪儿子。即使这些流浪动物被命名为"彼得"，但并没有起到太大的作用。

"谢谢你，马克斯医生。你是个现实中的生命拯救者。"

"不是的，"约书亚说着将小彼得放在了箱子里让它和它的哥哥姐姐们待在一起，"是的，你是的。"

前门的窗户传来一阵敲击声吓了他们一跳。莎莉在窗外向约书亚做着手势，让他把门打开，约书亚赶紧去开门。

"非常抱歉，这么早来打扰你，"莎莉边说边走进门，"但我需要见你一面。"

我一直以为约书亚会像我一样认识镇上从事兽医的其他人——可能只是面熟，并不熟悉，肯定就不知道名字了。实际上，我实在回忆不起莎莉或者沙顿医生的其他雇员何时来拜访过。

约书亚将吉米介绍为他的"朋友"，看得出来吉米对这种介绍方式感到很高兴。

短暂的一瞬，莎莉将目光停留在了吉米的伤疤上，很快她回过神来，向吉米伸出手，"见到你很高兴，吉米。"莎莉将她的注意力从男孩的脸上转移到了盒子里小猫的身上。"那些小猫咪看着真可爱。"莎莉对他说。

"吉米在一所中学后面发现了这窝小猫。"

"你有动物吗，汉森小姐？"吉米问道。

"没有，我怕它们会比我先死。"

"那给自己一个新的开始怎么样？"吉米将小彼得从箱子里面捉出来，然后带着他最甜美的笑容递给了莎莉，"你应该拥有一个的，只要保证能给它一个温暖的家就行了。"

"啊，我希望我可以，我真的希望。"

"求求你了，彼得需要像你这样的人，它太小了。"

莎莉用乞求的眼神看着约书亚，想让他帮自己从这个强行推销中解救出来。

"你现在要去学校了，朋友。"约书亚对他说。

吉米点了点头，表示理解。他并不是个傻孩子。他穿上外套，收拾了一下书包。"好吧，我想让这些小家伙在这里再待上一会儿，说不定你就会改变主意呢……"

"哦，我希望自己会的。"莎莉对他说道，但他知道她并不是认真的。"谢谢你所做的一切，"莎莉又补充了一句，"知道你能做这些真的太好了。"

吉米对这些恭维不屑地耸了耸肩，"任何其他人都可以做这些。"

我知道莎莉不会同意。之所以这样说，是因为我看到了当莎莉听吉米说话时脸上的表情。她知道外面的世界会不一样。她知道，在街上遇到一百个人，没有一个人会做与别人一样的事情。她也知道，当其他人嘲笑他的耳朵、凝视他的伤疤时，吉米对挽救的动物的喜爱会是他善良的软肋。就她个人所承受的痛苦，莎莉还知道他对动物的爱永远不会增强他对那些凶残、狡诈或者批判的免疫力。

在这方面的认识我和莎莉如同姐妹。生命中，我永远不会允许自己向吉米发出警告。很明显，莎莉也不会这样做，她仅仅告诉这个男孩，"让我们一起放飞希望，实际上你已经做到了。"

约书亚转过身去，面对着男孩，"为何不随我去后面花几分钟将这些小家伙安置一下呢？"他又加了一句，对莎莉说，"只要一会儿就好。"

一来到后面，吉米和约书亚便开始将这些小猫放在了另一个笼子中。吉米把小彼得抱了起来，他们相对而视，之后，吉米轻轻吻了一下小猫的前额，把它和哥哥姐姐们放在了一起。"你认为她会改变主意吗？"吉米问道。

"我也不能确定，我想她可能已经养很多宠物了。你说呢？"

"我想有些时候，有些人需要第二次机会才能做出确切的决定。"

约书亚看到吉米将美丽但稍带欠缺的面颊仰得高高的，想要寻找他言论之中更深层意义的证明，脸上透着诚实和寻求赞扬的渴望。约书亚微笑着看着男孩，"我相信你是正确的。"

吉米离开后，约书亚把莎莉带到了他的办公室，他们面对面站着，中间隔着约书亚的那张破旧的办公桌。

"有一段时间了，"约书亚开始讲话，"你在那边怎么样，克里夫怎么样？"

"沙顿刚把我解雇了。"莎莉毫无表情地说。约书亚很长一段时间没有讲话。"你的意思是……"莎莉主动说，"就是'我早就告诉过你会这样'。"

"你难道不知道我会好得多吗？当看出这一切的时候，我告诉过你。"

"你是这样说的，但是……"

"沙顿能够给你我给不了的高额的薪水和更多的好处是吧。"

"你仍然认为那是我离开的唯一原因吗？"莎莉的声音带着怨恨和悲伤。

"我不太理解你的言外之意，但我想你应该能记得吧。"

"我想你能够听懂弦外之音的。"

"沙顿怎么了？"

"克利福德出了点事。"

"抱歉，他还好吧？"

"他还好。对他而言，那里的课程很棒。能够让他留在那个学校，做任何牺牲都是值得的。但是最近他病情的发作……他变得与以前不同了。我害怕当他生命中的下一件大事来临的时候他就会爆发，所有那些年里丢失的情感就会……"莎莉的声音越来越小，好像她已经感觉到了自己说得太多。

"我觉得沙顿并没有很好地承担起这份责任。"

"不是克利福德。是我很害怕，他当众大吵大闹。"

"我了解沙顿，我猜得到接下来会发生的事。"

"所以，现在最需要解决的问题就是，"莎莉尴尬地将头转向一边，"我真的需要一份工作。我知道你会了解我到这里恳求你对我来说有多难。有任何其他选择我都不会这样做。"

"我知道，只是……"约书亚闭上眼睛，摸着眉头说道。

"你让我做什么我都行，我可以回来继续洗兽笼。"

"和那些无关。你不……"

"你可以削减我的工资，我不在意。我只需要一个在学校所在区域中的全职工作，这样克利福德就能继续他的课程了。不管什么工作都行。"

"莎莉，听我说一句，"约书亚站起身来，将脸转向窗户，"对不起，我没有能力帮助你。"

莎莉顿时瘫坐在椅子上。"天哪，我正想说你是我期望中最后一个能把个人情感放在孩子需求上的人呢。"

约书亚转过身来面对着她，"我已经忘了你情感受挫时有多残忍。"

莎莉站起身来，想要离开，"好吧，我能看得出来，这完全就是在浪费时间。"

"我已经将医学中心关掉了。"约书亚对她说。

莎莉听到这句话后愣在了那里，转过头看着约书亚，"什么？"

"这就是我不能帮你的原因，对不起。"

"我能知道为什么吗？"

"原因很多。我累了，莎莉。这里一直需要的是两个兽医，我不想再去培养新人了。说实在话，永远也不会再像过去那样了，我也不想去尝试了。"

"那你什么时候锁门？"

约书亚耸了耸肩，"很快，我的员工们都还不知道。我想尽可能地重新安置他们。"

"那意味着在镇上，沙顿是唯一的选择。"

约书亚点了点头，"目前来看，还会有人过来带着动物就诊，他们总会选择这里的。"

"不会再像以前一样一直来这里了。当然，没有人来会更好。"

"不管谁都要付出更多。"

莎莉小心地组织着她接下来要说的话，"我想我能明白。我为自己刚刚所说的话向你道歉。我真的很害怕，不知道自己接下来怎么办。"

"我并没有责备你。"

"如果你能想到其他方法，一定要告诉我。"

"实际上，如果你能看得开，我想到了另外一个选择。"

莎莉笑了，她已经学会了不再去奢望什么，但她同样是有底线的，"这会儿，我甚至想到了一个奥格维公司仓库管理员的职位，所以，对于你给我的任何意见我都会看得开。"

实验室里，杰西在电脑终端机上打着字，辛迪坐在她旁边的桌子上。每过一会儿，正当杰西思考着屏幕上的内容时，辛迪就会先她一步，在杰西的键盘上按下几个字母。杰西试图忽略她那因想要被关注而带来的急躁，不发表任何评论，改正着辛迪按错的字母。就这样，几分钟过去了，没有因此而受到阻止的辛迪将洋娃娃抱到了杰西面前，挡住了她的视线。杰西突然大笑起来，开玩笑似的开始击打洋娃娃，而辛迪会将洋娃娃迅速拿开。

"辛迪，我今天要去把这封信交给沃尔夫。你不要无所事事地浪费时间。"

辛迪把洋娃娃放回到她的膝盖上，看来像是已经准备好了去照着做。杰西倾斜到电脑屏幕一边，她一转过去，辛迪又把洋娃娃凑回到她的脸上。

杰西向另一个办公室中的弗兰克大声叫道："你能不能为辛迪找点事做，10分钟的时间我就能完成手头的工作。"

"好的。"弗兰克说。

在弗兰克从他的实验室走到杰西身边这 50 英尺距离的时间里，杰西的整个世界都改变了。若有人控制你，那你的整个世界都是易变的。

弗兰克通过实验室的小窗户看到了一群身着深蓝色衣服的来访者。接着，出现了三个人——杰尼克和两个年轻的身材魁梧的保安。两个保安臂膀粗壮，他们正朝着入口处走来。"把她关到笼子里面去。"弗兰克跑到一台最近的电脑终端机前朝着杰西大喊道。

"发生了什么事？"杰西跳了起来，抱起辛迪。

"快点儿照我说的做！"

杰西将辛迪送到笼子里面，把洋娃娃递给了她。辛迪开始抗议，但是杰西并没有理睬，关上了笼子的大门。杰西开始狂躁不安，异常诡异的做法同样也让辛迪感到不安，她开始在笼子里走来走去。

三个人闯入屋中，甚至没有敲门，也没有露出一点儿不速之客的迹象。他们闯了进来，如同理所应当。

杰尼克对两个保安小声说了些什么，然后，他们很快走到了电脑终端机前面，停止了机器的运行。

"不要，"杰西大喊道，"你们会把文件弄丢的。"保安丝毫没有理会。

杰尼克朝杰西跑过去说，"一切都结束了。"

"但是延长期……"

"不会有了。"

"你不能那样做！"杰西的声音越来越高。

"这不是我能决定的。"

辛迪在笼子里显得更加焦躁不安，她边走边呜咽着。

"杰尼克，你真是个浑蛋。"

"你不应该感到吃惊，过去的三个月我一直对你说。我真的想试着帮助你，学着与其他人交流，但你就是不听。"

"你至少要给我一周的时间来让我安排一下手头的工作吧。"

"你知道规则的。你不能再进入 NIS 程序了。另外，这个地方已经被查封。我向你保证，我们会小心地收拾每一件东西，然后会把你的私人物品给你寄过去。"

"讲点道理行吗？"

"我们已经尝试了，不记得了吗？我不想这样，是你逼我的，杰西。"

"是因为我去了沃尔夫那里，对吗？"

"这不是惩罚也不是个人恩怨，"杰尼克说，"是因为拨款已经结束，灵长类动物需要进行过渡期安置。"

"那我为了这个项目所做的这么多工作怎么办？我想得到副本。"

"你的工作是属于灵长类动物研究中心的，一直是如此。"

杰西开始朝着最近的电脑移动——这是一种反抗行为。其中的一个保安站在了她的面前。

"我不能丢下辛迪，"她说，"我不能。"

辛迪从笼子的一边跑到另一边，大声尖叫着。

"会有人照顾她的，我向你保证。"杰尼克说。

"你怎么保证？把她放到一般性灵长类动物的聚居地吗？"杰西大声叫喊着，一定程度上也是为了能够让辛迪听到。她想走到笼子旁边去安抚辛迪，但是第二个保安阻断了她的去路。辛迪看到这些以后，变得更加惶恐了。

杰西在保安旁边朝辛迪张开双手。辛迪来到笼子的栅栏旁边，在杰西就要碰到辛迪的手指时，保安用手拽着杰西的肩膀将她拉开了。

弗兰克猛推保安，"放开她。"

保安解开了手枪皮套上的扣子。"别这样，先生。"保安的语气如此平静以至于让人害怕。

杰尼克在他们中间向后退了两步，"没有必要。"他对保安说。

弗兰克被杰西用胳膊架到了旁边。"这样做是无济于事的。"杰西转过来面对着杰尼克，"还没有结束，我们还会回来的。"然后杰西在保安中间朝着辛迪喊道，"我会回来的，辛迪，我保证。"由于辛迪同样在尖叫，所以杰西的话变得更难听清。

在实验室的通道里，杰西回头又看了一眼辛迪。辛迪抓着笼子的栅栏拼命摇动，当然，栅栏不会移动一丝一毫，永远不会。笼子成为了另一个巨大的牢笼。

辛迪转过头来继续大声尖叫着。

我从没听过我的孩子叫我的声音，你可能会认为我这样说时会带着几分遗憾，其实没有。这对我来说是莫大的安慰，因为当小孩子承受他们无法理解的痛苦时，大卫也就不需要怯懦地去回答那些稚嫩的声音了——"妈妈在哪里？""她还回来了吗？""我能跟她说话吗？"我也不需要去忘记我自己孩子的声音。

但只要我还剩下一丁点儿意识，这尖叫声我永远也不会忘记。

不为人知的往事

数小时后，天色已晚，我发现大卫还在办公室里心不在焉地盯着电脑屏幕上的文件。重新整理过的桌面再次变得杂乱无章，几个一次性纸质咖啡杯被胡乱地丢弃在了办公桌上，我们的照片也被掩埋在备忘录和传真机下面。

在我们一起相处的所有时光里，我从未完全了解过他的生活实际包含的内容，并非他故意隐瞒，更多的是因为我害怕看到他对别人严厉冷酷的样子。

以下是我今天所发现的有关大卫工作的信息：

接听了 32 个电话；

拨出 21 个电话；

在办公室参加了 4 次会议；

对三个同事和一个助理大发脾气；

道了 2 次歉；

收到 5 份传真；

发出 4 份传真；

与玛莎争吵了 3 次；

多次未接听马克斯的电话；

修改了 2 份陈辩书，但都没完成；

电话采访了一位潜在鉴定证人；

阅读了 146 封电邮（不包括他未读便直接删除的垃圾邮件）；

发送了 134 封电邮；

忘记了给约书亚回电话；

在办公桌上吃了午餐；

嚼断了 23 根牙签；

看了 7 次我们的合影；

抓起电话，拨了 3 次家中的号码，每次都是响一声才意识到我已经不在了。

　　我本想能目睹一些能证明他内心在挣扎的迹象，以便能察觉到一些有关他在重返工作的第一天为了融入整体而做出的努力。这样说并非出于自恋，而是由于担忧，我担心大卫会陷入他曾经的生活模式：被工作占据整个生活，完全不顾及任何有意义的情感。只有在他工作的闲暇时刻，他才会想起回忆，而后悲伤、懊悔，然后自我疗伤，最后又痊愈。伤痛能够很好地诠释人类的大多数行为，然而对伤痛的畏惧则诠释了更多。我担心的是大卫的恐惧——孤独、家中突然的寂静、动物们的需求，也许还有更多的潜在问题——都会驱使他用工作去填补空虚，从而将工作做得很好。

　　对比大卫生活的空虚，我的思维突然跳回到了辛迪。尽管我已经自我挣扎了好几个小时，只为了不让自己回想起那一幕，但我却深知，我永远都不能将那些景象从我的眼前抹去。

　　被困在立方体中之后，辛迪正独自待在洞穴似的实验室里，目不转睛地盯着被反锁的门。有人到实验室去给她喂食或者对她进行观察，但他们中却没有杰西的身影，因此他们对辛迪来说都是无关紧要的。可对我而言，没了杰西，乍一看，这围栏似乎也小了许多。

　　辛迪不安地四处打量着这空荡荡的实验室，一只手仍然紧握着我的那个洋娃娃，朝着立方体中的键盘走了过去。她开始慢慢地在这些符号上轻轻地敲打起来。

　　"辛迪正在玩耍"几个字出现在了杰西的电脑屏幕上，但实验室中已无人观看。

辛迪接着又输入道，"我会好好的"，几个字同样显示在了外面的显示器上。

最后，辛迪轻轻地将洋娃娃放下，俯下身子，慢慢地，非常笨拙地用双手的食指轻敲键盘。"对不起，对不起 …… 难过 …… 现在想出去 ……"出现在电脑屏幕上。

当意识到无人回应时，辛迪便拾起玩具，走到了围栏中的角落。她瞥了一眼镜子中的自己，而后紧忙将头转开。

接着她将身体蜷缩到最小，抱着洋娃娃，晃动着双脚。

我和丈夫的工作领域是两个完全独立的世界，除非直接干预，否则这两个世界永远不会有交集。因此当大卫正准备离开而恰好杰西敲响了他办公室的门时，我感受到了难以避免的震惊。

"有什么事吗？"大卫冷冷地问道，这大概是他对误入办公室的人的一贯语气。

杰西进入办公室，伸出手，"我是简·卡西迪。"

大卫毫无表情地看着她，过了一会儿，说道："对不起，我想你可能走错了吧。"

"你是大卫·克尔顿，对吗？"

"是的，但是 ……"

"海伦娜的丈夫？"

"我们认识吗？"

"我在葬礼上见过你。"

"对不起，我不太记得那天的事了。"

最后杰西将手放下去。"我能理解，我是海伦娜的一个朋友。我们曾一起在兽医学院读书。"看到大卫面无表情，她又补充道，"我们曾一起从事过黑猩猩的研究。"

大卫仍然毫无反应。

"查理？辛迪？"杰西满怀希望地说。

我可以看出大卫正在努力回忆，"是的，查理，关于艾滋病病毒研究的，对吗？"

"有点儿接近，是关于丙型肝炎的。"

"是的，是的，海伦娜还有另外一个研究助理，对吧？"

"那就是我。"

"噢，"大卫恍然大悟，"那似乎已经过去 15 年了，你是怎么找到我的？你又是怎么知道海伦娜已经去世了的？"

　　杰西结结巴巴地开始对大卫的不知情做出回应，"海伦娜没有提到过关于辛迪的研究吗？"

　　"我依稀记得查理，因为那时她曾因此心烦意乱，但是，卡西迪小姐，我从来没有听说过任何关于'辛迪'的事情。"

　　"叫我杰西好了，朋友们都叫我杰西。"

　　不，杰西。他不知道你和辛迪——因为我从来没告诉过他。我甚至不能确定自己是否应该冒险把你带进我现在的生活中，但是我需要的答案你似乎已经找到了。我们之间的故事会永远陪伴着我，对此我很自信。否则也没有理由去相信。没有关联，也就不会有未知的结局。你本不该出现在这里。

　　但这一刻，你就在这里。

　　"好吧，杰西，"大卫说，"对不起，我真的要回家了。你知道的，家里只剩我一个人，所以……"

　　"我需要告诉你关于我与海伦娜工作的事情。非常复杂，我可以请你喝杯咖啡慢慢向你解释吗？"

　　大卫再次看了看手表。看得出来，他已经有些不耐烦了，"你可以等等吗？我可以在明天或者后天安排时间与你见面。"

　　突然间，杰西看起来似乎已经饱含着眼泪了，"我已经不能再等下去了，求求你，克尔顿先生。"

　　大卫无法拒绝这个涉及到我的名字的请求。"大卫，"他叹息道，"叫我大卫就好了。"

　　坐在星巴克角落，杰西打开一个文件夹，之后拿出了一张黑猩猩的黑白特写，在桌子上将照片向大卫滑去。

　　"这就是辛迪，我曾训练她说话。"

　　杰西简要地解释了一下她与辛迪在灵长类动物研究中心的工作，大卫也没有假装自己对此有多大的兴趣，他拿着咖啡棒在杯中搅来搅去。在经受了四年的集中训练后，辛迪已经学会了很重要的基本交流技巧。通过美国手语与我们所创造的计算机建模系统和语言辅助设备，辛迪已经拥有了回答问题、提出要求和交流对话的能力。

大卫用怀疑的目光看着杰西。"卡西迪……杰西小姐，你说的这些很有趣，但是，首先，我不清楚你在说什么。其次，我不清楚这些与我有什么关系，或者甚至与海伦娜有什么关系。"

"接下来就会有关系了，只要再忍受我几分钟。我要说的是，辛迪拥有真实的语言学习能力和语言转化能力，我能够证明她拥有相当于四岁孩子的认知水平。"她骄傲地说道。

大卫探过身，他不确定刚才所听到的内容，说："你可以再说一遍吗？"

"好的，"杰西微笑着说，"四岁的水平。我们认为，随着她的成长，辛迪的学习曲线应该会呈指数分布，并不是在算术方面，而是在语言学习方面，她学习语言的速度相当于一个人类小孩。"

"关于黑猩猩我只在《时代》杂志的封面上读到过，那是我对黑猩猩的唯一了解，而且我相当确信，那则故事没有讲述你所描述的内容。"

"是的，没有一个灵长类动物尝试过这么高的实验水准。"

"所以你的意思是在过去的几年里发生了一次巨大的变异，黑猩猩变聪明了？我想那没有任何意义。"

杰西今天第一次发笑。"你的看法有点儿偏激，不是黑猩猩突然进化了。灵长动物还是原来的灵长动物，但科学水平不同了，实验手段进步了。电脑模拟、训练模块以及电脑辅助分析的技术水平都已经发展到了让人难以置信的地步。我们现在知道得更多了。"

"这个世界没有那么大的改变——还不足以将一只猩猩变成一个四岁的小孩，即使我听到过那样的说法。"

"你会感到很惊讶，五年前就已有人绘制出了黑猩猩的基因图。现在我们可以证明出黑猩猩与我们在 DNA 分布上的不同之处仅仅稍微超过 1%。我们可以从遗传学和进化论的角度来证明黑猩猩和巴布诺猿与人类的接近程度远远超过它们与大猩猩的接近程度。几个世纪以前愚蠢的林奈学会提出的整个横亘在人类与物种之间的信条已经在教室中受到了挑战，更具体些，是在我的实验室里。"

大卫偷偷瞥了一眼手表。"好吧，但这些又与我妻子有什么联系呢？"

"起初我以为她仅仅对我的研究好奇，接着，她遇到了辛迪，然后……你确定她从来没有跟你提过这些事情？"

"坦白地说，我不记得了。在工作中，她生病时，还有在动物们中间的时候，我没能保证自己投入本应投入的注意力去倾听。"大卫耸耸肩道，"她说过她在从事着什么研究，那时我只是觉得那听起来应该有利于她保持积极的态度。她没有说过具体的项目是什么，我也没有问。"

"事实上，她成了我们团队中关键的一部分。我们一起将辛迪的语言水平提高到了一个稳定的状态，但我们太孤立了。然后，海伦娜开始了她的一系列旅程。"

"旅程？一系列还是一次？"

"一系列，去年至少有12次。当然次数是逐渐减少的，当……"

很明显大卫被震撼了，"对不起，这个你肯定记错了。如果是有很多次旅行，我会发现的。"

大卫盯着他的咖啡，尝试着去回忆那段我不在的时间，但事实是在那个时段里，他并没有注意到我们的起居室中停着的那辆粉红色的推土机。他摇了摇头，"真的，是你记错了。"

杰西没有继续和他争辩，"不管事实怎么样，她跟辛迪有一种独特的关系。实际上，跟辛迪真正交流过的，只有两个人——我和你的妻子。"

"你是说海伦娜是用手语和大猩猩交流的？"

"是的，你知道她会手语的，不是吗？"

"当然，她有一个聋哑的表亲，但是……"

"然后海伦娜开始了她的学术研究。她总是能在极端的状况下将事情做得很好，这一点我不如她。将镜子放进辛迪的围栏是海伦娜的主意，这样辛迪就能准确地看到她的动作了。虽然简单，但是用处很大。我本也应该想到的，但是我却没有。对于辛迪来说，这真的是一个重大的突破——可能提前达到了通过计算机辅助教育需要一年以上的时间才能达到的效果。"

大卫突然想起了我们起居室中的书架，"现在我明白了，你想要她的论文。我现在还没有找到，但无论找到什么，我都很愿意给你拿去。"

"我希望自己仅仅是为了论文，实际上不是的。我们现在所用的拨款已经用完，我申请延期，但被否决了。"

"真的很让人遗憾，你尝试过其他的来源吗？如果可能……"

"我已经去了所有我能去的地方，向所有人讲述了此事，甚至在华盛顿。相信我，我不仅仅只是想尝试。"杰西努力地把它整合到一起，"我被灵长类动物研究中心给踢出来了。"

"我明白了，那辛迪现在哪里？"

"她正在灵长类动物研究中心等待着，NIS 需要拿到国家农业部的批准才能将灵长类动物转移到其他地方。国家农业部有权跟踪黑猩猩，以确保它们中感染上类似埃博拉病毒之类病菌的，不会因为偶然因素运送到那些不具备相应的医疗水平的物种危害实验室。拿到批准大概要一个月的时间，如果电话拨打得是时候，可能还会少于一个月。我在农业部有一个朋友在替我留心着辛迪申请的这件事，但我们不确定 NIS 是否会按章程办事。"

"一旦辛迪被转移走会怎样？"

"她会被运出 CAPS，然后回到 NIS 的一般性种群。"

"那意味着……"

"被投入到侵染性灵长类动物生物医药研究——包括血生性病原体、结核病毒、癫痫、器官移植和不断发展的外科手术研究。一旦她被转移……"杰西已经无法让自己将话说完。我知道，在她看来，辛迪会面临太多太多的惧怕。

"你为什么不试着将辛迪买回来呢？"大卫问道，"我知道那可能需要一大笔钱，但我可以帮助你一些，让别人也……"

"当然，我尝试过，辛迪是不能用金钱购买的，想让 NIS 将她放出来太困难了。拥有四岁心智的辛迪被非偶然性地虐待，你觉得公众会如何反应？那时 NIS 便无法再掩饰自己丑恶的嘴脸，这也正是他们不把我的研究笔记归还给我的原因，否则我便可以将这一切刊登于学术期刊。"

"那么，现在呢？"

"她在等待着。"

"为什么你不去公开宣布，去告诉《时代》杂志或者其他类似的机构这个事实？"

"因为如果我那样做的话，他们现在就会将辛迪转移。到我找到她的时候，除了伤心，一切都会太迟了。"

杰西从她的文件夹中拿出一张相片，将其放在大卫面前。照片里，辛迪握着杰西的手，他们一同直视着相机，杰西微笑着。

杰西接着拿出一些零散的备忘录和研究报告，将这些文件推到了大卫面前。一些文件承载了 NIS 的荣誉，而其他的则是美国政府的最佳成绩。"这些是我在被踢出来之前与我工作有关的所有东西。"

大卫忽略这堆文件，说道，"我非常同情你现在的处境，但是我仍然不知道我能帮你什么。"

"我需要你帮我在辛迪被转移之前将她从 CAPS 弄出来，我需要你给我一个法院的命令。"

大卫仰坐在椅子上，在还没有回答之前，他便开始摇头。

杰西在大卫还没说话的时候，又说道："我知道在你赞同之前会发出很多质疑的，但是，我本以为你知道了我和海伦娜一起的工作，就会……"

"对不起，我真的希望自己能够帮助你，但我帮不了。"

"但我没有太多时间了。辛迪一旦被转移……"

"对我来说这根本不可能，原因有很多。我甚至无法为你说的这些找到合适的法律依据。每一个学法律的一年级学生都知道这样一句话——动物是动产。辛迪在法律上被定义为财产。根据法律，它与我现在坐的这把椅子没有什么区别——而且它更不是你的椅子。"

"这就是我要说的，她不是财产，她拥有意识，而椅子没有。"

"真是个有趣的观点，但那不是法律，至少在现在还不是。没有一个正规法庭会受理这样的案件，也没有任何一部法律可以用来解决这个案件。"

杰西从包里拿出一本厚厚的螺线形笔记本，递给了大卫。

"这是什么？"大卫没有打开。

"海伦娜的研究笔记。"

大卫曾向马克斯讲述的有关起居室壁柜中书籍的事情从根本上说是正确的。那些书籍我都曾阅读过——事实上是吞食——随着我病情的不断恶化，我和杰西的工作也在不断推进着。我怀揣着一种希望阅读着这些书籍，一种寻找到能帮助杰西去支撑她灵长类动物意识理论的一些核心观念的希望，但那仅仅是一部分。我同样在希望着自己能够在那些印刷的文字中寻找到一些私人信息，以便当自己最后彻底被疾病压垮时能够将那日益增长的焦虑泯灭，我将面对一连串充满黑暗与敌意的屋子，或者更糟糕，仅仅剩一张便条，"生命在于奋斗，而你死了，一切都结束了。"

因此我不仅仅阅读，我还做了很多笔记——大卫手中拿着的正是我一页页写下的笔记。我记录了一些引言和章节摘要，也记录下了我对所读过的内容、未来研究的想法、辛迪的涂绘、我和她交流内容的总结以及在改善计算机程序方面的设想和思考。我在书的最后留下了几个空白页以备应对突如其来的灵感，但我最后还是没能捕捉到那灵感。

杰西等待着大卫打开笔记本去看一下我曾亲手写下的永恒的证据，她似乎认为那会驱使大卫为她提供帮助。直到这一刻，我才意识到杰西关于恐惧病理学的知识有多匮乏。大卫没有打开笔记本，而是将其放在他们之间的桌子中央。

"你就不能看一下吗？"杰西恳求道，"哪怕打几个电话，写几封恐吓信。为我争取一点点时间，让我想想另外的办法。我存下了一些钱，我可以支付给你的。"

"我不能那样做，不是钱的问题，我需要得到公司的批准，但他们不会，即使真的批准了，我也没有办法……至少现在不行。类似的案件我手头积攒得太多了。"

"但是海伦娜……"

"再也不要向我提这件事。她在世的时候，从来没有因为此事向我寻求过帮助。"

"但是她……"

"已经不在了！"大卫尖锐的语气让我不禁想起狗的叫声，那种对待过于接近它食物的人发出的低声咆哮。大卫长呼一口气，当他再次讲话时，语气稍和蔼了些，"我知道这对你很重要，我可以给你推荐其他人，但……"但这必定是一次败诉，能够接这个案子的律师只能是杰西不想聘请的律师。大卫不必把话说完，杰西已经明白。

"我明白了。"杰西说，像被打败了一样。她开始收拾文件，眼泪再也止不住了，一个劲儿往下流。"对不起，"她一边擦着泪水，一边说，"但眼泪不是我计划的一部分。我知道你也有自己的难处。"

"车到山前必有路。"大卫起身，"对不起，我真的得回家了。海伦娜的动物们都在等着我呢。你给我一张名片吧，如果我有什么好主意就给你发邮件。"

杰西将文件夹递给大卫，他犹豫了，不知该不该接过来。"这只是复印件，"她说，"我的联系方式在文件里。"大卫接过文件夹，没有再说什么。

"如果你能想到合适的律师，请把这些文件转交给他，任何人都可以。"

"我会的。"

杰西将笔记本推到大卫面前。他呆呆地盯着笔记本看了一会儿，然后放进了背包中。

握过手后杰西离开了。大卫匆匆走向车库，踏上了回家的漫长旅途。到了高速公路时，大卫脑中再次塞满了工作，他已经把辛迪的事情忘得一干二净了。

我却没有那么幸运。我的脑海中总会浮现出辛迪带着孤独与惧怕被困于牢笼的情景，无论如何挥之不去。

我见过这个画面，我曾经见过，那源于绝望和习惯性的无助。我确定，它是将我缚于此时此地的画面之一。

大卫回到家中，晚了三个小时。等待许久的动物们对人类伙伴与食物的需求已经超乎想象，而此时的大卫也早已筋疲力尽。

狗儿们一见到远远的车道上出现的辉光便开始从后院狂吠，它们已经在那里禁锢了 13 个小时。大卫将车泊好时，狗儿们已经疯狂地号叫到惊天动地了。

大卫打开后院大门，狗儿们猛地扑向大卫，满是泥巴的爪子湿湿的，再次开始狂吠（斯基皮的做法）、低声吠叫（伯尼和奇普的做法），生怕主人注意不到它们。值得称赞的是大卫没有训斥它们，他甚至用高兴的语气在和它们讲话，但是看得出来，他是假装的——他的声音没有破绽，但表情出卖了他。

和狗儿们待了几分钟以后，大卫把它们带进屋子喂食。奇普，与它的血缘相符，是唯一的猎犬，但今晚这三只狗的吃相就如同它们本应该在几小时之前进食一样，这样的说法再贴切不过。

食物使狗儿们暂时平静了下来，但在考虑休息之前，大卫仍旧有很多事情要做。他向我们的非洲灰鹦鹉扔了些食物，鹦鹉对这种粗鲁的行为大声抱怨着。接着他打开了一堆猫食罐头，将罐头放在地上，他甚至觉得将猫食弄到盘子里都很麻烦。猫儿们盯着罐头，我想这是猫科动物在向饥饿和食物屈服前的最后抗议。

接下来要对付的就是个头巨大的孩子们。大卫进屋换上了一身旧衣服和一双橡胶靴，步履艰难地进入月光中。

科莱特是第一站，它好像有什么话要对我的丈夫说。它的水槽被冻住了，也就意味着里面的加热元件需要更换了。这些对大卫来说与让他去驾驭航天飞机一样困难。他想用软管将畜棚中的水管与水槽连接起来，这样水槽里就可以注满水了。如果大卫没有忘记将上次用过的软管中的水排空，这种做法本可以行得通的，但现在，里面全是冰。最后，大卫被迫用水桶提出屋中的热水，将冰融化，这项工程极其耗时，因为大卫在来回的过程中每个水桶都会洒出几乎半桶水。

最后，大卫来到了亚瑟和爱丽丝面前，它们仍然在外面的牧场中。至少，大卫还记得必须把它们带回到畜棚中过夜。因为我们房子周围的森林中有土狼偶尔还有野猫出现，并且，当面对峙是不太可能的。而亚瑟尤其容易受到惊吓，从我了解的马的医学常识得知，由惊吓引起的伤害足以使一匹马丧命。

大卫打开连接牧场和爱丽丝畜栏的大门，这样它就可以直接走向大卫为它准备的那桶食物了。踏上这条再熟悉不过的小道后，爱丽丝显得格外高兴。在大卫将畜栏门上的螺栓扣紧之前，爱丽丝已经开始享用它的美餐了。

亚瑟同样也选择了从小牧场走向自己的畜栏，大卫的意图很明显——他可以再次避免一场战争。

在亚瑟进入畜棚开始进食之前，大卫那刺耳的手机铃声打破了宁静。亚瑟吓了一跳，当大卫接听起电话，它便镇定了下来。

"什么事？"

黑莓手机在花园里的信号——尤其在屋子里、畜棚里、森林中——简直糟糕透了。有几次在走进屋中时我看到他为了用黑莓手机收邮件而摆出的各种姿势，就连冈比和泼奇都会为之汗颜。今晚毫不例外——手机只有一格信号——大卫正努力分辨着电话另一头克丽丝的说话声音。"你在哪里？"克丽丝问道。

"我几乎听不到你在说什么。"大卫对电话喊叫着。克丽丝所说的他根本无法听清。"再说一遍？"大卫在畜棚中四处走动以增加信号强度。"我说我们现在遇到了一个难题，莫里森案件中的那些蠢货先提出了否决请求。"

"理由呢？"

克丽丝的回答在电话中听起来很混乱。

"稍等一下，让我找一个信号强一点的地方。"大卫的眼睛一直盯着信号，走到了畜棚入口，发现那里稍微好了一点。

"可以了，"他对着电话说，"再说一遍，他们要否决什么？"

"我方专家的所有证词。"

"他妈的，我们专家的证词正是关键所在。他们的请求什么时候会被驳回？"

"他们按规定要说出理由，而我们的文件后天要全部上交。"

"那样的话事情是在向好的方向发展啊，他们那样做的依据是什么？"

"他说我们没有移交所有专家的笔录。"

"真是荒谬，我们当然全部上交了，"大卫说，克丽丝没有回答，"难道没有吗？"

克丽丝停顿许久，"我想是的。"

"你想是的？"大卫将电话从耳旁拿走，盯着它看了一会儿，看起来像是手机背叛了他。"我没听错吧？你真的这样认为吗？"大卫的声调明显提高，"你怎么会不知道这些呢？"

"我尽力了……"

"我们现在讨论的是我的名誉问题。如果证实了我没有如实陈述事实，我会被唾弃，那样我们手头的每一个案件申请的提交我都要避开。"

"我明白，对不起。我必须从一开始就在这方面下工夫委托求证，我一直以为这些事情都是在掌握之中的。"

"你委托求证？"大卫的语气好像克丽丝刚刚承认了一桩滔天大罪。

"我不能每件事都亲历亲为，你知道的。我还有其他事情要做。"

"其他的事情？"

"你为什么老是喜欢重复我说的话？"

"因为我不知道该说些什么！由于律师事务所的疏忽，我们不会让专家插手这件案子。"大卫的声音中承载着一整天、一周、甚至一个月的失意感，"我不敢相信这件事情是发生在你的视线之下！克丽丝，你是我的助手，确保避免发生这种事情是你的职责。你并不仅仅是在为我工作，至少现在不是！"

克丽丝沉默片刻。当她再次开口讲话时声音已近乎耳语，"我要挂电话了，我不是你的出气筒，你什么时候准备道歉再给我打电话吧。"

"不要挂！"大卫对着电话喊道，"不要挂我的电话！"但克丽丝已经挂断了。大卫把电话摔在地上。电话反弹了一下恰好落在畜棚入口处的前面。大卫看着电话停了下来，盯着它，等待电话再次响起，等待克丽丝打回来，给他一个道歉的机会而后将事情解决。

大卫仍在盯着电话，突然间亚瑟挣脱畜栏跑进了夜色中，电话被亚瑟马蹄踩碎了。

我不知道亚瑟是怎样从它的畜栏中挣脱的，我猜大卫一定是没有把门闩拴牢，而亚瑟是利用了它那巨大的嘴唇。这样的情况发生过好几次，那是我们之间的小游戏，我要再它给一些食物，或者在它的耳边再摩擦上一会儿，它才会回到畜棚，被注意的渴求才会削减。

而这次，亚瑟不是在玩耍。

亚瑟跑到了距离畜棚入口处约它身体长度四倍的距离，然后转过身面向大卫，愤怒地喘息着。它从用畜栏包围的小小疆界挣脱而出后，身体被月光笼罩着，几缕雾气从鼻孔喷薄而出，现在的亚瑟，是一个原始力量的爆发体，是一个挣脱人类约束的生命。

大卫看到亚瑟的这一幕惊呆了，全然忘记了手机的事情。他忘记了克丽丝将要提交的请求，我想，他甚至忘记了我。大卫在这个动物的眼中看到了血肉和铁骨令人费解的组合，一种不可知的敌意。而亚瑟在这个人的眼中看到了缄默的色调与笨拙的附属物组合而成的莫名的敌意。

亚瑟左右摇摆着它那巨大而毛发蓬松的头，好像正努力地抹除这幅幻象。这个动作似乎把大卫带回了他现在的情境。他赶快跑到畜棚，迅速将桶装满食物，拿起牵引绳，慢慢地跑回到外面。

大卫将牵引绳放到身后，藏在亚瑟看不到的地方，他慢慢地尝试着朝亚瑟移过几步，摇晃着桶，里面的食物咔咔作响。

"来吧，伙计，"大卫边慢慢向马移动边尝试着去抚慰它，"我给你带零食来了。"整个过程，亚瑟的眼睛从来未离开大卫。

　　大卫继续一次几步地朝亚瑟缓慢移动着，直到只剩5英尺左右，大卫停了下来。接着他慢慢将满桶食物放到了地上，和亚瑟进行着眼神交流，在背后将牵引绳打成了一个巨大的绳环。

　　我完全不知道大卫认为自己接下来能够做到什么。马与狗不同，它并不像抛出项圈就可以将其束缚而后任由你逆着意愿去拖拽的狗儿。不过，大卫似乎有他的计划，或者至少他认为自己有。

　　亚瑟并不知道这些，它突然后退几步摆脱了大卫。大卫被亚瑟突如其来的举动吓了一跳，差点摔倒在地上。失望的大卫将怒气发泄到了装着食物的桶上，他朝着桶狠狠地踢了一脚，食物飞溅了出来，溅得到处都是，有的甚至溅到了15英尺以外的地方，刚好落到了马的面前。

　　亚瑟吃着桶里仅剩的几口食物，小心翼翼地看着大卫。桶在亚瑟的嘴下来回摇动着。

　　除掉桶发出的嘎吱声，我听到了一个不同的声音从树林一边传来。起初我无法判断那声音是从何处传来的——因为它太低沉、太轻微，就像说悄悄话一样。接着我开始辨别其中的音节，有三个。最后，我终于听懂了，是我的名字——"海——伦——娜……"

　　大卫在呼唤我，一遍又一遍地重复着我的名字，他的呼唤逐渐演变成了愤怒和失望，最后甚至变成了怒骂。谢天谢地，黑暗中大卫最后一次喊出了我的名字，声音变得脆弱而充满伤痛。

　　大卫耗尽了所有力气。他拖着沉重的步子回到畜棚，将亚瑟独自留在了那里。入口处，大卫转过身对着那匹马，向它伸出中指，而后慢慢地倒在了地上。

　　大卫在又冷又硬的地面上睡了90分钟，站起身来去看看亚瑟是否已经回到了畜栏里。大卫屏住呼吸走近畜棚，关上门，将门闩一插到底，这次万无一失了。

　　在大卫固定好螺栓后，看了一眼亚瑟，小声地骂了句——"杂种！"——而后回到了屋子里。

　　马得了两分，而大卫只得零分。

第七章

UNSAID

适应

第二天清晨，大卫再次从黑暗中爬起，开始了匆忙的例行家务（他将科莱特的食物扔进栅栏，给畜栏中的马儿们留下了足够的干草和饮用水），然后踏上了驾车前往办公室的旅程。他似乎正以最快的速度逃离我们的家而竭尽所能赶往他真正的家——他的律师事务所。

当大卫驾车转弯进入空旷的 33 号干线时，天色依然昏暗。33 号线是一条本地公路，它将我们这个小镇与曼哈顿南方的主要高速公路网络连接起来，距离高速公路的交叉口大约十英里的道路两边被深邃茂密的树木笼罩着。道路荒凉地蜿蜒着，没有灯光照明，即便如此，仍旧有人颁布了一个限速 55 英里每小时的不合理通告。由于树木浓密，道路弯曲，光线黑暗以及速度限制等因素，导致 33 号干线在此地因被称为"死亡之路"而闻名。鹿、土狼、兔子、负鼠、浣熊、狐狸、野狗、野猫、乌龟都会在这一特殊的路段上被暴力地终止了生命。

有些时候，被撞到的动物并没有完全死去。那次撞击鹿的事件发生后，大卫知道了我的一个原则：如果我坐在车上，无论是司机的身份还是乘客的身份，只要这些被撞的动物还能动弹，只要我还可以将它们弄到车里，那么，它们都必须和我待在一起。在那期间，大卫并没有因为这个原则与我争吵（尽管我曾几次听到他祈祷，祈祷不要在此撞见什么动物）。我的意思是，严肃地说，他能怎样争论呢？与帮助那条背部受伤的土狼从痛苦中解脱相比，难道及时将其拍成一部电影更有价值吗？

当我不在车上，大卫自己是怎么做的呢？我过去常常提醒大卫33号线的事情，因为他经常在日出以前或日落很久以后独自驾车行驶。他顺从地向我点头。但几个小时以后当我从33号干线驾车去自己的办公室时，我忍不住怀疑我看见的这些被碾过的动物尸体会不会是由大卫分神或者粗心造成的。更糟糕的是，当大卫驾车从这里驶过，能否保证不撞到动物，他从来没有说过，我也从来没有问过。

当大卫在搜寻今天早上报导交通事故的广播时，我听到了一个微小的不幸的撞击声。

大卫飞快地检查了一下后视镜，一只负鼠躺在了路上。

"他妈的。"大卫骂骂咧咧地停下车子，他在那条荒芜的道路上等待着，眼睛紧紧盯着后视镜。那只负鼠在抽搐，一次、两次。也许它还活着，而且急需救治，此时大卫同样也意识到了。

"对不起。"他摇着头低声说道，大卫将脚从刹车上移开，呼啸而去。

我简直无法相信自己的眼睛，大卫所做的仅仅是驾车离开。我的大卫啊！如果有更多的铁证可以证明我的生命存在于这个世界的不合理性，我不会这样思考。

我真想对大卫大声吼叫，抽他耳光，撕裂他方向盘上的双手。最重要的是，我想将负鼠挽在我的手臂中，这样它就可以在下一辆车从它的躯体之上轧过之前安然地睡去。

当大卫将车子在国道交叉路口人迹稀少的单个交通指示灯前停下来时，我简直不想看见他。

交通灯终于变成了绿色，但他的车子并没有向前移动。大卫用手猛击汽车的仪表盘，随后传来了掉转车头的尖锐噪声。他开车回到了那只受伤负鼠的地方。

负鼠不见了。

大卫不顾危险，拿着储物箱上的手电筒下了车，几步跨到道路中央，缓慢地摇晃着手电筒光柱。路上没有血迹也没有皮毛。

一辆疾驰而来的机动车放慢了速度，用远射灯照着大卫，大卫挥手令其驶过。

恢复了平静之后，大卫将手电筒转向了肩膀高度的发着瑟瑟声音的枯枝丛。一双黄颜色的眼睛回望着他。

"朋友，你还好吧。"

答案很明显，负鼠奔向灌木丛，轻而易举地爬上了临近的树。

大卫微笑着回到了车上，而后驾车离开了。

90分钟后，大卫来到了通往他办公室走廊的灯光下。虽然穿着一件昂贵的衬衫，系着一条相当于一个月猪饲料价钱的领带，但总体效果不太好。他的面颊太过消瘦，黑眼圈太过浓重，头发几乎粘到了一起。这使他看起来从里到外糟糕透了。

玛莎看着他说，"你迟到了。"

大卫没精打采地低声回应她。

"你还好吧？"她问。

"非常好，难道你看不出来吗？"

"你看起来就像一坨狗屎，发生什么事了？"

"别再问了，你能帮我找到克丽丝吗？"

"合伙人会议你已经迟到了。"玛莎边拿起话筒边说道。

"先找克丽丝，好吗？"大卫的语气中断了他们进一步争论，他随后走进了办公室。

大卫在桌后的椅子上坐下来，打开电脑开始回复那些在他黑莓手机上无法阅读的邮件。不到两分钟，便传来了克丽丝的敲门声（我想她以前从来没这样客气过）。

大卫和克丽丝安静地对视片刻，而后大卫平静地说，"请进，顺手把门关上。"

克丽丝照做了，她僵硬地站在大卫面前，双手在身前交叉着。

大卫将手伸进口袋取出一个包裹着手帕的东西，他将其从桌面向克丽丝滑去。克丽丝只盯着它。

"打开它。"大卫命令道。

克丽丝不情愿地拿过那个东西，然后将手帕打开，大卫的手机碎片掉在了桌上。

"这是什么？"

"我们就将它视作对我的惩罚吧。昨天晚上是我不好，原因你知道的，请你原谅我吧。"

克丽丝瘫坐在椅子上，将脸埋藏在手心。当再次抬起头时，她的眼睛湿润了，"我不知道我来这里会被辞职，你没有给我回电话时……"

大卫向她讲述了整个故事，甚至忽略了电话铃声、邮件提示音和那滴答的时钟声。最后，只剩下他真诚的悔恨，她的理解，和他们一起的笑声。大卫和克丽丝之间的关系并没有回到以前，再也回不去了，而现在的状态足够了。

"顺便说一下，"克丽丝说，"那些蠢货确实已经拿到了所有的票据，我昨晚又全部检查了一遍。"

"那我们必须要给出一个有力的回应了。"

"我们正在努力。"

"我以为你不是被裁就是被辞职？"

"旧习惯是很难改变的。"

"你在和谁一起解决这个问题？"

"一个新手，叫'丹'什么的。"

"他怎样？"

"很聪明，但是……"

"什么？"

克丽丝耸了耸肩，"你会发现的。"

大卫用内部电话叫了一声玛莎。

"喂？"玛莎通过话筒回应道。

"你可以找一个叫'丹什么的'人并且让他到我办公室来一下吗？"

片刻后，一个气喘吁吁的24岁左右的年轻人挤进了大卫的门口，很明显，他应多做些运动少吃些曲奇了。

"您叫我吗？"他上气不接下气地问道。

大卫招手让他进来，"是丹尼尔吧？"

小孩走进屋来，用害羞又明显有些暧昧的语气向克丽丝问好，并坐在了她的旁边，"是的。"

"我听说你一直工作很努力。"大卫说，丹尼尔偷偷瞥了克丽丝一眼，欲寻求指引。

"你做得很好，"她告诉他，"和一个正常人说什么，你就尽量和他说什么。"

丹尼尔想了一会儿，"找爱这个工作。"他向大卫露了一个微笑，阳光使得他的脸看起来更加年轻了。

克丽丝沮丧地摇了摇头。

"怎么了，我说错什么了吗？"

"我说的是'正常人'。"

"但是这是真的啊。"大卫向她抱怨道。

克丽丝点点头，"这正是我感到悲哀的地方。"

"来吧，让我们来单独谈，"大卫鼓励道，"热忱是好东西，它使我想起了……"

"别说出来，大卫。"克丽丝命令道。

"它使我想起了……"大卫又一次开口。

"不要说出来。"

"想起了克丽丝。"大卫咧嘴笑了笑，结束了这个话题。

"啊！"克丽丝悲叹，"你这人真是糟糕。"

丹尼尔再次充满自信，向克丽丝转过身去，"像你，是真的吗？"

"不，不是真的。"克丽丝脱口而出。

大卫很快抓住了丹的目光，向他使了一个眼色，点了点头。"你来好像又要熬夜了。帮我做几件事如何……"

大卫用笔勾出十件我无法理解的事。因为我活着时从来没做过，就我目前的状态也很难把握如此精细的学问。

转机

　　大卫仍旧西装革履，在结束了与苛刻的客户和诡计多端的竞争对手一天的斡旋之后，在家里的沙发上睡着了。

　　大卫曾经很贪睡，我们总喜欢以此开玩笑。即使猫儿睡在他头上，狗儿对着他吠叫，同时再加上手机铃声他仍然可以照样酣眠。就像他知道我会去处理那些干扰，所以他相信没有什么会对他构成威胁。他会用自己的整个生命去相信我，相信我甚至在他毫无意识的状况下也会义无反顾支持他，这的确让我很高兴。然而现在家里只有他一个人，无论多么微小的吱吱声、撞击声都会让他在黑暗中惊醒。

　　见他熟睡如此不易，以至于我不禁向他俯过身去试图接近他放松的面容、他的睫毛、他的唇尖和他的味道。我怀念我们相依相拥的感觉。

　　门铃响了，屋子的另一个角落里狗儿们开始狂吠。大卫努力睁开眼睛，可是他太过疲惫了。"海伦娜？感谢上帝，"他嘟囔道，"我梦到你……"

　　某种程度上，某种方式下，我真的很不理解，在一年里的这个月，一个月的这一天，一天的这一个小时，一个小时中的这一刻，我又出现在大卫身体能够感知的世界里。我突然感到恐慌，因为在这个机会即将消逝之前我有太多的东西想要与他分享。我想去亲吻他，告诉他查理和辛迪的事，去安慰他，告诉他所有的事情都会解决——这也正是我祈祷他能告诉我的事情。

可惜，太晚了。他睁开了眼睛，视线穿过我的躯体。我已经离他而去了。

大卫毫无把握地低声呼喊着我的名字，而后被门铃声和犬吠声猛然惊醒。他站起身来，猛地摇了摇头，将混乱记忆中的我摇走了。

他瞥了一眼手表，晚上 8：45 分。

前门，大卫发现奇普、伯尼和斯基皮正努力辨别寻找着林子另一侧的人影。他企图让狗儿安静下来，但此刻它们太过兴奋了。

大卫将门打开，莎莉身着冬衣，尴尬地向他轻轻挥了下手，"希望我没有来得太晚，克尔顿先生。"

"不，一点儿也不晚。"大卫示意她进入房子。她伸出手，与大卫握了握。

莎莉一进屋，伯尼便一跃到她的身上，而她却伸出手，手心向下，开始爱抚着伯尼。"别这样，亲爱的。"嗓音清晰而镇定。伯尼顺从地坐在地上，另外两只狗儿也坐了下去。莎莉从大衣口袋中给每只狗拿出一块骨头状的曲奇。"这样就很简单了，"她对待伯尼尤其谨慎，而伯尼同样小心翼翼地开始享受她手中的美食，"希望你不会介意，克尔顿先生，我喜欢让那些蹦蹦跳跳的狗儿们四肢着地。"

看得出来，大卫很惊讶，"据我所知，给狗儿一个曲奇不会带来什么坏结果。"

"嗯，我喜欢这样。"

大卫将莎莉带到客厅，他们面对面坐着。很快，两只大狗也坐了下来。然而斯基皮却坐在了莎莉椅子的正前方，盯着她，眼神中带着几分怀疑。莎莉上前抓了抓它的耳朵，但毫无作用，斯基皮后退了几步。

我感到有些茫然，但很高兴这个女人没能如此迅速地赢得我的狗儿的信任。"我猜这就是斯基皮吧。"莎莉说道。

"是的，我想你可以和狗儿猫儿们融洽相处吧？"

"……猪、马、羊、牛，动物们从来就不是问题，至少长有四条腿的动物不是。"

"这正是值得赞扬的地方，海伦娜一直认为沙顿性情古怪。"

"谢谢，我希望自己能有所不同。"

"但之后你不会待在这儿，约书亚告诉我你有一个儿子。"

"约书亚告诉了你我的境况？"

"是的，他说希望我对你拥有一个整体的印象。"

"我想事实对我最有益处，我还没有聪明到可以将所有谎言埋葬于脑海的程度。"莎莉自我嘲讽道，"我的儿子很迷人，很可爱，甚至可以说很正常，但有些时候并非如此，我爱他的每一个细节，因为我是他的母亲。但有时候和他待在一起让人沮丧，特别是那些我不想面对的。"

"那一定特别困难吧，要做一份全职工作又要和他在一起。"

莎莉对大卫摇了摇手，"你只要去做你需要做的事。只有认为自己已经陷入了麻烦的境地才会觉得困难。但你一旦意识到自己并没有，那情况就会变得清晰明了了，不是吗？"

"我想……"

"听起来你有些犹豫。"

现在轮到大卫自嘲了，"有那么明显吗？"

"失去过才有资格质疑，克尔顿先生。"

"拜托，请叫我大卫。当我听到克尔顿先生这种称呼的时候我总会不自主地转过头去寻找我的父亲。"

"那就叫大卫吧，我更喜欢别人叫我莎莉。"

"好啊，我也喜欢这个称呼。"

莎莉拍了拍膝盖，让斯基皮过去，但它没有挪动身体，"所以，大卫，你对我展开工作的方式有什么想法吗？如果，我是说，你决定雇用我的话。"

"坦白地说，我甚至不确定该对你提出怎样的要求。我想，这是从一个事实衍生而来的，我妻子的小动物从她那里得到了许多倾心的照料，但我无法做到。我要回工作岗位，重新部署自己的生活。这些事情是你愿意或者能够胜任的吗？"

"愿意。"她毫不犹豫地回答。

"我还是有点儿担心，你可以找到你以前的同事为你工作。"

"什么？在我的管辖之内吗？"

"我想那也不失为解决问题的一种办法。"

莎莉又笑了，"最开始，我的工作只是清理兽笼。我是兽医医护员，不是神经外科医生。我会照顾所有的动物，包括狗、马、猪、猫，以及你所饲养的所有动物，不用替它们担心。我还可以做家务，可以为你烹调美食。我有我自己的车子，可以去购物，保证你有干净的衣服穿，冰箱里有新鲜的食物。当你被困在市区，只要我的孩子可以待在这里，我就可以留下来过夜。我也希望他放学之后可以过来，如果你不介意的话。他是一个品行端正的孩子，我确保不会有问题。"

"当然可以。但除了约书亚告诉我的一点点，我几乎不了解阿斯伯格综合征。"

"克利福德这种情况的疾病是非语言交际功能的损伤，是非常典型的病例。他不能理解非语言提示，也不能很好地将其表达出来。测试结果表明，他的智力发展水平和语言发展水平均在平均水平之上，但在涉及社会环境方面时仍然存在障碍。他不能很好地协调语言与非语言行为，有时他非常想被人们理解以至于自己的大脑忙得不可开交。"

"天啊，那听起来很可怕。"

"我们正致力于他的治疗，他现在参与的一个治疗项目真的相当出色。他们试图训练这些孩子认识并理解非语言交际行为。对你我来说，我们从来不用考虑点头意味着什么。但克利福德则不得不通过背诵和训练来学习这种能力——就像有人去学习弹钢琴或者学习手语一样。"

"和他在一起时，我有什么需要注意的吗？"

"没有什么，当他感到焦虑时他会画画。有时候患了阿斯伯格综合征的孩子在一些额外的技能上很有天赋。例如克利福德，他就对美术素描特别有天分。"

"真的吗？他通常都会画些什么东西？"

"他画的那些东西的条理性和逻辑性并不是特别清晰。他会把在自己头脑中形成的画面画下来。我想，那可能是他努力填补自己在沟通方面空白的方式吧。"

"他可以和动物们相处吗？"

"如果上帝能够创造出让我儿子厌烦的动物，那可能是我还没找到吧。他会爱上你的动物们的，他很喜欢待在动物中间。我想他甚至可以了解动物们眼中的世界。"

"我很想见见他。"大卫说。

"你会见到的，在你所拥有的所有动物当中，我怀疑野马可能会让克利福德不敢接近。"

"我和约书亚说过，我会支付给你与沙顿相同的薪水。"

"当然，那是我来这里的原因之一。"

"钱对我来说不是问题。我只需要一个可以托付所有动物的人。我需要一个可以指望得上的人。"

"完全理解你的意思，我不会让你为难。你尊重我，我也会尊重你。你不占我的便宜，我也不会占你的便宜。"

"看起来很公平，"大卫点了点头，终于松了一口气，"如果想不出办法来，我真的不知道该怎么办。"

"是的，我也一样。"

大卫和莎莉花了将近一个小时的时间来讨论我家中的具体细节以及该如何去运转：为谁喂食，喂什么东西，什么时候喂，哪些动物可以一起进食，哪些动物可能会比较"困难"相处，保险丝盒位于哪里……

几分钟后，我无法再继续倾听，偷听那些生活的细节让我撕心裂肺。

在结束了和我丈夫的会面之后，莎莉回到了她那虽然不大却整洁有序的公寓。一个年轻女人在门口看到了莎莉，随后向她做了一个保持安静的手势。

"克利福德已经上床睡觉了，他说他等你等得太累了。"女士悄悄说。

"他听话吗？"

"我的克利福德？他是个很棒的绅士。他甚至帮我叠好了洗过的衣服。"

莎莉终于松了口气，"太感谢你了安妮，克利福德很喜欢和你待在一起。"

"没什么，真的。面试怎么样？"

"很好，我有工作了。"听到这个消息，安妮兴奋地小声尖叫起来，给莎莉一个拥抱。

"真的太让人欣慰了。"

"你不是在取笑我吧。"

"那位先生怎么样？"

"他人看起来非常好。但很困倦，就连走路都很艰难。"

"所以，你会去做那份工作对吗？我是说，你会损失什么吗？"

"是的，我会做这份工作。"莎莉带着疲倦道，"但是，我并没有愚弄自己。生活中总是会失去一些东西的。"

　　安妮离开以后，莎莉安静地坐在亮着微光的餐桌边上，啜饮着一杯茶水。虽然她对大卫夸夸其谈时显得格外勇敢，但看得出来，她同样对自己已做出的选择心怀忧虑，她忖度着，是否一些后果可以避免，或者至少可以预料。莎莉陷入了沉思之中，她起身向一个房间（在我看来，在她的房子中可以视之为起居室）走去。几张装裱着相框的照片在墙上排列着，她向前走去。

　　其中一张照片上，年轻的莎莉身着结婚礼服，手挽着她身着军装的英俊的新婚丈夫，满心愉悦。莎莉吻了一下手上的戒指，然后触摸着照片上的男人。

　　而后莎莉走向另一张照片，照片中她的丈夫抱着两岁的克利福德坐在灯光明亮的圣诞树前。莎莉追忆着很久以前的快乐假期，开心地微笑着。

　　最后，莎莉的目光凝视在一张破旧的黑白照片上。照片里一个小女孩坐在一个表情严肃的男人的膝盖上，一位漂亮的年轻女士站在椅子后面。照片中没有一个人在笑。小女孩看起来很像莎莉。从相貌的相似处可以判断，另外两个人应该是莎莉的父亲和母亲。

　　莎莉向照片中她的父亲伸过手去，很快又把手缩了回来，好像手被火灼烧了一样。

花园

通过言行举止可以判断一个人的本质。

在莎莉为我丈夫工作的这三天里,她之前说的那些都做到了。她把有关大卫的一切事情都放在了心上,以至于当大卫晚上回到家中时,根本不需要去确认自己是否还和我的动物们生活在一起。狗儿们也不再尝试着吸引他的注意力,它们同样感觉到了我所意识到的:大卫周围的护墙现在已经相当高了。

另一方面,为了增进与狗儿之间的感情,莎莉正在努力获得狗儿们的信任,至少伯尼和奇普是这样。她的这一举动造成的影响主要体现在三个方面:

第一,莎莉无论是在说话还是在行为举止方面,对它们都非常友善。她对它们从没大声呼喊过——即使当伯尼因一时热情将干洗店的送货员撞翻,即使是奇普偷走(接着吃掉)厨房中几片新鲜的面包。无论何时,莎莉总喜欢笑。狗儿们喜欢爱笑的人,我想,对它们来说笑声就意味着安全感,也意味着被认可。

第二,莎莉非常有信心。她跟狗儿们相处得非常融洽,非常从容,就像是她计划好的一样,而它们只是计划中的一部分。易受惊吓的人常常会做出让人害怕的事。狗儿们恰恰不喜欢和易受惊吓的人待在一起。

第三,莎莉特别注重狗食的烹调。她会在狗食中加些米饭和煎蛋。在每天的晚餐中她还会为它们烹制一磅火鸡绞肉,并毫不吝啬地为它们煮上一大锅鸡汤。我的狗儿们总体来说并不特别挑食，但它们尤其喜欢美味。它们也同样喜欢给予它们美味的人。

猫儿们对莎莉仍然心存戒备。而亚瑟从来没有认可过她（但它也没有试图去伤害她），科莱特也是这样。然而我必须承认，莎莉已经大大地影响了两只大狗。

斯基皮，相对来说，跟我丈夫现在的状况是一样的，它依然沉浸在悲痛中。斯基皮比另外两只狗更能体会到我在的日子里，我所说的话、我的举动与现在的细微差别。我们曾经无数次在同一个盘子里吃午餐。每当我为一件疑难案例的失败而哭泣的时候，斯基皮总会尝试着安慰我。当我因失败而恼怒时，它那滑稽的动作总能把我逗笑。当我和它说话的时候，我总会用和叫我丈夫一样亲密的词语来称呼它——"亲爱的"，"小甜心"，"帅哥"。

伤痛没有为新人留下足够的空间去创造新的经历。我不相信斯基皮会永远不喜欢莎莉。在一个人因为他不能控制和无法理解的原因而永远消失后，我想他还没有准备好重新开始。

如果我与斯基皮关系的描写让你觉得太过分的话，我对此深表同情，并请你接受我的道歉。

一打开实验室的门辛迪就醒了。她的眼睛中立刻放出了兴奋的光芒，好像她知道这次可能真的是杰西回来了一样。

但出现的人不是杰西，是杰尼克。辛迪发出呼噜声以示警告。

杰尼克走到杰西的桌子边，打开电脑。然后他坐在了杰西的椅子上，这个位置正好对着笼子。

"只有你和我，辛迪，"杰尼克说，"没有表演，没有欺骗，没有干扰。"杰尼克拿出了一个笔记本和一支钢笔，"现在告诉我，你叫什么名字？"他边做手势边说。

辛迪观看着，但没有作答。片刻后，杰尼克又重复了同样的问题。他的语气出奇的温和，但依然像是在和一块石头讲话。

"好吧，"杰尼克说，"那说说你喜欢吃的食物好吗？你最喜欢吃什么呢？"杰尼克慢慢说着，用双手向她示意所讲的内容。

再一次，辛迪没有露出任何理解或者想要回答的迹象。

"你想要花生酱吗？"杰尼克从他带来的袋子里拿出一小罐花生酱，作为礼物奉献给辛迪，杰尼克把它举到胸前，朝笼子走过去。随着杰尼克的靠近，辛迪的嘴唇在颤抖——这是害怕的表现。杰尼克打开罐子，小心翼翼地将其放到了笼子里。

辛迪拿起罐子，将它推回到笼子外面，刚好滚到了杰尼克脚下。

"给我说出一个字，"杰尼克说，"什么都可以。"

辛迪抑或是不愿意，抑或是不能回答。她待在笼子里，背对着杰尼克。

杰尼克朝笼子看了一会儿，没有说话，最后失败地举起双手，走出了实验室。

在莎莉工作的第四天下午，克利福德来到了我们家。

他站在门前，一只手紧紧地握着他妈妈的胳膊，另一只手则拿着速写本和铅笔。

我能听到从后院传来的狗叫声。"没什么可害怕的，克利福德。"莎莉向她的儿子保证。

"你确定吗？"克利福德问。

"我确定。"莎莉吻了吻他的前额。克利福德紧握的手松了些,让莎莉打开了前门,他们一起走进屋中。

奇普、伯尼还有斯基皮，边叫着边用爪子狂抓滑动的玻璃门，它们不顾一切地想要回到屋中看看这个新来的小男孩。如果克利福德真察觉到了这些狗的举动，那他肯定没有表现在脸上，他只是将头略微低了下，歪向一边盯着它们看。狗儿们的叫声突然停止了。

莎莉暂时没去理会那些狗儿，"我给你做点儿吃的，然后你就可以去跟它们打招呼了。"她边说边将他带到了餐桌前。克利福德坐在其中一把椅子上，当莎莉离开厨房的时候他拿出速写本掀开了崭新的一页。

克利福德好像要把屋子里的每一样东西，每一个角落都看到眼里。他拿着铅笔随时准备画下这一切，这时，厨房中的电话响了。这让他感觉很突然，很不高兴——他努力闭上眼睛，手中的铅笔也开始发抖。在电话响第二声的时候，莎莉接通了大卫打来的电话，"是的，他现在在这里了……目前看来……"当我再次转身去看小男孩的时候，她说话的声音渐渐变小了。

克利福德从椅子上滑了下来，走到那个将他和狗儿们阻隔开的巨大的滑动玻璃门前面。当克利福德来到门把手旁时，狗儿们立刻提高了警惕。

我知道接下来将会发生什么，因为每一次都是这样。一旦门被打开，狗儿们就会发疯似的冲进屋子，要在屋里乱上好一阵子才能安静下来。伯尼、奇普或者它们一起一定会跳到克利福德的身上去和他开玩笑。斯基皮可能会撕咬他牛仔服的袖口，向这个陌生男孩显示它的活泼可爱。虽然它们不会造成任何伤害，但这个男孩可能会被它们的爪子和叫声吓到。

然而，我预测的所有可能，这次都没有发生。

相反，克利福德将门推开大概八英寸宽度时，从这缝隙中将自己挤了出去。克利福德一出门就僵硬地将胳膊伸了出去，将手掌翻转过来，掌心向上。他已经完全静止在那里了，但依然朝着远方的什么东西微笑着。

狗儿们看到这个奇怪的男孩竟然走出门来看望它们时，都震惊了。接着它们用鼻子去闻他伸出的手。奇普舔了舔克利福德的手指，然后，摇着尾巴，趴在地上，呜呜地叫着。

莎莉过了一会儿发现了克利福德，我想她应该对这个男孩非常生气，但她没有。她把门推开，开始和她儿子讲话。克利福德背对着她，所以她看不到他的表情。狗儿们不想进到屋子里了。"你们已经成为朋友了。"她温柔地说。

"它们为什么会这么悲伤？"克利福德问。

"因为它们非常喜欢的那个人去世了。"

"噢，就像是爸爸？"

"是的，克利福德，就像是你的爸爸一样。现在进来吧，不穿外套在外面太冷了。"

"狗狗们也可以进来吗？"

"当然可以。"

"我喜欢它们。"

"我知道你喜欢，进来吧。"

"好的，妈妈。"克利福德说着，将脸转向了莎莉，"妈妈？"

"亲爱的，什么事？"

"天堂那边依然没有打过电话来？"

"没有，对不起。"

"他知不知道我很想念他？"

"我确定他知道。"

我不知道这个无法理解人类语调变化的不寻常的男孩是怎样体会到我的那些不能讲人类语言的动物们的失落的情感的。没有对事物来龙去脉的了解是很难判定的，而克利福德恰恰不知道任何来龙去脉。

我了解自己的所见。克利福德的内心则充满着儒雅，他少年老成，又不受世俗干扰。我的动物们突然间接纳了他，特别是斯基皮，它跟着克利福德绕着房子四周散步，像久未见面的老朋友又重逢了一样。坦白地说，我可能会对莎莉所做的这些事情产生嫉妒的心理，但是我对克利福德只有感激，他给我们的家里带来了恩惠。

马克斯的一个突然决定，使大卫"绝对有必要"接触一下这条"大鲸鱼"（这是律师事务所对一个人所接案件的律师费用可能达到7位数的行话表达），使得大卫在9：45才能开车回家。

大卫回到了漆黑寂静的家中，我能够感受到他的孤独。但他为何要匆忙赶回家中呢？

伯尼和奇普——看起来像是刚睡醒的样子——冲着大卫走过来的方向无精打采地叫了两声。大卫试图让这几个犬科动物对他的返回产生几分热情，而他很快就放弃了。这两条狗大概是从卧室过来的。斯基皮不知道去哪里了，这对它来说很不正常，因为它总是守护在我的床边。

大卫来到厨房，渴望找到莎莉留下的便条或者还有人在这房子里的迹象，但他什么都没有找到。水槽中没有盘子。狗儿们都洗过澡了，猫儿们的食具放在灶台上。看起来像是他们都吃过了晚餐然后睡下了。这也正是雇用莎莉的时候他觉得有必要的原因——她是个能处理好所有家务的人。

大卫从冰箱拿出一瓶开着盖子的红酒，为自己倒了一杯。然后他将注意力转移到了厨房桌子上的一堆文件上。他很快地浏览了一下，将目光集中到一个从"格莱姆·伯格设计股份有限公司"寄过来的厚厚的硕大的信封上。我能从大卫的脸上读出，他很清楚里面装的是什么，即使我从没听说过这个公司的名字。

大卫撕开包裹，拿出一封信和一些折叠起来的大尺寸纸张。他首先开始读信。

亲爱的克尔顿先生：

　　对于工作的延误我们深感抱歉，信封中我们附上了您所需要的花园的最终设计图纸。我们已经和砖瓦工与承包商联系过了，现在欣慰地通知您，他们确信能在新年之后动工，并准备好所要求的特殊石料。花园可以赶在五月栽培植物之前完工。

　　我们希望你会喜欢这个设计。我们已经仔细研究过一些古代英国乡村花园的设计模板，并会努力获得与其大体一致的效果（当然是缩小规模的）。请您在闲暇时看一下这些计划，并和我们取得联系。

您真诚的，

亚瑟·小格莱姆伯格

附件

　　大卫将信放回桌上，拿起了折叠好的纸张，开始慢慢打开，那动作像他很害怕看到里面的内容一样。我想肯定弄错了。大卫关心花园的程度和我关心律师的开单率的程度一样。但我看到大卫在打开最后一页的最后一个角落时，他的手在颤抖。

　　在厨房桌子上展开的，是由石墙围绕而成的一个巨大花园的图纸。

　　我知道这个花园了，那是我的花园。

　　大卫用手摸着图纸，想象着那石墙的质感。除了这些，我什么也看不到，因为我的眼中早已充满泪水。

　　莎莉悄悄地来到厨房，礼貌地看着他，没有说话。她不想打断他，但又不想像间谍一样暗中窥视。最后，她清了清嗓子。

　　大卫吓了一跳，转过身去。"我没有想到你还在，有事吗？"

　　莎莉摇了摇头，"对不起，我们在后屋看电视，看着看着都睡着了。"

　　"我回来晚了，本该打个电话的。"

　　莎莉挥手道，"没事的。"

　　"你儿子来这里感觉怎样？"

　　"非常棒。我想如果可以的话，克利福德能够搬进来住。"莎莉越过大卫的肩膀看着那张设计图，"你要计划在这周围弄点什么吗？"

"不，不再需要了。我本想在海伦娜生日的时候给她一个惊喜。她一直想要一个这样的花园。"

我不敢相信他还记得。在我们俩相遇一个月之后的一天晚上，在伊萨卡岛上的公寓里，我们俩在床上蜷缩在一起，外面狂风呼啸，我们温暖着彼此。《秘密花园》——玛格丽特·奥布莱恩1949年最初的作品——在当地电视台上映。是一部黑白电影，除了当花园又重燃生机的时候是彩色的，其他时候都是黑白的。电影里面对于颜色的转变——对于生活——让我大吃一惊。我将头靠在大卫的肩膀上，"我想某一天也拥有一个那样的花园。"

"那我就给你建造一个，"他小声说了句，"然后在一个清爽的夏日黄昏我们坐在树木和花草中，在月光下寻找小精灵。"

有几次，我看到了他内心的那把锁——他心中的锁锁着他的无忧无虑，他的乐趣，他呆呆的头脑，我猜，还有被爱的快乐。

那一刻，我知道自己爱上他了。

我也知道，现在，我仍然爱着他。

现在，在我们曾一起生活的寒冷的厨房，大卫沉默地站着，孤独、痛苦，看着那个永远不会再出现的花园。

莎莉戴上眼镜，仔细端详着设计图，"哇，这才叫礼物。"

"那时我们都相信，疾病仅仅意味着手术和术后康复。我想，这个花园会成为她术后休养和愈合伤痛最完美的地方。我猜想我们俩都是这样想的，但我们都错了。我一直都没有通知建筑师去取消这个计划……你知道的……"大卫的声调渐渐变得低沉。

"对此我深感抱歉，花园看起来一定很漂亮。"

斯基皮也来到了厨房，小尾巴轻轻地敲打着地板，克利福德跟在身后。他们打着哈欠走了过来。

"克利福德，这位就是克尔顿先生。"

大卫微微地弯下身子以进入克利福德的视野。他慢慢说道，"见到你很高兴。今天过得还好吗？"

克利福德先看了妈妈一眼，妈妈鼓励他道，"没关系的。"

　　克利福德盯着大卫，然后笑了，"我喜欢你的家。我喜欢所有的小动物，但我最喜欢斯基皮，它是一条好狗。"

　　"是的，它是条好狗，我们的家随时欢迎你。"

　　斯基皮慢慢跑出了厨房，克利福德跟在身后。

　　"在我们走之前需要给你弄点什么吃的或者做点其他的事情吗？"莎莉问道。

　　"斯基皮好像交了一个新朋友。"大卫说。

　　"你不知道，他们一整天都形影不离。"

　　"很明显，那取决于你，"大卫说道，"但今晚回家然后明早再回来的行为似乎有点儿太愚蠢。你们何不住在空卧室里，我保证能够找到多余的牙刷和其他必需品。"

　　"我不想太麻烦。"

　　我现在只知道大卫正极度渴望着去避免在房子中一个人的孤独停留。"一点儿也不麻烦，"他说，"不管怎样我都会在你们起床之前出门。来吧，我来跟你说说那些东西都在哪里。"大卫带着莎莉走出厨房，朝另外的小房间和空卧室的方向走去。

　　"这样做当然讲得通，但我不知道克利福德是否会同意。他有他自己的安排，呃……"大卫和莎莉站在小房间的门口。克利福德蜷缩在沙发上，身上盖着一张小毛毯，斯基皮躺在他的两腿间。伯尼和奇普睡在沙发旁的地板上，几只小猫咪很不牢靠地平衡在沙发的扶手上酣睡着（这睡姿也只有猫可以做到）。

　　"就像我说的，"莎莉道，最后她还是让自己感受到了小小的安慰，"我确定克利福德在这里会很好的。"

　　四小时之后，当整栋房子都在沉睡着，大卫从床上坐了起来，匆匆穿上睡衣，回到了厨房。他给自己倒了一杯法国白兰地，拿起了那些设计图，带上它们和酒来到了餐厅。斯基皮正在那里等着他。

　　"你为什么不睡觉？"大卫问。答案我知道，而大卫并不了解。斯基皮每天晚上的这个时候都会醒来，在房子周围找我，今晚也没有例外。而今晚它脸上露出的紧迫感有所减弱，看起来它累了，或者已经放弃了。

　　大卫坐在桌边，轻轻地拍了拍大腿，斯基皮跳了上去。我们三个坐在餐厅中，看着这张设计图，喝完了白兰地，直到东方露出了鱼肚白。

胜利

　　第二天，大卫、克丽丝和丹出现在由阿诺德·阿勒顿法官审判的法庭上。因为此案大卫的手机服务也终结了。

　　阿勒顿是联邦政府的一名法官，这就意味着——大卫向我解释过——他会终身在位，永远不会被免职。大卫在阿勒顿的其他案件中曾多次露面。阿勒顿55岁左右，是纽约最聪明的联邦法官之一。我知道他是耶鲁法律学院的学生，是马克斯的同班同学，也正是因为那时的一些事情，阿勒顿现在对马克斯不太友好。由于上述原因和另外一个因素的影响，大卫在阿勒顿的法庭之上显得格外谨慎。还有一个原因就是阿勒顿对那些因为鸡毛蒜皮的小事而展开的官司完全没有耐心。他是为数不多的让大卫又畏惧又尊敬的法官之一。

　　大卫和陪审团坐在一边，过道对面坐着的两个律师看起来有些不同，甚至给人一种自命不凡的感觉。其中一个40岁上下，另一个要年轻10岁左右。进入法庭时他们没有握手，很显然，在今天离开的时候他们也不会握手的。因为坦诚是无法用虚假掩盖的。而另外几位律师都坐在长椅上，不耐烦地等着阿勒顿到来。

　　没过多久，从木台那里一扇关着的门后面传出了两下敲击声，声音很响亮。门突然打开了，一个45岁左右的矮矮胖胖的妇女大叫道："全体起立！"所有律师立即站了起来。阿勒顿法官抱着一沓文件走了进来，怒气冲冲地坐在他那张犹如王位的椅子上。

可能因为他站在了台子之上，也可能是因为他披着律师袍，阿勒顿看起来比法庭中的任何一个人都要魁梧。他已经完完全全成了一个秃头，这反而使他看起来很年轻，不知道为什么，他的脸上总是一副生气的表情。

"请坐！"法庭书记员说，律师们都坐下了。

阿勒顿向下俯视，"有谁可以告诉我今天的案件内容吗？"

大卫和过道对面那些年长的律师立即站起来，如同赛马时抢占有利的出发位置一样。阿勒顿转了一下眼睛，"好吧，孩子们，让我们先听一下原告律师是怎么说的。"

那位 40 岁的律师开始陈述他的客户的悲惨经历，他一而再再而三地试图披露一些重要信息。就在几周前，负责大卫案子的几位主要专家都在力图为大卫案子的延期取证，而最后的有效证据则是大卫没能成功呈送那一整套"绝对必要"的重要文件。资深的"自以为是"先生最后结束了他的长篇大论，他看起来更加自以为是了。

大卫跳起进行回应，但在阿勒顿的命令下他又坐了回去。"还没有完呢，克尔顿先生，到底耽搁了多久啊，杰瑞德先生？"阿勒顿向大卫的对手问道。

"不好意思，您能再说一遍吗？"杰瑞德问道。

"你说克尔顿先生没有准时接收你的文件。那他到底耽搁了多久？请给我说一个准确的时间。几周？几个月？"

"呃，至于具体的时间……我……呃……事实上我不认为……"杰瑞德的同事给他递过一张字条，他随即念了出来，"4 天，法官先生。"

"那个时候，克尔顿先生曾经申请了延期，是这样吗？"

"我相信是这样的，但是，法官大人——"

"你'相信是这样的'杰瑞德先生？'我相信'这种话是对牙仙子和圣诞老人说的。我们大家来到这里就是为了解决你的制裁请求。这是一个非常严肃的请求，我想你最好能想一个比'我相信'更明确的说法。他有没有申请延期？"

"是的，他申请了。"杰瑞德回答。杰瑞德没有想到事情会发展到这个样子，他很不高兴。

"那么克尔顿先生告诉你他为什么要申请延期吗？"

"我不确定。"

"噢，杰瑞德先生，你能再说得明确点吗？你是知道还是不知道？""不知道。"这几个字在异常安静的法庭里引起了一阵回响。

杰瑞德的助手又给他递过另一张纸条，杰瑞德很快瞥了一眼，"我相信……"

"请再说一遍？"阿勒顿厉声说道。

"我的意思是，是的，我们知道他曾声明他需要更多的时间，因为很不幸，他的妻子去世了。"杰瑞德接着转向大卫，"对你的妻子去世，我深感遗憾。"杰瑞德在法庭之上欲继续制裁我丈夫时表现出的怜悯是如此的可笑滑稽。

显然阿勒顿并没有看出其中的幽默之处，"你所陈述的事实是正确的，杰瑞德先生。克尔顿先生的妻子去世了，然后他向你请求短暂的延期，你是怎么说的？"

"克尔顿先生是一家大型律师事务公司的合伙人，法官大人。肯定有其他的律师能够胜任——"

"——我在问你，你对他的请求是怎么回应的，先生。你明白我的问题了吗？"

在犹豫片刻后，杰瑞德小声回答道："我们拒绝了他的请求。"

"你们为什么要那样做，先生？"

"我们的计划是——"

"我明白。你是说克尔顿先生扣缴税款这件事，对吧？"阿勒顿说着从面前的文件叠中拿起一份文件，"哪份文件遗失的？"

杰瑞德开始了他曾多次排练的回应，"克尔顿先生的办公室将会……"

"扣留是适当的还是不适当的？"阿勒顿的语气让人听起来很害怕。

"我想……并不是那份特殊的文件，不是！"杰瑞德最后还是给予了让步。

"杰瑞德先生，我之所以问这个问题是因为我这里有一份杰罗姆女士的证词，里面的证词包括他们已经对所有文件的重新检查，众多专家参与了第二次检查——就这些——没有其他文件了。"阿勒顿翻着克丽丝的证词说道，"你看过这份证词吗，杰瑞德先生？"

杰瑞德看了一眼他的年轻助手，助手轻轻点了点头。杰瑞德转向法官，"是的，我们已经看过了。"

"好吧，那么，杰罗姆女士是在撒谎吗？你们是指责她在作伪证吗？"

"我相信她一定是搞错了。"杰瑞德回答。

阿勒顿假装看着桌子上的文件，"那么，你对她宣誓书的回应在哪里？能够证明你相信她是错误的，或者是更严重一点，作伪证的证据又在哪里呢？如果你有证据可以证明杰罗姆女士撒谎，我可以相信你，那样直到她的律师资格被吊销我都不会允许自己休息。我之前做过类似的事情，你只要把证据给我看就行了。"

"我们昨天晚上才拿到证词，我们还没有时间……"

"根据文件上面的传真印章，你们是昨天下午 3：22 分拿到这份证词的，不是晚上。"

"文件到达的时候我没在办公室，我在处理另外一个案件，我没有看到……"

"但你只是公司的一部分，杰瑞德先生，"阿勒顿回答道，"肯定会有其他律师可以做出回应的。"即便是杰瑞德也知道，在这个时候该把自己的嘴闭上了。"现在，我这里还有一份克尔顿先生请求推迟案件审理时间的请求。"

"我们反对那个请求，因为……"

这是在阿勒顿咆哮之前杰瑞德说的最后一句话，"我想今天你的话我已经听够了，先生。"杰瑞德不情愿地坐下去。"在我看来，杰瑞德先生，你应该多花点时间来了解这个案件更详细的细节，因为你刚才用了那么多'我相信'、'我觉得'这些不确定的字眼。我并不想剥夺你在法庭上提供有利证据的权利。"

杰瑞德突然说出了一句："但是法官大人，审判日期已经定好了，我们会有来自世界各地的见证人，我的委托人希望——"

阿勒顿对杰瑞德冷冷一笑，"我明白，可能你很乐意把委托人带到法庭，杰瑞德先生。我很乐意向他解释关于我审判时的论据，还有你们在当中所扮演的角色。我们可以接着延长到中午，那么，你可以把你的委托人带过来吗？"

杰瑞德的脸顷刻间涨得通红，"没有必要，法官大人，我确定我的委托人肯定能够理解法庭事务繁忙，日程紧张的。"

"我也这样想。我要把这件案子的审理延期三个月，我的书记员将会制定出一个修订好的时间安排表，祝在座的各位度过美好的一天。"

书记员大声喊道："全体起立！"接着阿勒顿走了出去。杰瑞德和他的助手们立即跑出了法庭——可能是和他们的委托人分享坏消息去了，也可能是为了避免面对已获得胜利的大卫。克丽丝、大卫和丹尼尔看着他们急急忙忙跑出去的情形，"像大老鼠一样，你们不觉得吗？"克丽丝问道。

"不像是老鼠，"大卫答道，"当你看到老鼠的尾巴从你眼前掠过时，其实它们已经安然无事了。"

大卫跟他们团队中每个成员都握了握手，向他们表示祝贺，从刚刚获得胜利的过程来看，他的悲伤情绪已经缓和了许多。尽管大卫现在的工作和生活已经得到了很大程度的改善，但我一点也不能确定他是否真的想要在空闲之时去拥有奢华的享受。案件的压力只会让这些停留与幻想，除此一切依旧。现在，大卫需要更多的自由来让自己从中解脱。

克丽丝一定感受到了同样的思绪，"那是无价的，现在你可以会心微笑了。"

"今天中午我请你们去里佐餐厅吃饭吧，"大卫说，"你们先去点些开胃菜，我先打几个电话。"

克丽丝关切地看了看大卫的表情，然后耸了耸肩，"不要花太长时间。"克丽丝和丹尼尔收拾完东西很快就离开了。他们一出去，丹就开始对刚刚结束的案件向克丽丝扼要地一条条重述，就好像克丽丝刚才没看到整个过程一样。

而大卫独自一人待在法庭，瘫坐在椅子上，百感交集——部分是安慰，部分是劳累，部分是悲伤。他坐在那里，视线从法官的工作台移到陪审团，移到律师席对面空空荡荡的座椅，再移到他的结婚戒指。他似乎正将这些不按顺序也不对称的点努力地联结在一起。

过了一会儿，阿勒顿法官穿着西装独自一人回到了法庭。大卫赶紧起身收拾东西，"对不起，法官大人。我现在就离开。"

"不用站起来，克尔顿先生，我只是来拿些起诉状而已。"阿勒顿说着走到了工作台前，开始翻阅那些文件。

大卫依然站着，"我想要谢谢您，因为……您知道……能够理解我现在的处境。"

阿勒顿放下手中的文件，抬起头，"请不要感谢我将你像人一样看待。我不想我们的职业会变得如此低下，以至于普通的礼貌也会让人感到可怕。"

"也许不是可怕，是感激。"

阿勒顿法官满怀理解地点了点头。"1997 年 8 月 12 日，晚上 10：37 分。"

"不好意思，你说什么？"

"1997 年 8 月 12 日，晚上 10：37 分。我妻子去世的时间。"

"对不起，我不知道这件事。"

"我可以告诉你，我现在好多了。没有一天我不思念她，但现在好多了。"

大卫的嘴唇开始颤抖，阿勒顿法官将头转开，迅速整理好了文件，"祝你好运，克尔顿先生。试着先把这件事情放一放。度过余生，我想你现在一定有更好的选择。"

"谢谢你，法官大人。"当阿勒顿走到木台后准备推门出去时，大卫小声回应道。

当大卫在法庭上参加审判时，莎莉抱着斯基皮来到了约书亚的检查室。

"这真是个惊喜，"他说，"一切顺利吗？"

"一切都好。"

"和大卫相处得怎样？"

"我要把自己说过的关于你所有的不好都收回。"

"我不知道你说过关于我的什么不好，但是听你这么说我很高兴。"

"我欠了你一个很大的人情。"

约书亚摇摇头，"这次，你值得为自己做点事了。"

"我会为你祈祷的。"

"那么，我能帮你做点什么呢？"

"我想知道关于这个家伙你能告诉我什么。"莎莉说着慢慢地将斯基皮放到检查台上。

约书亚抱起斯基皮，逗它玩耍，将它抛到空中。斯基皮看起来很喜欢这样，"你知道它的情况，是吗？"

"我知道它的心脏有问题，但大卫对其中的细节不是很清楚。"

约书亚点了点头，"海伦娜找到了它并对它进行诊断的那天我也在场。"约书亚拿起套在他脖子上的听诊器，放到斯基皮的心脏部位，斯基皮耐心地躺在那里。它已经让约书亚检查过无数次了，"它的左心室只有正常狗儿一半的大小。"

"看看我是不是还可以做点儿什么呢？现在克利福德和它的关系很亲密了。"

约书亚把听诊器放回到脖子上，边说话边检查着斯基皮牙龈的颜色。"这是生理上的问题，天生的，它能依靠上帝给他的身体走到现在已经很了不起了。对不起，莎莉。"

"那么，随着它年龄的增长……"

约书亚接着开始检查它的耳朵和眼睛，"是的，它的心脏会变得越来越脆弱，现在已经开始肿大了——做那些它不能做的事，最终会演变成心功能衰竭。我们可以在那个时候给它增加利尿剂和毛地黄的剂量，能够多坚持些时日，但那会是一场持久战。"

"没有选择手术的可能性吗？"

"没有，即使是人出现这种情况也没有办法手术。"

"克利福德不该选择一条即将离世的狗。"莎莉小声道。

"在他身上总是会发生些不寻常的事。"约书亚边说边用手抚摸它那又黑又浓的皮毛。约书亚意外碰到了莎莉的手，他很快将手挪开到一边，"海伦娜说它是最完美的小丈夫。"

"那是它的眼睛，"莎莉说，"它的理解能力让人无法不感慨，你不这么觉得？"

"是的，我同意你的说法。"

"我们还能和它在一起多长时间？"

"它一直让我很吃惊。看起来它今天气色不错，若变化起来也会很快的。最后，它的生命会成为与生活质量相关的抉择。"约书亚说，不难听出他话语中的哀伤。我知道约书亚害怕再去做那样的决定，"我只希望到那时，斯基皮能够清楚地意识到这件事。"

莎莉将斯基皮从检查台放到地板上，它坐在莎莉脚旁边，倾听着他们谈话。"我真厌倦了说再见。"莎莉说。

"我能理解。"我相信约书亚此刻正在想着他自己的告别——向他的妻子，向我，向他的小男孩。

在约书亚又一次尴尬转身前，莎莉看着他的脸，目光停留在了他的眼睛上。"是的，"她说，"我相信你会的。"

"不管多小的安慰，我不认为斯基皮能够理解我们对它疾病的想法。我敢打赌它肯定会觉得今天、昨天和前天没什么两样。它早晨起床、吃饭、嬉戏，也可能追赶一两只花栗鼠。那就是它的一天了。它在生活，它没有在等待。"

就在那时，一只体型巨大的纽芬兰犬突然把门撞开，冲到了检查室，后面跟着慌慌张张的简。

"对不起，约书亚医生，"简气喘吁吁地说道，"它刚才把我甩开了。"

纽芬兰犬跳到约书亚面前，他们现在几乎是面对面。狗发出了一声低沉的吠叫，接着开始舔约书亚的脸。约书亚像个小孩似的一阵傻笑，整个脸都咧开了，莎莉也笑了。斯基皮没有被这个不速之客的举动逗笑，反而开始号叫。

"好了，简，我已经控制住它了。"约书亚边说边努力地将狗的爪子从他肩上移走。

"它好像从另一个方向在看着我。"莎莉说，她仍笑着。

"让我为你介绍一下，纽芬兰犬，皮特。它是吉米营救的另一只狗。"

"它也在找主人吗？"

"不可能，"约书亚说着，这狗儿已经让约书亚的脸覆盖上了一层口水，"你永远都不会离开我，是吧，老兄？"约书亚抱着这狗儿硕大的头。

过了一会儿，房间又重归平静，约书亚护送莎莉和斯基皮离开了检查室。他们路过"储存室"——由笼子组成的一面墙，里面装满了来自各个州的受伤的或不幸的猫狗们。吉米找到的小猫也被放到了笼子里，挤成一团。

"小皮特？"她问道。

"你还记得它的名字？"

"想忘记都难。"

"它还不错。"

"然后呢？"

"然后什么？"

"强行推销的效果怎么样。它多么需要一个家啊，它多么不想再在笼子里待下去了啊。你知道这个程序的。"

"我不会向你强行推销，因为我觉得你不领养它肯定是有原因的。"

莎莉、约书亚、斯基皮一起走到医院前的入口，都沉默着。或许她正在思考那些她了解的以及葬送了生命的猫狗们，或者是她的丈夫，或者是克利福德，或者是仅仅在考虑着午餐的事。我猜不透她的想法。

在前门，莎莉又将注意力转移到了约书亚那里，给了他一个会意的微笑，"啊，你真好，约书亚·马克斯。我会给你的。是的，你非常好。一个'不涉及推销'的推销，差不多也将我绕进去了。"

"很明显还不太成功。"约书亚说罢，咧嘴傻笑着。字里行间同时也带有希望的迹象。

"后会有期。"莎莉挥手向他告别，和斯基皮一起走回到了车中。

约书亚看着她离开。"感恩节快乐！"他追在后面喊道，但是，莎莉已经在车中了，没有回头。

感恩节

我全然忘记了感恩节。

对我们来说,感恩节一直是个很奇怪的节日。父亲在我就读兽医学院的最后一个学期时逝世。我和大卫结婚的第二年,我的母亲也离开了。而大卫的父母,更是在我和他相遇之前就已经离世。对于既无子女又无父母的我们来说,即使想要假装过一个传统意义上的感恩节,也并非易事。

作为素食主义者,我不仅自己从不烹制火鸡,也夺走了大卫享受其美食的权利。在我们相恋的前几个感恩节,我几乎用尽了所有材料作为替代品来制作假火鸡。最极端的一次是,我将发酵过的豆腐和土豆泥塞入模具中,制作出了一只大鸟模样的假火鸡。然而事实证明,除了肉类本身,没有任何其他食物能够与肉的味道相媲美。因此,我最终还是放弃了这种尝试。相反,土豆泥、山芋、面包、上等好酒、一两种蔬菜和各种馅料成为了我们感恩节大餐的新主角。

根据大家各有的计划,我们会"强迫"约书亚、丽莎及她当时的男友、克里斯夫妇、玛莎夫妇,以及大卫团队中任何节日期间无处可去的单身的青年同事们,来赶赴这场碳水化合物大餐。正是这些充满幽默感的人使我们感受到了家中充满的生机和活力。也正是这种蓬勃的生机使我们常怀一颗感恩的心。

每个感恩节结束时,所有宾客都纷纷离开,只剩下我和大卫一起收拾桌椅,刷盘洗碗，我们将剩下的食物分给克莱特和猫狗们。此时，筋疲力尽的我们会带着酒后的眩晕和狗儿们一起围坐在小房间中，观看《归心似箭》——一部讲述被迫从家庭中分开的两只狗和一只猫克服艰难险阻最终寻路回家的感人电影。

《归心似箭》于我们家的意义，就如《美好人生》和《万圣节南瓜头》一般经典。我们对每一句台词都烂熟于心，可以在脑海中重现每一个场景。无论多晚，无论多疲惫，即使大卫第二天还要上班，即使我随时待命准备工作，我们还是会和家里的动物们围坐在电视机前整整84分钟。为此，我们同样满怀感恩。

现在，看着大卫既疲倦又心事重重地走回房间，我知道，他一定也在回忆着曾经感恩节的点点滴滴。然而，当我在凝思回忆着我们曾一起度过的感恩节时，我的丈夫却是独自一人，独自面对没有妻子陪伴的感恩节。

大卫跟往常一样向狗儿们打了个招呼。察觉到他低落情绪的狗儿们立刻走开，走到房间的另一侧。大卫从厨房的冰箱里拿出一瓶已打开的酒，给自己满上一杯，随手翻阅着来信。他扫了一眼账单和通讯费催缴单，最终抽出了一本厚厚的杂志——《美食与美酒》杂志的感恩节特刊。

大卫拿着杂志和美酒走进起居室，将自己扔在了沙发上，开始翻阅着光滑柔软的杂志上家庭团聚和丰盛的节日大餐照片，他相信，自己再也不会看到那样的场景了。

听到大卫回来的声音，莎莉从屋后走了出来，问道：今天过得怎么样？

大卫强颜欢笑，"挺好的"，他的微笑很快变成了极具讽刺的大笑，"你知道吗？我看到的人都在为了金钱相互大声吼叫，你呢？今天过得如何？"

"好极了，没有大吼大叫也没有任何与钱有关的东西，虽然我觉得科莱特可能很快要逼着我们给她找一个新的住处了。要喝茶吗？"

"不用了，谢谢。"大卫指指自己的杯子示意道。莎莉本打算告诉大卫关于拜访约书亚的事，但看到大卫脸上的表情手中的酒杯和他膝盖上的杂志，她改变了主意。相反，当大卫的目光穿过杂志上方看着她时，她开始整理自己的衣物和包裹，准备回家。

"克利福德没有和你一起来吗？"大卫有点失望。

"没有，他很累，所以保姆带他上床睡觉了。"

"你是怎么让他和斯基皮分开的？"

"很困难地做到的。"

"感恩节有什么计划吗？"大卫翻着手中的杂志问道。

"我和克利福德得到我父亲和他的妻子那里去，这是我们的传统。"

大卫点点头，喝了一大口酒，"原来你的父亲还健在。"

"依旧精神矍铄呢，他在我母亲去世后再婚了。"

"克利福德喜欢你的继母吗？"

"不喜欢，我也不喜欢她，但她是一个和蔼的主人而且对克利福德也很好。"

"听起来是个不错的计划，要是你们那边结束早了，欢迎来这边。我们的朋友——哦，不——是我的朋友丽莎会过来。约书亚今年可能也会来。"

"约书亚会来？他会离开医院？"莎莉问。

"至少在感恩节会来，在整个医院巡视过一遍之后。"

"嗯，谢谢你的悉心邀请，但是我们可能要等到周五早上才会回来，到那时候还在休假吗？"

"理论上是的，但我可能回去看看。还有很多工作要赶。"

"嗯，好的，别担心，如果你要去工作的话，我会留在这里的。"

"谢谢。"莎莉穿上外套时，大卫喝完了杯中剩下的酒，"有点奇怪，你不觉得？"

"怎么了？"

"你看过《红鼻子驯鹿鲁道夫》这部片子吗？"他问道。

莎莉微笑着说："每年都看。"

"还记得那个满是怪玩具的孤岛吗？感恩节时我们的房子应该是一个那样的地方，当人们没有更好的地方前去的时候，他们总会在这里受到欢迎。"大卫到厨房将酒杯再次倒满酒，莎莉等待着，"这么说来，我只是当中的一个怪玩具。"

"我知道挺不容易的。"莎莉道。

大卫清了清嗓子，尽力使自己听起来随意一点，"那么……那么你……到底用了多久……去克服……你丈夫的……"

莎莉加快了准备离开的动作，"你不应该和我做比较。我当时很年轻，我有一个孩子，这是不一样的。"

大卫知道自己不该说这些，"很抱歉，我不是想要窥探你的隐私，我只是觉得……"

"没关系的，"莎莉说着，拼命将自己的注意力转移到戴手套的动作上，"我真的得赶紧走了。"

当大卫把她送到门口时，莎莉小声嘀咕了几句。

"你说什么？"

莎莉叹了口气，她知道自己迅速逃离的计划失败了。这次我能理解，之所以会失败，是因为她想让自己相信自己是坚强的，再多的伤害也折磨不了她，然而她却恰恰和以前一样脆弱。对她来说，这意味着下次伤害降临时——她知道伤害总会降临的——她无法祈求离开或者忽视。相反，她必须克服，但那样的日子让她坚持得太久了。

莎莉转过头，径直面对大卫，然后轻轻地把手放在他的肩上。"第一个节日是最痛苦的。别在家中待着，睡觉的时候再回来。早晨用你能找到的任何一个不会让自己伤心的东西来分散注意力。没有人——注意我说的是没有人——能够理解你，所以不要祈求别人的理解，不要有这种希望，当这种希望破灭的时候，不要生气。别人完美的语言会让你伤心失望，你自己的也是一样。明白了吗？"莎莉的声音因不堪的记忆而颤抖着。

她把手从大卫肩上放下，给了他一侧的面颊轻轻一吻。"我不能告诉你如何来应对你的痛苦和伤心，"她说，"而且上帝知道，我自己也没有什么完满的答案。但我能告诉你的是，看着你自己的伤痛时，就像看着太阳。你不能看太久，否则你会伤了你的眼睛，有时候甚至是永久性的伤害。"

没有再讲什么，莎莉立起风衣的领子以抵挡寒风，从房子中走进了深沉的黑夜。

感恩节下午两点，丽莎来到我们家中。谢天谢地，她没有带着恋人，而是带来了一个南瓜派。南瓜派是一个在我们中间流传已久的笑话。我们三个人都很讨厌南瓜派，然而它却是科莱特的最爱。

他们立即拿出酒来，还没等食物上桌，便推杯换盏，一瓶接着一瓶狂饮，过去的几个月使大卫的酒量骤增。然而丽莎在喝酒方面从来都只是个轻量级选手，三杯下肚，酒的影响便随即显现。我有点觉得她是故意的。

"你知道吗，"大卫吞下一大口酒后说道，"我看你已经喝多了。"

丽莎对着杯子笑道，"好吧，我能看见这儿有一个锅，一个壶，如果没听错的话还有一个黑色的东西。"说完又与大卫碰杯，"而且，我不可能喝醉，我读过心理卫生专业。"

"我知道你来这里很不容易。"

"不容易，是的，不容易，但至少在你面前，我不用去假装什么了。"丽莎慢慢走进客厅，我的书依然在原地放着，"这是我第一次在她不在的时候进入这间屋子，我故意地避免这种情况发生。"

"真的吗？我好像真的还没注意到啊。"大卫调侃道。

关于大卫的工作，丽莎的患者，她这会儿的新恋人（那个必须在家中陪孩子的人），莎莉，当然还有动物们，他们聊了一个小时。然而，就在这个房间里，有一个纯粹的累赘——那累赘就是我，我讨厌成为累赘。随着由酒引发的晕眩的减弱，我愈发变得无价值。

"你想谈谈自己最近过得怎么样吗？"当他俩最后坐在摆满从西点坊买来的晚餐——土豆泥、虾串、馅料、小红莓和菠菜旁时，丽莎开口问道。

"你先说。"

"快点，现在就说，别转移话题。我最近很担心你。"

"你说我有五年的时间，"大卫给自己拿了个盘子时说道，"现在连两个月都不到了。"

"你想用多长时间就用多长时间，这又不是比赛。"

"但是……"

"但是，一个车辙和坟墓相比，车辙的不同点在于深度而坟墓的不同点在于悲伤。你不会凭空地就能继续快乐地生活，那是需要付出些东西的。"

"我觉得我已经在努力了。"

丽莎用手向书柜做了一个清扫的手势。"你没有动任何东西，我甚至没有看见你挪动一个盒子。"

"所以呢？"

"这栋房子曾经充满了海伦娜的气息，现在她已经不在了，但她的气息仍然存在。我敢打赌，如果我走进卧室打开衣柜，我仍然能见到她的衣服。"

"你赌得真准。那又怎样呢？"

"你每次看到她的东西时，不会伤心吗？"

"当然会，但如果将它们丢掉我岂不是更伤心吗？"

"一开始的时候，当然会。这被称作'宣泄'。"丽莎伸出手，握住大卫的手，"这就是我们埋葬死去的亲人，举行葬礼，而不是把尸体悬挂在屋顶的原因。因为那样会使人更加受伤。伤口必须重新结痂。"

"我们能聊点别的吗？毕竟今天是感恩节。"大卫边说边去拿酒瓶。

"当然。"在接下来的一小段紧张时刻中，丽莎把食物移到了自己的盘子中。"那么，你认为谁当州长比较合适？"她微笑着说。

大卫差点把酒喷到鼻子里。丽莎从来没有在任何选举中投过票，而且一直认为纽约的首府是曼哈顿。在他终于费力地镇定下来时，问道，"你…… 已经克服了…… 吗？"

"拿我和你作比较很不公平。我的意思是，我认识她的时间比你长，但是她不是我的妻子。我不跟她同床共枕，况且，就算开玩笑，我的确有五年保持情感客观性的训练，我曾经处理过相关体制，做过抑郁咨询和很多年的心理学治疗的训练。而你没有其中任何一项这样的背景。"

"所以呢，答案是'是'还是'不是'？"

丽莎耸了耸肩，看着盘子里的食物，"都有一点吧。"

大卫把身子从桌边收回来，摩擦着双手说，"好了，不说这个了，我有一样东西要给你。"

他离开房间。几分钟后回来时，手里拿着一个用圣诞彩纸包装着的小盒子。他走进客厅，坐在沙发上，轻轻拍了下旁边的位置。丽莎坐了过去。

大卫把盒子递给丽莎，"既然你圣诞节时会和一个不知道叫什么的人待在墨西哥，这是提前的圣诞节礼物。"

她打开包装纸，发现了一个小小的正方形珠宝盒，"你是要向我求婚吗？"

"先打开再说，你这个傻瓜。"

　　丽莎揭开了盒子上的盖子。她屏住呼吸，睁大眼睛，"我的天啊。"这是她流泪之前唯一能说出的话。

　　和大多数女人一样，多年来，我也积攒了几抽屉的珠宝首饰。但对我有意义的珠宝却极其有限，而其中，有两件最重要。第一件，吊坠上镌刻着所有我爱过和失去的狗的标签，按照我的遗愿，随我一同被火化了。这些标签只对我有意义，所以我想这样是公平的；第二件，是我们在巴黎度蜜月时大卫找到的一只镶嵌着蓝宝石的铂金古董戒指。丽莎十分喜爱那只戒指，而且在我生病之前开玩笑说，如果我先去世，让我把戒指留给她。现在，大卫把这枚戒指给了她。

　　"我知道，海伦娜一定很想确定你是否得到了这枚戒指，在她……"

　　"这个女人……"丽莎啜泣着给了大卫一个拥抱，将脸深深埋在了他的肩膀。

　　门铃响了。一听到入侵者的声音狗便立刻开始狂吠。"你最好赶紧去开门。"丽莎在大卫的怀抱中说，可她并未表现出要让他走的意愿。

　　大卫抽身之前，约书亚已经自己将门打开了，闯入客厅，找到丽莎和大卫，三只狗儿在后面尾随着。大卫冲着约书亚展开一个淡淡的微笑。

　　"你们还好吧？"约书亚的声音压过丽莎的啜泣声问道。

　　"很好。"大卫回答，"我们经受过专业的保持情感客观训练的朋友现在正过着难熬的时光。"丽莎给了大卫的肩膀重重一拳。"噢。"

　　"你为何如此脆弱。"丽莎一边擦着眼泪一边说。"感恩节快乐，约书亚。"丽莎在约书亚脸颊上轻轻吻了一下。"抱歉。"丽莎向洗手间走去，留下大卫和约书亚。

　　"我正在想你是不是永远都不会来了。"大卫说。

　　"我知道，"约书亚说，"我想自己能够……我找不到……"

　　大卫站起身来，"我懂，如果我不是住在这里，我也不会来这个地方。"

　　"我不是这个意思。"约书亚不再说话，闭上眼睛，深吸了一口气，"可能我就是这个意思。"

　　"没关系，"大卫给了他一个拥抱，"至少你现在还能在这里陪着我。"

　　丽莎稍平静了些，擤了擤鼻涕，用声音告诉大家她回来了。

　　大卫举起酒杯，朝向约书亚和丽莎，"欢迎到我家来。"他说。"我家"这个词的重音清晰得让人心痛。

"现在，你要做的是将这个地方塞满你自己的东西，你觉得呢？"丽莎转向约书亚，欲寻求一点情感上的支持。

约书亚是个聪明人，他观察过了这间房子。"那首诗怎么说来着？"约书亚问，"家，如此悲伤，它伫立着，像被遗弃的模样……"

"……伫立成最后被慰藉的哀伤……"丽莎继续道。

"……像是将他们拽回故乡。"大卫念完这首诗，将杯中酒一饮而尽。

距离大卫家不到 5 英里，莎莉和克利福德在家中狭小的餐厅里享受着他们简单却又快乐的感恩节大餐。

"谢谢妈妈，这些尝起来棒极了。"克利福德说。这话就像从任何一个普通的、有礼貌、有教养的九岁孩子的口中说出的一样，只是他的声音缺乏情感和温暖，如同从电脑的声音合成器中传出来的一句奉承。

莎莉对她的儿子回以微笑，"不客气，你最喜欢吃哪一样啊？"

"馅料，你总是能做出最好的馅料。"

"谢谢，克里夫。还想再吃一个派吗？"

克利福德揉了揉他的胃部，"不了，谢谢妈妈。"

"孩子，你知道的，我总以你为荣。"一瞬间，克利福德的眼中透出了理解的光芒，但随后他把头摇向一边，脸上显现着狗儿对待不理解的事物时所露出的表情，"我知道你无论是锻炼身体还是在学校学习方面都非常努力，我只是想让你知道，我真的很以你为荣。永远不要忘记这一点，好吗？"

克利福德的脸上还是同样没有任何表情，"你觉得斯基皮现在是在睡觉吗？"

莎莉努力保持着脸上的微笑。就在这一瞬，她允许了自己去相信，相信他们的家庭是一个正常的家庭，他们在进行着正常的对话，这种对话没有仅仅局限于一个问题与一个答案。她允许自己去想象，克利福德能够从语言上感受到她的爱。

"亲爱的，我想斯基皮现在已经睡着了，"莎莉回答，"你想明天去见它吗？"

克利福德没有回答。他的注意力已经转移到别的事情上去了，"妈妈，我能看电视吗？"

"是的，你可以，"莎莉说，"但是要看你的 DVD，好吗？我已经帮你准备好了。"

克利福德跳下椅子,跑进隔壁房间。没一会儿,我就听到了电视机那低沉压抑的声音。

即使充斥着电视机的声音,这公寓依旧十分平静。这就是孤独的声音。

厨房里电话响了起来。莎莉盯着电话,似乎在她眼里那是一根下垂的电线——十分危险,能导致巨大的伤害而且无法预测。最终她接起了电话,"您好?"

"嗯,莎莉,我是约书亚,没有打扰到你吧?"

"没有。"

"大卫说你和你的父亲在一起呢。"

"恩,是的,我现在在家,你刚刚和大卫在一起吗?"

"有一会儿。"

"他怎么样?"

"我想,跟你预料的差不多。"

"你能去真好。对他来说,这是一个艰难的节日。"

"是的,"约书亚根据自己所见到的回答,"和你父亲的感恩节过得怎样?"

莎莉苦笑,"我想,正如你想象的那样。"

"哦?是吗?"

"一言难尽。"沙莉说,终止了约书亚进一步的询问。

"这样啊……"约书亚结结巴巴道,"我只是……嗯……我只是想祝你和克利福德感恩节快乐。"

"你能帮我个忙吗?"

"当然。"约书亚已经做好了被拒绝的准备。

"我们都送给对方一份礼物吧——三分钟的坦诚相待。我老了,今晚也太累了,不想做任何其他事了。"

"好的,什么时候开始?"

"现在,"莎莉说,"为什么你今晚想要给我打电话?"约书亚停顿了下,思考着。"不要想,"莎莉说,"直接告诉我。"

"……嗯,现在就说?"

"我已经到了现在这把岁数,约书亚,就直接说出来吧,你为什么要打电话给我?"

约书亚的话脱口而出,"我突然想起了你,自从你再次出现以后,我发现自己一直在想念你。其实我也不知道这意味着什么，但是我想约你出去一个晚上，看看会有什么情况发生？"

"噢，"莎莉说，"好呀。"

"现在，轮到你了。"约书亚说。

"没门。"莎莉边笑边说。

"但是……但是你刚刚说……"约书亚结结巴巴说道。

"我刚刚在撒谎，"她仍旧边笑边说，"但是我会接受你约会的邀请。你可以要求我为你的三分钟写一份借据。"

"你知道吗，你真是个残酷的女人。"约书亚说，但他的语调显得心情愉悦。

"我也许残酷，但我不傻。给你一个借据的首期付款吧——今晚你让我笑得很开心。我需要这样的心情，谢谢你。"

房外的阴影越来越低沉，最后——谢天谢地——天色完全黑了下来。大卫结束了他的感恩节大餐。邀请丽莎和约书亚前来做客对他来说可能是件好事，我知道，他们走了之后他很高兴，因为这样他就可以独自面对这个累赘了。

大卫看了看客厅的书架上我的那些书，丽莎的话好像依旧在他耳畔回响着——"这栋房子曾经充满了海伦娜的气息，现在她已经不在了，但她的气息仍然存在。"大卫对自己点了点头。"好吧。"他咕哝道，"但不是今晚。"

我的丈夫把他的酒从餐厅的桌子上拿起，拿进小屋，狗儿和猫儿们都已经睡下了。

大卫打开电视机，将DVD放入播放器中，拿着遥控器。他看着屏幕，按下了按键。没几分钟，我再次看到了《归心似箭》熟悉的片头。

大卫陷在电视前的躺椅中，刚找到一个舒服的姿势，斯基皮便跳到他的膝盖上，转过身，然后面对着电视。斯基皮用警觉的眼神看着屏幕上的一举一动。

几分钟后，大卫睡着了。他成功地熬过了感恩节。

在躺椅旁边的小桌上，有一张我的照片。照片中，一个美丽的秋日里，我正徒步穿过新罕布什尔州美丽的树丛，怀里抱着年轻的斯基皮，后面跟着两只大狗。我正朝着照相机后做鬼脸的大卫发笑。我记得那一天，也许我也曾拥有过更开心的一天，但即使有，我也不记得了。

斯基皮变动着它在大卫膝盖上的姿势，以便它的头可以靠在扶手上休息。盯着照片，斯基皮的眼睛中透出了熟识的痕迹，然后它发出了一声响声。听起来像在叹息。也可能那仅仅是我想象的结果吧。

就在大卫在睡觉的时候，杰西把她的红色吉普车停在了CAPS周围铁链围墙旁的小树林中。她滑过围栏，朝旧实验室走去。

国家法定假日对政府囚禁的动物们来说并不是段美好时光。锻炼期会被暂停，那位骨瘦如柴的看管人只负责给动物们提供足够的食物和饮用水，直到12小时后的另一个巡查时间。

利用这种途径，杰西必然提前做了计划。因为感恩节期间CAPS的设备停止了运转。我没有看到其他任何人，而且在硕大的停车场上，只有一辆车——标着CAPS安全保卫部的标志。

杰西顺利地进入到她的实验大楼。她没有去理会前门，而是向一个侧面的窗户走去。到了窗前，她开始用力地推窗，但窗户一动不动。"浑蛋，该死的浑蛋。"她嘀咕道。

杰西蹲下，从衣服口袋里取出一小张纸和一把手电筒。狭窄的灯光中，我能看到她在实验室大楼旁透出的隐隐约约的影子。其中一扇窗户上有个巨大的"X"标志，杰西笑了。

她把纸和手电筒重新放回口袋，移到下一个窗户边上。当杰西推动窗户的底部时，窗户很轻易地被打开了。她长舒了一口气。

杰西从窗口爬进漆黑的实验室。她花了一分钟时间来慢慢适应，然后缓缓地跑向了屋子中央的笼子。辛迪正蜷成一团待在角落里。

"辛迪，"杰西低声叫道，"是我啊，快醒醒。"

辛迪仍旧一动不动。这时，我们都害怕到了极点。"辛迪！"

杰西打开笼子上的锁，而后去抓辛迪的手。虽然手摸起来很温暖，但辛迪仍旧不动。杰西检查了一下贴在外围的剪贴簿。第一页上写道，辛迪被注射了一剂氯胺酮，剂量大得可以麻醉一匹马。"妈的。"杰西没有预料到要尝试着去背75磅的重量。她迅速扫了一眼房间，试图找到点东西去帮助她，而在这种时候，房间里已经没剩下什么可用的工具了。

"看来我们只能用艰难的方式来做这件事了。"杰西伸出手，将辛迪往外拉。伴随着一声呻吟，她把辛迪从笼子里拉到了她的怀中。杰西像抱孩子一样抱着辛迪，她的两只胳膊在辛迪的臀下搭成桥状。

杰西在辛迪的体重压迫下挣扎着走向窗边。此时，两名保安开始了他们每天的例行巡逻。当杰西终于成功地将辛迪推出窗户时，一名保安看到了杰西围栏附近的吉普车。他立刻通过对讲机告知了他的同伴和警察。

千钧一发之际，辛迪开始在杰西怀中挣扎。"辛迪，没事的，是我，我正在尽力救你出来。"然而，她的话似乎使辛迪的动作幅度更大了。

当第一个保安准备开始对大楼进行地毯式搜查时，他注意到了黑暗中的声响和移动。他开始向杰西的方向奔跑，边跑边通知他的同伴。

当第一个保安看到他们时，杰西距离围栏仅仅剩下 5 英寸的距离。"站住！别动！"杰西对他不予理会，朝着围栏跑去。

"卡西迪博士，我有武器，"保安大喊道，"这不是麻醉枪。"当听到自己的名字时，杰西犹豫了，但仅仅是一瞬间。

"这是你最后一次机会，"保安喊道，"站住别动，把实验品放到地上！"杰西仍在继续朝前跑。

一声枪响后，辛迪倒在了杰西的怀中。

那声巨响是保安的鸣枪警告，但这一声枪响却让杰西回到了现实。她看了看那道围墙，以及更远处的吉普车。那一刻，她知道她做不到了，即使她真的赶到了吉普车上，她也跑不远的。此时，另一个保安带着手枪从反方向跑来，似乎是为了证明她的结论。

杰西停下脚步，尝试着放低辛迪。但在此时，辛迪已经足够清醒了，能够辨认出她的营救者了，她拒绝放开杰西的脖子。"辛迪，没事的。"杰西告诉她，并尝试着将猩猩紧抓着的手打开。

第一个保安拿着枪，小心翼翼地靠近杰西，"我说了，放下实验品。"

"我正在努力地将她放下。"

"快点照做，不然我帮你放下。"

"求求你，别伤害她。"杰西央求道。

"脸朝下趴着。"

我逐渐听到了警车警报器的声音，他们来逮捕杰西了。

杰西照吩咐做，辛迪放松了她紧握的双手。猩猩转而面向第一个保安，她因恐惧而颤抖着。

第二个保安用手抓住辛迪，开始将她从杰西身边拖开。而辛迪开始与他厮打，她咬破了保安的手，血液喷涌而出。

"他妈的！"保安尖叫道，反手打在了辛迪的脸上。她猛然跌倒在地，瞬间被这一切惊呆了。辛迪很快再次站起来，像一个噩梦神话中的动物一般开始号叫，径直向打她的保安冲去。

毫无疑问地，保安们拿起了武器。

"不！求求你们了！不要！"杰西尖叫着，随后立即向辛迪扑去，抓住了她。杰西试着用自己的身体压住辛迪，既为了庇护她又为了阻止她再次站起反抗。

杰西一直向辛迪做着同样的手势，直到阻止了她在自己怀里挣扎。

我认识那个手势——是"原谅我"。

大卫被轰隆隆响着的《归心似箭》和梦中的呜咽声惊醒。他梦到了笼子、黑猩猩和鲜血，但醒来后他的记忆中只剩下了鲜血，这让他止不住地颤抖。

他看了看表——才晚上 11：30——然后迅速地调整一下自己的状态。斯基皮依旧在他的腿上沉睡着，但伯尼和奇普，也就是那呜呜声的来源，显然想要出去走走了。大卫轻轻地把斯基皮放到地板上——整个过程，斯基皮不断地发出声响——而后站起身来。

"走吧，伙计们。"大卫仍旧有些东倒西歪地慢慢向前门走去。奇普和伯尼紧随其后，斯基皮看了一会儿，最后也决定加入这个队伍。

当狗儿们吠叫着都要加入进来时，大卫打开了门。他撑着门，狗儿们立刻往外冲到前门的扶梯。它们追逐着黑暗中又大又模糊的东西。

"等等，等等！"大卫朝狗儿们吼着，但吼叫声不起任何作用。大卫眯起眼，朝夜色中望去，努力辨别着那东西的形状，"那到底是什么东西呢？"

然后，他听到了亚瑟愤怒的嘶吼。

大卫拖起一双鞋，跟在狗儿们后面跑过去。大卫通过辨别那吠叫声和马蹄与青铜路的撞击声跟随着它们。

狗儿们在亚瑟的腿间玩耍，很明显，亚瑟并不是在嬉戏。

我终于看到了亚瑟的眼睛，我看到的一切让我怕得发抖。

亚瑟的眼中不仅仅是生气。

亚瑟已不再是我的马儿了。

亚瑟现在仅仅是一个猎物。它认为自己要么是在被狼、被怪物追赶着，要么在被最可怕的魔鬼追赶着。黑夜夺走了它的视力和逃跑的能力，亚瑟只能挣扎、乱踢，试图抗拒狗儿们在它脚下的游戏。大卫吼叫着试图唤回狗儿们，但它们如此享受着这其中的乐趣。

就因为这，大卫犯了一个严重的错误。因为狗在避免被马蹄踩踏的方面具有非凡的天赋。它们能通过超凡的视力和光线的反射来轻松躲闪开马蹄的触碰，在这种天赋衬托下的人类看起来就像漫画中的慢动作人物。狗儿们即使在受到惊吓的马儿身旁也能很好地保护自己，人却不能。

大卫冲入这团混乱中，试图抓住任何一个他能抓住的狗项圈，同时大叫着让狗儿们回头。

我听到了黑暗中的风声——马蹄和血肉夹杂在一起——紧跟其后的是疼痛的喘气声。我曾听过这种声音，此生之前，在一个黑暗的狂风肆虐的晚上，在伊萨卡小路上。

第十二章
争吵

到了第二天黎明，大卫的伤口缝了 12 针，右侧面颊出现了大块青肿，昨夜吞下的大剂量止痛药此刻依旧充斥着他的整个胃腔。我从未见过他的情绪如此低落，在医院里无人与他执手相伴，回家时无人在家里等待，更无人亲吻他的伤痕。

上午晚些时候，屋外两个人企图将亚瑟从畜棚拽到拖车上，但没有成功。我认识那两个人，他们是镇上一个大规模畜牧场的雇员，此刻他们正拼命拖拽着亚瑟的缰绳，但仅仅将它从畜棚中拖出几英尺的距离。亚瑟因恐怖开始暴跳，开始反过来拖拽两位雇员。而我的意愿正徘徊在让亚瑟去打斗和让它平静地顺从之间，我苦苦挣扎着。

甜美温柔的爱丽丝开始在畜栏中为它忠实的伙伴叫喊着。狗儿们，透过后院围栏缝隙注视着这一切，向它们的噪音和行为不断地吠叫着。

大卫将头转离这些混乱，他没有注意到莎莉的汽车已经停在车道上了。

克利福德立即走下车来，向亚瑟跑去，边跑边大喊："他们会杀了它的！阻止他们！"

莎莉在后面追赶，"克利福德，快停下，你会受伤的。"

就在克利福德即将跳到亚瑟面前时，大卫一把抓住他的汗衫，尽可能温柔地将他阻止。克利福德继续挣扎着，"阻止他们！阻止他们！"

考虑到克利福德的安全，马厩中的雇员立即让亚瑟回到畜棚。其中一个立即走上前去，将畜栏锁起来。

亚瑟和爱丽丝再次回到了一起，它们彼此静静地用鼻子爱抚着，而克利福德坐在地上呜咽着。大卫和莎莉将他扶了起来。"对不起，"大卫说，"我以为他会被踩到。"

"我知道，"莎莉抱起孩子时回答说，"发生什么事了？你的脸怎么了？"

"等一下再向你解释。为何不把克利福德带到屋里呢？斯基皮正等着他呢。"

"别让他们把马儿带走，妈妈，"克利福德恳求道，他的言语中夹杂着遗失已久的不顾一切的情感和音调起伏，"他们会杀了它的，妈妈。"

"没有人会去杀任何动物的，克里夫，不用担心。好吗，大卫？"

我丈夫没有说谎，"我想你该把克利福德带进屋中。"他的语气开始变得露出锋芒。

"他们会杀死那匹马的。我的脑海中出现过那一幕，我看见了，妈妈。"克利福德解释道。

"不会的，"莎莉告诉他，但是看得出来，她有些不确定了，"你回到屋中，那样我就可以和那些人去交谈了，好吗？"

"你说的？"

莎莉踌躇片刻，除此之外没有其他任何方式能够让克利福德回到屋中，"我肯定。"克利福德呆呆地朝后院走去，没有回头。狗儿们愉快地向他致意，而后随他进入了屋中。

其中一个男人走近大卫，"我不知道刚刚怎么了，那个男孩必须知道，他不能那样冲向一匹暴跳如雷的马，他会很危险的。"

大卫转向莎莉，"他们在帮我的忙，懂吗？"

"对不起，女士，"那个男人说，"我没有任何不尊敬您的意思，只是对克尔顿先生而言，将马锁进拖车让他镇静下来会更安全些。"

"为什么要把它转移走呢？"莎莉问。

"给我们几分钟时间。"大卫对那个男人说，之后那人恭敬地向后挪了几步，给大卫和莎莉留下了足够的私人空间。"昨晚亚瑟几乎要了我的命，我无法再和它生活在一起了。"

"那些人要将它怎样？"

大卫似乎没听到这个问题，"和它生活在一起，不去担心被践踏致死实在太难了，你明白吗？"

"他们要把它带到哪里去？"

"带走，他们会把它带走。他们会在其他地方为它找一个家，或许为它去找一个可以和它一起生活的人。"

"那是放屁，你知道会怎样。谁会用现在的方式将马带走？"

"实际上，我并不十分在意他们会把它带到哪里或者他们会对它做些什么，只要它离开这里就行了。"

"求求你，大卫，你现在太恼火了，但这和将亚瑟带走没有任何关系，别这样，我们可以想其他办法的。"

大卫摇头道，"我真的努力想过办法了，我想过了，你不相信吗？我本以为自己能够解决这个问题的，可我解决不了。"

"我帮你。"

"你为什么突然这么在乎这匹马？"

"这和马根本没什么关系。"莎莉说。她努力思考着自己接下来该说的话，当他们走过来时，她已经想到了，"有时候，我努力用克利福德的视野去观察这个世界——没有任何事物被痛苦、妒忌、生气或被不恰当的言语过滤或扭曲，一切都是你看到的样子，你看到的正是事物本身。这样的世界一定充满了恐惧和悲哀，是的，但同样也美丽无比。"

莎莉将双手放在大卫肩上，扭转他的身体——不是很温柔的——以便他可以看见畜棚。她用手指着马儿，"看看克利福德会看到什么？"

通过畜栏，两匹马面对着彼此，脖子几乎贴在了一起。

"听着，我不是海伦娜，我不可能成为像她一样的人，我不需要被谁提醒。"

"你还是没有明白。"

"他们正试着用英语讲话。"

"上周你问我要用多长时间才能度过悲痛。那时，我本应该告诉你的，但我不能那样。你的问题错了，你应该担心的不是何时能从痛苦中康复，那是痛苦衍生出的抉择在作祟。一些抉择，你一旦做出了，就再也无法扭转。"

"……别试图告诉……"

"请让我把话说完，然后你就可以去做你想做的事了。那正是痛苦如此强大的原因——它有一个凶猛的同盟，这个同盟便是遗憾。在你意识到它之前，你已经成为了那些爱着你的人在大街上极力去避免遇到的伤痛。这些和马儿、海伦娜、我和克利福德都没有关系，只跟你有关——只有你。"

"真的，管好你自己的事……"

"所以我要求你——求求你——向那边看看，向畜棚中看看，告诉你看到的事实。你看到什么了？"

大卫还没有来得及回答，那人走了回来。"克尔顿先生，我讨厌总是被打扰，我们已经来了一个钟头了。"

大卫点头示意让他继续，然后向莎莉转过头来，此时大卫面红耳赤，带着几乎无法再控制的暴怒与失望，"我看见了一匹马。一匹笨拙、怒气冲冲的让人讨厌的马。你不是我的大脑，你不是我的医生，当然你也不是我的朋友。所以请你滚到房子里去，去做我向你支付工资的事情吧。"

莎莉气喘吁吁，像被打了一记耳光。"你知道我是怎么想的吗，克尔顿先生？"莎莉问道，牙齿吱吱作响。

"不知道，给我一个惊喜吧，汉森小姐。"

"我认为你他妈的就是一个骗子、一个懦夫。"然后，莎莉低下头，攥紧拳头，向房子走去。

我跟着莎莉，因为我无法立即接近大卫。

30 分钟后，我看到大卫坐在畜棚边的干草堆上，将头埋在双手中。亚瑟的旧缰绳放在他的一个膝盖上。

卡车和拖车从我面前的车道缓缓驶过，我竭力让自己平静下来，去向我受伤的亚瑟最后道个别。

但拖车是空的。

卡车和拖车一走，面色苍白的大卫便钻入车中，呼啸而去。被疼痛困扰着的大卫已然精疲力竭了。

莎莉从厨房窗户看着大卫离去。当确信大卫已经离开时，她开始将自己的几件随身物品打包，并将克利福德带回屋中。她动作中表现出的疲惫与我刚刚在大卫身上感受到的几乎一致，除掉我所能够想象得到的，莎莉的疲惫是源自内心的，那是一个对她而言再次证明了希望总会与残酷的现实背道而驰的地方。

克利福德来到她的身后，"妈妈，对不起。"

莎莉单腿跪下，以确认克利福德能看得见她。当她开口讲话时，语气坚定而温柔，"永远不要因为尽力挽救一个应该被挽救的动物向别人道歉，永远，理解我说的话了吗，儿子？"

"是的，妈妈，我理解了。"克利福德说着，努力地与她进行眼神交流，"可是我不知道该怎样去挽救。"

"可能，应该是你刚刚的方式吧。"

布朗克斯区的动物园是我最喜欢的地方。这里，距离我们永远不会见到的那堕落的贫穷只有几个街区，而孩子们和那些思维开阔的成人们站在那儿，不通过埃尔顿·约翰的歌声与舞蹈便能领略到黑猩猩眼中的智慧、雄狮眼中的威严以及北美森林狼嗥叫中的哀伤。

在离开家后，大卫最终来到了动物园。这里还有几个小时的营业时间。他依旧拿着亚瑟的缰绳，眼神中充满困惑，就像一个人突然意识到自己已经凭借自己的力量到达了一个地方，但却不知道自己是怎样来到这里的一样。

感恩节后的这个寒冷下午，公园里人很少。大卫一路走到刚果展区，最后来到了目的地——大猩猩展示馆。那是我目前为止在公园里花费过最长时间的地方。我总是会将大卫拉到这里，当他饶有兴致地观看时，我会为他指出不同名字的大猩猩。大卫总是将它们的名字记混，之后便会很快失去兴趣。

每天的这个时段，整个展馆中的游客寥寥无几，大卫很快在玻璃窗前的一个位子上坐了下来，在这里可以享受到观看大猩猩团体的最广阔视野。

大卫并没有注意到他身后几英尺处的那个正在啜泣的西班牙小女孩，小女孩用衣袖擦了擦泪水，向他走了几步。

"打扰您一下，先生。"她的声音小得让人很难听清。

　　当大卫转向她时，不可避免地看见了小女孩红红的眼睛，流着鼻涕的鼻子和那比眼泪更加悲伤的表情，她抽噎着。大卫所见到的足以使他一时忘记自己所经历的一切。"我能帮什么忙吗？你还好吧？"

　　"我能用一下你的手机吗？只打一个短途电话。"

　　大卫解开扣子，从腰带上取下手机递给了她，"要我帮你拨电话吗？"

　　"不用了，谢谢。你打电话过去会激怒她的。"

　　"她是谁？"

　　"我妈妈，我需要她来接我。"

　　我懂的西班牙语本来就少得可怜，而我对此次对话内容的理解，因为小女孩机关枪一样的语速和她多数时候的大声呼喊受到了进一步的阻碍。我勉强能辨认出她在呼喊声中提到了一只猫，一个叫"阿尔贝托"和"拉哈尔达"的男人，还有一个她反复用到的词，如果我那模糊的记忆靠得住的话，那个词的意思是"伤害"。

　　女孩突然挂断电话，将手机还给大卫。"谢谢，如果通话时间太长了，对不起。"她边擦眼边的泪水边尴尬地说。

　　"没关系，你妈妈在动物园里吗？需要我帮你找她吗？"

　　"不用了，谢谢。她等一下就会过来接我的。"女孩自嘲，"如果家中没人在意，逃跑也没有意义。"

　　"逃跑？听起来挺严重的。"大卫说。女孩只是耸了耸肩，然后坐在了大卫身边。他们一起看了一会儿大猩猩。

　　走过展馆的游客，可能会认为他们是一对父女。

　　"你从家中逃出来过吗？"

　　"有一次。那时我九岁。"

　　"为什么？"

　　"我父母告诉我，我们要搬家了。我不想离开那个地方。"

　　女孩理解地点了点头，"后来呢？"

　　"我跑得不远，后来我们搬家了，所以我的逃跑没改变什么。你呢，发生什么事了？"

　　"我妈妈的新男朋友对猫过敏，所以她把我的小猫送走了。"

"天哪，那可不是什么好消息。"

女孩看了看大卫，已确认大卫没在取笑她，"她说那仅仅是只猫。"

"是母猫还是公猫？"

"母猫。它叫西耶罗,西班牙语的意思是'蓝天'。她把我的小猫送给了我的表妹。她说我什么时候想去看它就什么时候去。但是……"女孩再次耸耸肩，眼中再次充满泪水。

"但是，那不一样，对吗？"大卫满怀怜悯地问道。

"是的。我一直在想西耶罗一定会非常害怕的，它总是在我的床上睡觉，一直等到我放学回家。我星期三去上学之后，它的世界突然变成了另一个地方，充满了它不认识的人们，而我却不在它身边。"

"好吧，值得向你提起的是，我有六只猫，它们应对变化的能力非常强。我确信西耶罗很想你，但是当你看见它，向它解释原因的时候，我敢打赌它会理解的，之后它也就不会再害怕了。"

我可以分辨得出，女孩正在思考大卫所说的话，"你有六只猫？真的？"

"是啊，还有马儿、狗儿、鸟儿和一头体型巨大的猪。"

"你是怎样拥有那么多动物的？"

"因为一个很长的故事。"

"你太幸运了。"

大卫思考了片刻，"是的，我想。"

"既然你拥有这么多动物在家中玩耍，你为什么还要待在这里呢？"

大卫久久地看着这个小女孩，然后和蔼地笑了，"这个问题问得好。"

大卫和小女孩坐在那里，他们又聊了20分钟。他们聊猫，聊狗和大猩猩（大卫指着每一个大猩猩，根据自己的记忆告诉小女孩它们的名字，直到小女孩记住了所有的名字）。当大卫向小女孩讲述科莱特的故事时，她笑了，笑得非常开心，而当大卫回答她提出的关于他脸上的绷带和那匹不安分的马儿赐给的绷带之下深深的伤口的问题时，她礼貌地点着头。

在她妈妈到达前的几分钟里，她向大卫许诺，无论什么原因她再也不会从家中逃跑了。大卫也向小女孩许诺，他要让他所有的动物都知道她——即使是那匹让他

"破相"的马儿。

女孩的妈妈——一位身材矮小的女人，肩上挎着一个几乎和她的身材相当的背包——跑进展馆，看到了她的女儿之后，发出了宽慰的哭喊声，而后双手紧紧搂在小女孩肩上。大卫静静地走开了，走到展馆另一侧几个向这边注视着的游客之中。他向小女孩深深地点了点头，竖起了大拇指。片刻的迟疑后，女孩重新回到了母亲的怀抱。

"给你看一样东西，我的小宝贝。"妈妈神秘地说着，她将她那硕大的背包从肩上取下来，拉开拉链。

一只漂亮的小斑猫从包里探出头来。

"西耶罗！"小女孩尖叫道。她将小猫抱出来，小猫几乎在她的怀抱中被压扁了，而小猫丝毫不在意。"但是，妈妈，阿尔伯特的过敏症怎么办？"妈妈温柔地说，"他可以选择吃药或者打喷嚏。"

他可以选择吃药或者打喷嚏。

真的，我无法不爱这个动物园。

和解

　　当大卫从动物园回到家里时，天色已晚。我想，他的心情大概和天空的颜色一样，黑暗无光。

　　他看到莎莉正坐在厨房中桌子的旁边，斯基皮躺在她的腿上，奇普和伯尼正趴在她的脚边。她闭着眼睛，哼着奇怪的曲子。

　　"我在向它们告别，大卫，"莎莉说话时没有睁开眼睛，"我一会儿就走了。"她亲了下斯基皮一边的面颊，然后轻轻将它放到地板上。

　　"还没有帮我对付那匹该死的马，你就要离开了吗？"

　　莎莉终于睁开眼睛，开始注视着大卫，"我不想放弃自己有史以来最棒的工作。我只是想，你知道的，这份工作以后只会意味着一个价格。"

　　"什么样的价格？"

　　"我做我认为正确的事。自从上次我把事情搞砸之后，我一直生活在阴影中，我再也受不了了。"

　　"阴影。是的，我也知道。"大卫坐在莎莉旁边的椅子上，"你问我在畜棚里面看到了什么。好吧，我看到了她。在每捆干草边上我都能看见海伦娜的影子，甚至在马鞍和马栉边上也能看见。伴随着每一声狗吠，每一声猫的幽咽与哀怨，我都会听到她的声音。这些围绕在我身边的动物们，这种生活，都是她的。我曾认为自己可以继承，你知道的，我想给自己留下一些继续苟存于世的念想。但无论怎么做，我发现那些只是她生活的影子，我每天都在和自己斗争着，不让自己从它们身上汲取怨恨。而她，我想也一样。"

"我明白，"莎莉说，而大卫却半信半疑地看着她，"你不这么认为吗？是的，我差点忘了，那是疼痛带来的傲慢。"

她温柔地摸了一下大卫的胳膊，站起来。莎莉准备了两杯茶，接着端到桌上。

"即使我儿子神经的迸发方式与现在有一点不同，他都会告诉你被像影子一样对待是怎样的，也会告诉你它的影响是怎样的。"莎莉抿了一口茶，"再进一步，可以去问我爸爸，他是那段历史的见证者，他肯定会非常乐意告诉你我的失败，这也正是我想提醒你的。"

"你父亲？我听不明白。你们刚刚一起过了感恩节，关系能差到什么程度？"

"我已经有五年时间没有和他说过话了。"

"但是——"

"……我知道，我知道。我撒谎了。但是对我而言，我想更多的是我在欺骗自己。相信我，每年我都会这样想，也许这次他会请我回去的，或者给我打电话，或者我会鼓起勇气要求他请我回去，但我们总是带着排斥的心理。那种排斥已经成为了我们之间的一部分，所以它影响到了我们做的每一件事情，就像是一些和血液有关的疾病可以控制，却永远无法治愈一样。"

"我不明白，到底发生了什么事？"

"细节并不重要，总是如此。由于克利福德父亲的死，我太伤心了，也伤心得太久了。自怜、自我牵制、自杀——就像是螺帽——所有的一切都在围绕着'为什么'。那并没有给一个两岁大的孩子留下什么，他那时已经表现出了与其他孩子的不同。我爸爸将他带走了，我也放手了。那时，我父母花在克利福德身上的恒心与关注我并不知道。"

大卫想说些安慰的话，而他这会儿能做的，只有鼓励地点头。

"一年之后，终于有一天，我意识到了自己的迷失。我想念我的儿子，我想让他回来。我将自己收拾干净，擦干泪水——毫不夸张——接着敲响了我父亲的家门。"

"你爸爸拒绝了你？"

"保守点，可以那样说。我母亲站在我这边，但我父亲是一个受过高等教育的人，因为拥有许多学术成就引以为豪而变得执拗。而我，因为谈恋爱，甚至没有读完大学。接着我们在结婚之前就有了克利福德。无须揣测，在我父亲眼里，我是一个失败者。克利福德爸爸的过世给了他的推测又一个强有力的证据。说实在的，那时我也无法确定他是对是错。"

"我最后把克利福德带了回来，给他找了全国最适合他的教育模式。碰巧就在这个学区，他在日益进步，我现在愿意为他做任何事，但这些都需要大笔的钱。"

"你的父亲……"

"他无法再容忍自己那样错下去了，一个法官当众对他讲，他犯下的错误让人无法忍受。接着我母亲去世了，我父亲把我当成了他排解悲痛的对象，他把我和克利福德逐出了家门。"

"太不公平了。"

"可能吧，也许公平对他来讲太难了。我很乐意认为他这样做是为了克利福德，他猜想最后我还会失败，然后我会将克利福德送回去，从而终止自己做母亲的权利，而他会和他的新妻子消除我对这个男孩做出的所有伤害。"

"但是如果他看到你和克利福德……"

"这才是重点，大卫，那样的事情永远不会发生了。即使他就在这个厨房，刚好碰到我们，他也绝对看不见。他的视力不好源于失落感。"

大卫沉默了许久，"我听到了你所讲述的，但如果那是我的一则预言，我不会步你的后尘。"

"真的吗？效仿和遗留之间有一条明显的界限。这些围绕在你身边的动物们，在葬礼之前，它们享受着一种生活方式，现在，它们肯定也在享受着一种生活方式，和之前不同的，是你悲痛的幻觉。如果仅仅是因为你爱你的妻子而那样对待它们，那会是莫大的罪孽。"

莎莉拿出一张折叠好的素描纸，递到大卫面前，"克利福德画的，说他想给你。说真的，这是我记忆中他第一次想把自己画出的东西送给别人。"

大卫打开素描纸，那是一幅我带着亚瑟穿过一片茂密的原始森林的素描画，画面极为精细。我努力分辨，最后才确定那不是一张黑白照片。这幅画让我大吃一惊，我能看得出来，大卫此刻与我的感觉如此相同。

"他怎么……怎么知道海伦娜的长相的？"大卫结结巴巴地问。

"我猜他是看到了房子里的照片。他就像一个能吸收视觉影像的海绵一样。"

"我搞不清楚，他真的太棒了。"

"非常有天赋，是的。但我现在仍然愿意用一切来替换，只为让他能够直观地理解微笑的含义，而让他不再去用那些代码去理解人类。"

大卫再也忍不住泪水，"他现在在哪里？"

"在畜棚，跟亚瑟和爱丽丝在一起。"

大卫从椅子上跳起来，"他自己一个人和那些马待在一起？"

莎莉拉着他的胳膊，"放松点，克利福德可以和动物们相处得很好，那是他的另一个天赋。"

"但是我仍然……"

"如果让你看一眼，你是不是会感觉好一点呢？"

大卫点点头，在莎莉跟上他之前，他已经出门走在了路上。

大卫在快到畜棚入口处停了下来，等待莎莉。莎莉伸出一根手指示意让他保持安静。

不管莎莉曾经怎样或者做过什么，她现在非常了解她的儿子。克利福德站在亚瑟畜栏的门口，手中拿着一把干草。这匹体型硕大的马靠在门边，一口一口温柔地享用着克利福德为它提供的美食。我也可以这样，我曾是唯一的一个。

莎莉轻轻叫了一声她儿子的名字，"你还好吧？"

"是的，妈妈，"克利福德没有回身，"我们现在要离开这里了吗？"

"不，克里夫，一切都很好。"

"好的。"克利福德说，但听到这个消息后，他语气中竟没有夹杂一点释怀或者快乐的迹象。克利福德终于转过脸来看着我丈夫，"谢谢你，克尔顿先生，我很喜欢这里。"

大卫此时非常尴尬，因为早些时候的爆发他现在已经有些累，加上今天所发生的种种，他所能做的只有示之一笑。

"我在想一些事，克尔顿先生，"克利福德说，"每次妈妈开车送我去学校的时候，我都要路过一个农场，那里总有一匹马站在栅栏旁边看着车开过去，我每天都能看到那匹马。有一天我路过的时候，那匹马不见了，只剩下了一堆泥土。"克利福德这会儿说话的速度非常快，上句和下句间几乎没有停顿，就像他已经在头脑中写好了一个剧本，现在只是将它念出来而已，"妈妈告诉我说那匹马肯定死了，那土堆就是埋葬那匹马的地方。马死了……我猜也是这样。他们把那匹马埋在了我经常能够在车上看到的地方。"

"我也记得那件事，克利福德，"妈妈说，然后向大卫补充一句，"这事儿至少过去两年了。"

"那是在我理解死亡的含义之前发生的事，我只知道我爸爸在天堂，那儿就是他去的地方，所以我知道的关于死亡的事非常少。"

"我想自从我每天看到那匹马以后，我就成了那个人。当我每天看不到它的时候，我想我已经不是那个人了。我想看到的事情和做出的事情是一样的道理，我现在理解得更多了。"克利福德把手中剩下的干草放到亚瑟的畜栏中，"我想亚瑟和以前的我是一样的，它认为看到和看不到之间的区别是它自己造成的，这让它很伤心。"

"我无法理解——"这是在克利福德离开畜棚前，大卫在头脑中形成并说出的所有单词。克利福德走了出去。

大卫向莎莉寻求建议，但她耸了耸肩，"我现在倒愿意让他走。"

大卫摸着伤口摇了摇头，"好吧，我要去再多打点止痛药。我们现在还有什么吃的吗？我这儿只剩爆米花了。"

"当然。为何不回到屋中呢，我给你弄点吃的吧？"

"你不会介意？"

"怎么会。"

"我还以为你和克利福德不喜欢和我一起进餐呢。"

莎莉冲着我丈夫笑了笑，"我想我们会，我想我们很喜欢。"

听到莎莉的话后，大卫一直微笑着，直到伤口缝合处传来疼痛，接着他朝房子走回去。

畜棚中，莎莉试图摸一摸亚瑟的鼻子，但它很快将头扭了回去，"好吧，好吧。"

接着，她走进畜棚深处，打量着曾属于我的一切——大卫从巴黎专门为我带回来的古银色梳子，一个马鞍和一双靴子。她在我曾把弄缰绳的地方抚摸着那套缰绳。所有这些东西依旧放在原来的位置，它们就像在等我回去一样。

莎莉突然打了个寒颤，接着，走进了黑夜。

UNSAID

第十四章

要不要忘记

马克斯来到了大卫的办公室，见他正在电脑前敲击着键盘。过去这两个星期，大卫的脸色好了许多——除了留下的几针伤疤，他已经不再是缠满绷带可怜兮兮的模样了，这模样可是马克斯进行他的"搬回城区"积累的难得的素材。

大卫抬起头，"你的脸上有一种表情，马克斯。"

"什么表情？"马克斯举起手，为自己的无辜表示抗议。

"那种表情，"大卫边说边用手指着他的脸，"最后那次表情，那次你想说服我去做些有利于婚姻的尝试。"

"啊，那就回到那天，相信我所说的话吧。"

"我太年轻，太笨了。"

"不，你算是挺聪明的，谁知道你会不会再次做出选择呢。你猜刚刚谁给你打电话了。"

"撒旦吧 …… 他让你回办公室去。"

"请你认真点儿好吗？"

"我可不是开玩笑，我手头的一整套文件告诉我，我得出门一趟。"

"西蒙。"

"杜拉克？"

"就是他。"

"我想他已经被迫退休了。"

"他已经像凤凰一样,死而复生了。过去这么多年,他已经成功复仇。他收购了那个曾收购他公司的人的生意。现在,他想雇用我们去为他整理所有事务。"

"对你非常有利。你太棒了,和往常一样,可以了吗?现在我可以继续工作了吗?"

"他还要求你做他的首席助理。"

"我?"

"还有,正如你想从西蒙那里得到的,他相当需要你的忠告。"

"我输掉了他最后的那次官司,他还会让我为他做什么呢?"

马克斯耸耸肩,"他说他信任你。能和他见一面吗?"

"他是你人际关系网中的,你非常了解他。你们不会需要我的。"

"实际上,不仅需要,而且渴求你的加入。西蒙那边的情况很紧急。"

大卫摇摇头,而后向他桌上的文件堆指了指,"时候太不巧了。"

"没有比这更好的时候了,真的。所有项目资金,我分给你一半。"

"不是钱的问题,并不是所有的事都与钱有关。"

"我不会介意你说的话。"马克斯迟疑片刻,将手指放在嘴唇上思考着,"嗯……不,对不起,我无法不介意。你这个傻瓜,当然总是与钱有关。这笔生意的总收入会给你真正掌控自己的实力,那正是你一直想要的,不是吗?"

"你的方法总是那么老套。"

"这个案件对你来说将会是一个崭新的开始。用新的案件填充新的记忆。"

"马克斯……"

"……至少要和他见一面吧。"

大卫闭上眼睛,头靠在了椅背上,"好吧,如果你现在就离开,我会和他见一面的。"

"太棒了。巴黎会很冷,多穿些衣服。"

"巴黎?"

"巴黎。西蒙几年之前患上了脑溢血。我没告诉过你吗?他已经坐上轮椅了。所以很明显,他没有办法来这里。"在大卫开口争辩之前,马克斯跑到了办公室门口。

大卫站起来，"你太恶心了，现在我身上的责任重大。我不能放下这一切，去巴黎那样的地方，这你比谁都清楚。"

马克斯在门口转过身，他脸上的表情让我感到迷惑。那一刻，我以为他会说几句满怀谅解且意味深长的话。但当他开口讲话时，我甚至想给自己一拳，我太傻了。"很多人会选择在巴黎度蜜月，但它只是一个城市，一个充满商机的城市。"

马克斯走了出去，关上身后的门。大卫随后将透明胶带的底座向门砸去，底座在门上留下一条小小的凹痕后，才掉到地面。

动物医院里，约书亚将一只缠着绷带的小猫从一个笼子中带到后屋，莎莉边喝着杯中的茶水边注视着猫。

"谢谢你今天能和我一起来。"约书亚说，"有个人陪伴真好。"

莎莉笑了，她用手摩擦着小猫的耳朵，"这只小猫拥有怎样的故事呢？"

"流浪猫。"约书亚回答，"可能是和狗或者另一只猫打架才伤成这样的。"

"那谁支付医疗费？"

"如果有人收养它，那收养的人可能会向我支付些费用。否则就是亏本生意。"

莎莉看着所有的笼子，每只狗儿或猫儿都在接受不同程度的医疗救治。其中，许多笼子上标注着"寻找主人"。莎莉注意到小彼得和它的几个兄弟姐妹依旧待在两个不同的笼子中。

"从现在的情况来看，"莎莉说，"我猜想你还没有付清 X 光机器的费用。"

"开什么玩笑？资金正在大笔大笔地涌入医院呢。"

"好吧，或许这正解释了你开着一辆昂贵的小汽车接我的原因。那辆 96 年的本田思域本身就是个经典。"

约书亚将猫儿送回，又打开了另一个笼子。一只小杂种狗跑到地板上。约书亚和莎莉边陪小狗玩耍边谈论着克利福德、大卫、我、沙顿，以及时光的流逝，还有约书亚将医学中心停业的计划。

最后，约书亚问了一个问题，看得出来，这个问题他已经思考了很久，"我们之间到底怎么了？最初我们在一起很快乐。"

"你在使用你的'三分钟'吗？"

"如果需要的话。"

"很容易。我不知道，开始我感觉我们就像两个带着伤痛的人在向一起撮合。"

"那后来出现什么改变了呢？"

"没什么，我想这正是问题的所在。我们身上的故事都太过漫长了。那些故事决定了我们的本质，而我们恰恰永远不想再提起它们。最后，我们无法开始无法战胜自己。"

"我不想再过那种让人害怕的生活了。"

"我也一样。我想可能会出现更糟糕的状况，可能是我现在还没有意识到吧。"

"从某种意义上讲，你甚至不知道'究竟是什么'就会去抓住机会，不是吗？"

"否则所有事情都不会有任何改观，"莎莉赞许道，"我们不能总是将事情归咎于无人理解吧。"

"所以，所以无论其他任何人能够理解——"

"——是的，就是这个原因。"

他们之间的沉默持续片刻。最后，约书亚说，"我有过一个儿子。"

"我很乐意听听他的故事。"

"他体弱多病，最后，疾病让他痛不欲生。我必须为他结束那种疼痛。没人会那样做的，所以我代替儿子做出了决定。在我们将他埋葬后，我不得不回到这个真实的世界，对那些关心我的人，我做出了很多可怕的事。"

"你爱他吗？"莎莉低声问。

约书亚再也无法忍住泪水，点了点头，"他是我最后、最棒的自己。"

"我不相信。"

就这样，莎莉和约书亚讲述着故事度过了傍晚时段。对他们而言，故事一旦被大声讲出来，如果没有超越人类宽仁之心的极限，他们都会觉得那是个耻辱。但对他们彼此而言，从渴求肯定的角度出发，说起那些故事，起初都是尝试性的讲述，而后才禁不住地完全倾诉出来。这一点，他们太过相似。

我很赞赏他们彼此的信任，我的判断力确实是我所留下的唯一可以给予他们的礼物。

晚些时候，当约书业驾车将莎莉送回家时，他们沉默着，似乎有些不安。那种沉默是人们还没有奠定坚实的信任基础之前便分享了过多的隐私引发的——就像试图将尖屋顶直接悬浮于地面上一样。

约书亚将车停在莎莉的公寓大楼之前。他瞥了一眼莎莉，开始重复自己刚刚说过的一句话，"我想谢谢你，今天……"而后戛然而止。

莎莉等待了片刻。当她确认约书亚要说的话已经被他自己的思维所麻痹时，莎莉向他倾过身去，问道，"究竟是什么？"然后献给约书亚一个热情的吻。起初约书亚还没准备好，他很快回过神，用双手托住了她的面颊。

最后，莎莉挪开身子，睁开眼睛，"我最想告诉你的是，我真的愿意努力不让自己做出任何会伤害到你的事，希望你也一样。"

约书亚回以微笑。那一刻，我完全能想象出在约书亚从死亡学习到了真正的悲哀之前的样子，在他 30 岁或更年轻些时的样子。

莎莉将手伸到车后座上，拿起了一个装着两只小猫的便携兽笼。小彼得在其中。

"我来帮你。"约书亚伸出手。

莎莉开玩笑似的推开他的手，"别碰我的小猫。"

"我能送你到门口吗？"

"我想我们这个时候还是说再见的好。"在莎莉拿着便携兽笼走出轿车之后，她又将头伸进了车窗，"那样，你就能随时想起我了。"而后，她慢慢跑进公寓，迅速锁上前门，头也不回地消失在公寓中。

第十五章

UNSAID

承诺

距离圣诞节只剩一周的时间了，我发现家中还是缺少很多我平时常用的装饰品，对此，我很失望，但一点也不惊讶。马儿围栏的四周没有绕起常青藤，科莱特的房子没有装饰花环，壁炉上没有点起蜡烛，客厅里没有陈列圣诞贺卡······不知是大卫忘记了还是故意不去换下旧日历。

他正在起居室里忙着整理手提箱，猫儿们在床上注视着他。在几乎不能找到他所需要的任何——我强调的确实是"任何"——必需品的情况下，他对巴黎之行的抵触情绪表现到了极致。

"莎莉，"大卫喊道，"你有没有看见我的护照？"这是他第五次向莎莉求助，第二次提起护照，一份她从没见过的文件（正如她片刻之前对大卫所说的那样），其实那护照就在他柜子的最顶层。

"没有，"莎莉回应道，"我帮你找一下······"

门铃声将她的嗓音打断了。莎莉突然笑了，她迅速向前门走去，边走边安抚着大声吠叫的狗儿们。她一定是期望着能享受到伴随约书亚再一次拜访带来的惊喜，因为一周内他已经来过三次了。

莎莉为约书亚打开门，出现在门口的却是杰西。

为了抵御严寒，杰西将自己包裹得厚厚实实的。她抖了抖脚，她看起来糟糕透了。

"有事需要帮忙吗？"莎莉边用手向回推伯尼的项圈边问道。

"是的，我找大卫·克尔顿。这个地址没错吧。"

"我该向他说是谁找他呢？"莎莉的口吻极其礼貌，却有些冷淡。

"简·卡西迪——杰西。"

"关于……"

杰西清了清嗓子，"关于如何能不让我坐牢。"

她的回应让莎莉惊讶得竖起眉毛，但她没有做任何评论。"请你在这里稍等片刻。"莎莉说道，然后突然关上了杰西面前的门。

莎莉见大卫依旧在起居室。"是 UPS 公司的快递员为我送文件来了吗？"

"不，是一位女士，"莎莉的语气中带着一丝怀疑，"她说她想让你帮她不坐牢。"

这引起了大卫的注意，"什么？她告诉你她的名字了吗？"

"简·卡西迪。"

"杰西？"

"我该让她进来吗？"

"你把她关在门外了？"

大卫向前门走去，莎莉紧随其后。他将门打开，走到杰西身旁，将她请进了屋子，"将你关在了门外真的很抱歉。"

奇普和伯尼闻了闻杰西，发现这样的情形让它们很难提起兴趣，而后便回去休息了。然而，斯基皮却坐在莎莉身边，警惕地注视着杰西。"莎莉说你提到了坐牢，我猜那是句玩笑话吧？"大卫为她拿走外衣，但她坚持不放开她的双肩背包。

"不是玩笑话，我真的遇上麻烦了。"她的声音听起来很脆弱，像是失眠已久。

大卫将杰西领到客厅，将她安顿在椅子上。莎莉将斯基皮抱在怀中，"需要我的话，随时叫一下。"

大卫坐在杰西身边，"发生什么事了？"

"我找不到任何人接手我的官司。"她说。

"这我并不惊讶。"

"所以你……"

"我尝试了另一种方式。"

看得出来，大卫在努力思考，思考着什么糟糕的情况会把杰西带到这里来——她在CAPS静坐，拒绝离开国会议员的办公室直到被人发现还是她在网络上发表了什么诽谤的言论？"你所说的'另一种方式'是什么意思？"他问道。

杰西深吸一口气，然后说出一则重磅新闻，"我贿赂了CAPS监护员，让他为我解锁了一扇窗，之后我闯入实验室，试图放走辛迪。"

"你说什么？"大卫难以置信地盯着杰西。

"我试图放走辛迪。"

"通过非法途径闯入隶属联邦政府的实验室？那是触犯联邦法律的啊，重罪。"

"我知道。"

"你一定被抓到了。"

"在逃走的时候，抱着辛迪。"

"天啊，杰西。他们提起诉讼了吗？也许他们并不想公开，或者——"

"他们提起诉讼了，他们想公开。很明显，他们想把我的罪行列为NIS刑事入侵'零容忍'政策的先例。我在实验室中被捕，然后被定性为……让我们数一下，"杰西伸出手指，"强行入侵联邦辖区实验室，强行入侵并蓄意盗窃联邦政府财产，盗窃联邦政府财产。我请了一位法官，花了50,000美元的保释金才暂时被释放了出来。"

"贿赂罪呢？他们没有向你敲诈钱财？"

"没有，监护人的事情他们不知道。"

"很好，或许你可以和他做一笔交易，"大卫说，在头脑中搜寻着解决方案，"请你告诉我，你是不是还没有为自己辩护？"

"当然是请求无罪辩护。"

"该死。你为什么不打电话咨询一下？"大卫回答了自己的问题，"你尝试了，对吗？"

"哦，是的。给你和其他几位律师打过电话。"

"哪个代理人的助手分配到了这个案件？"

"我不知道。"

"我想那没关系，我们熟悉那间办公室里的人。我稍后拨打几个电话帮你处理一下，尽量为你避免重刑，争取减少些监禁时间……或许能争取到缓刑或者社会服务性劳役。"

"我不会那样做，因为我没做错什么，我不服。"

"面对现实吧，杰西。你已经非法入侵联邦辖区实验室并蓄意盗窃联邦政府财产了。事实是，那个财产还活着，关系不大。从法律角度出发，你所做的和非法闯入邮局盗取邮票是一样的罪行。"

"不一样，辛迪不同。我是闯入实验室去拯救一只备受折磨的动物，那动物是拥有情感意识的。"

"我们已经讨论过这个问题了。对动物维权机构来讲，这是个不错的故事，值得宣传，但辛迪所具有的能力与法律毫不相干。"

"我们不该用那种方式去思考。"

"海伦娜也不该去世，那又怎样，'不应该'改变不了任何事实。"

"上次你说从法律角度出发，根本没有任何余地去断言辛迪与椅子是不同的。但我已经向你说出了一个可能性——它还会出现在法庭之上：辛迪是一个拥有意识的生物，她有摆脱折磨的权利，这将是我的抗辩词。"

"没有一个法官会认为你所说的这些是抗辩词，也没有任何法官会允许你将自己所说的这些呈献给陪审团。"

"为什么？"

"因为那与你冒犯法律没有任何关系。"

"必要性是非法入侵的抗辩理由。"杰西根据法律学院教授的断言说道。

"什么？"

"在纽约，出于必要性而保护一个生命不受损害的行为就是非法入侵犯罪的抗辩理由，包括刑事入侵。"杰西信心满满地背诵道。

"你是怎么知道这些的？"

她打开背包，从中取出了一本《纽约刑法简编》，将其放在他们之间的桌上。

我在大卫就读法律学院的时候得知，法律著作中名为"简编"的书籍，一套几乎无止无尽地涵盖了所有法律学派的系列丛书，是涉及不动产所有权的所谓"黑字母法"的精髓。法律学院的学生会利用这些涵盖他们半年甚至一年的学习素材的书籍来准备期末考试，以度过那令人煎熬的四小时。

"第 167 页。"杰西说道。

"你不可能围绕简编中的一句话去展开你的抗辩过程。"

"我知道，我需要一个律师。我想请你成为那个律师。"

"即使我认为这可能是个契机——但是我不——我不做刑事抗辩工作。你需要一个专攻这个领域的律师。"

"我想让你和我一起碰一下运气。"

"我不想。你所说的简直讲不通，为什么是我？"

"因为海伦娜曾经说过，你……"

"别这么说！别把我妻子的名字和这件事扯在一起。"

"我没有。是你问我为什么……"

"……闭嘴。"大卫身体倾向前方，伸出手指指责道，"是你计划的这一切吗？刑事入侵，被抓到，仅仅为了让你的辛迪自由？仅仅为了引起事态的进一步发展？"

"不是的，他们在利用我的刑事入侵加快国家农业部批准辛迪转移的步伐。我真的不在乎任何其他事或者其他黑猩猩。我把辛迪从小带到大，我用奶瓶喂她，教她讲话。她会称呼我的名字，这一切，你懂吗？直到现在，她还在呼唤着我。"杰西嗓音充满的伤感与痛楚让大卫坐了下去，"在我手中已经促成了一个黑猩猩的死亡。而现在，我又即将杀死第二个。"杰西甚至没有制止泪水的流淌，"如果我能让陪审团相信我行为的合理性，你了解的，让他们知道辛迪不仅仅是一份财产，然后也许我就可以让她的转移引起舆论哗然。"

大卫深吸一口气，努力让自己平静下来。"对不起，我真的不行，"他讲道，"有很多出色的专攻刑事抗辩的律师，我会帮你找……"

大卫还没有说完，杰西便完全不顾及大卫的帮助道，"海伦娜有没有告诉过你当查理在她的注视之下死去时，她的感受怎样？"

不要，杰西，不要这样。

"那只你和海伦娜一起看管的黑猩猩？它怎么……"

"是的，一起看管，然后它死了。"

小，不，不。

"既然如此，"大卫说，"难道现在还不是迈过那道坎的时候吗？海伦娜因为那只该死的黑猩猩很长一段时期甚至无法战胜自己。为什么？你们竟不知道那个教授在做什么？你们被那个傲慢自大的蠢货欺骗了，不是吗？是时候忘掉那些了，找点值得悲伤的东西再去懊悔吧。"

大卫的回应让杰西在她的思绪中死一般沉默着。我知道骇浪即将到来，我无法阻止。

"你就是这么想的？我们根本不知道？"

"你们当然不知道。那是海伦娜说的。她从没蓄意毁掉过一个健康的生命。你真的了解我的妻子吗？"

"我了解，你呢？"杰西问道，"查理承受伤痛的每一个步骤我们都了如指掌。看在上帝的分上，我告诉你，那是一个关于肝炎病毒的研究项目，我和海伦娜为它注射了……"

"……注射了一种超级营养素来强化它的肝脏功能。"

"是的，"杰西的声音几乎接近耳语，"但是我们同样为它注射了肝炎病毒去测试补充物的效果，毫无差错。我们知道自己在做着什么。我们目睹了那补充物对于修复肝损伤毫无作用的全过程，是我们（包括你妻子）一起酿成了那个悲剧。正是那时，我决定去学习我所能学到的关于黑猩猩的一切，也正是那时，我发誓，只要我能做到，无论怎样，我不会再让任何一个灵长类动物承受相同的命运。"

"你在说谎，海伦娜绝不会去做那些。这件事她不可能向我说谎。"

我确切地知道大卫在思考什么：那怎么可能是个谎言？事故发生的第一晚我在你怀中讲述的怎么可能是谎言？从你的安慰到后来我们的不离不弃，其中所蕴涵的故事怎么可能是谎言？究竟什么样的生物引发的谎言所带来的影响会持续如此之久，对我们之间爱情的发展和我的迷思如此根深蒂固？

"我所能告诉你的是，我们本以为可以救它，我们以为……"

"你怎么敢！"大卫呼喊着，"来到我的家中，控制我的思想。当这个方式不起作用时，你把海伦娜作为牺牲品，以为那样我就会接受你的案件？"

"不是那样的。"

"肯定是，你现在可以出去了。"

"对不起，我以为你知道。海伦娜是我的朋友，她从这个错误中学到了很多，我也一样。虽然我们无法改变那个事实，但我们可以拯救这个生命。我知道我们可以的。"

"你不在乎你伤害到了谁，对吗？"

"我来这里不是为了给你带来伤害的。我来这里，是因为你知道失去挚爱的感觉。"

"滚出去！"即使大卫喊出了这些——他为我而产生的防御心理——但我知道，怀疑的种子已经埋葬在了他的心底。他是如此出色的一位律师，以至于他无法阻止自己去考虑杰西所讲述的故事的真实性。

但是杰西，再无选择，也无话可说。她抓起外衣走了出去。

为了向你讲述这个事实，大卫，我尝试了无数次。我曾渴望告诉你我所做过的这一切，因为我想从你那里得到赦免。但每一次我的勇气和语言都会将我击败。随着时间的推移，讲出事实愈加困难，而隐瞒真相则愈加容易。最后，当我的离去已成定局，我所面对的现实不仅仅是自己必死的命运，还有我的脆弱，我无法战胜它。我太过恐惧了。

相反，我找到了杰西。那不仅是我对理解的寻求，我相信，那更是我对自己应得惩罚的坦率。我对杰西与辛迪每一次交流的关注都会提醒我，让我想起我曾夺走的生命，提醒我背负在肩上的债。

即使在这迟到的今天，我也无法告诉你在我知道瓦塔葛真实面目的情况下还会接受她那研究工作的所有原因。我在第一晚向你坦白的，涵盖了许多事实。能够被选拔出来与她一起进行研究工作是一种荣耀，她真的让我相信了她的研究——我们在自己的时代可以终结人类与非人类的肝脏疾病。我的名字会与这项治愈肝脏疾病的研究永远联结在一起。查理不会离开这个世界，因为我可以拯救它。我可以击败死亡。

我太年轻、太愚蠢、太容易被欺骗也太傲慢了，而瓦塔葛完全是个至高无上的统治者。

即使现在听到，我都会觉得这些借口太空洞、太虚伪。

而现在，我所留下的，只有这些借口。我无法为你们提供大卫接受杰西案件的动机或者也许还包括与拯救辛迪有关的线索，我的骗术只能将你带到几个光年以前，我对真正具有影响力的事物所作出的最重大贡献之中。

　　多少次我曾认为自己会因失败而被迫目睹其对他人所产生的影响，而这些又何时才会终结呢？

第十六章

UNSAID

愈合

上次见西蒙是在四年前，现在他与当时相比苍老了许多。中风和它的后遗症——可能还有其他事情——无疑让他付出了沉重的代价。西蒙过去一直是个自信而有活力的人，那双清澈湛蓝的眼睛最能显示出他的顽皮可爱——"真是个小机灵鬼"——我祖母曾这样评价他。可这双眼睛现在有些黯淡了，他讲话也开始变得含糊，钢铁制成的轮椅抑制了他的活力。

但西蒙见到大卫时依然非常热情。巨大的会议室中，他们并排坐在一张长长的黑色大理石桌边。会议室里的家具甚至比我所拥有过的艺术品还要精致。

桌面上摆放着几摞文件。西蒙手持金笔在最后一份文件的最后一页签上字，然后将文件放到另一摞的最上层，终于结束了。

"可以了吗？"西蒙充满希望地问。

大卫点点头，"可以了。"

西蒙于是摇着轮椅来到一个与墙侧高度齐肩的衣橱边上，打开橱门，一个现代化的冷藏柜出现在眼前。在里面藏着一瓶已经开了瓶的红葡萄酒，西蒙轻轻将酒瓶和盛酒器取出，放到桌上。

大卫看着瓶上已然发黄的手写法语标签，唯一能够辨认出的只有日期，"我没读错吧？1935？"

"是的，是我出生那年。之前两年我和我的家人离开了这座城市，离开了欧洲，也恰巧赶在了纳粹分子之前。"

"我以前不知道你是巴黎人。"

"嗯，那就是我总想着回来的原因。我会选择在这里死去，这里才是我的归宿。"西蒙闭上双眼，猛地吸了口气，像是在努力捕获着这里与他曾深爱的那个城市之间的细微差别，唯恐太晚。我知道那种感觉。

最后，西蒙睁开眼，"你能帮我把壁橱里面的杯子拿出来吗？"

"当然。"大卫扫了一眼其中的物件，而后拿着杯子回到桌边。

"这样的酒很少有留传至今的，它是我父亲最后最大的财富。"

"那我今天真是非常幸运。"大卫道。

西蒙将手一挥，"不过一瓶红酒而已。它只知道对饮下它的人忠诚。但我想，我也只能以这微不足道的红酒来向你表达我的感激之情了，谢谢你能够前来处理这些事。我知道这个时间安排很不合适。"西蒙紧握轮椅两侧，"但去你那里对我来说已经不可能了。"

"哪里，这可是一笔大生意。"

"别傻了，马克斯会把大部分利润留给他自己的，我对此无能为力。但我在执行委员会上已经对他和其余委员强调了你介入此事的重要性。"

西蒙摇晃着盛酒器中的栗色红酒，"我还想再次让你知道，我对海伦娜的离世深感遗憾。"

"谢谢……"

"当你在我的办公室中处理案件时，我真的很感激她能够与我这样的糟老头做伴。我很享受我们待在一起的那段时光。"

"她也一样。她说你是一位绅士，一位伟人——这是她所作过的最高评价。我想你可能是唯一一个让她由衷爱戴的客户。"

一时间西蒙脸上堆满了笑容，他似乎变回了那个中风之前我认识的西蒙。可随之而来的失意感瞬间瓦解了那表情，"我不明白。"

"不明白什么？"

"现在，在这里，在这个轮椅上，我已经花完 3/4 个世纪的时间。我做了自己想做的一切,但我能够留在身后的只有钱财,那让人为之争斗的钱财。还有你的妻子,只有我一半的年纪,却已去世了。"

"我不想再考虑那些了,我知道自己还没有准备好。"

西蒙同情地点点头,"她一定非常喜欢她的动物们吧?"

"是的,非常喜欢。"

"你成为她所有动物的主人了吗?"

"实际上,我还没有完全做到。"

西蒙倒了点红酒到自己的杯中,摇了摇,猛地吸了口气。"时候未到,不要急。"他自言自语,接着将酒倒回盛酒器,"这次巴黎之行你有什么想去的地方吗?我很乐意陪你走走。"

大卫摇摇头,"回到这里……"大卫没有说完,我想他是不知道该怎样说了。

"真是的,我忘了。你和海伦娜是在这里度蜜月的,对吧?"

"我也是在这里向她求婚的。"

"邀请你来这里,我真是太愚钝了。"

"别这么说,那只能让我清楚一点,我仍然有很多工作要做。"大卫的语气加重,让他的心脏咚咚作响。

而西蒙似乎迷失在某段记忆之中,"在巴黎市区和周边的乡村我曾有好多地方想向她展示。海伦娜和你提起过犬岛吗?"

"听起来不太熟悉。"

"那是我们所列出的旅行清单中的第一个名字,但是我猜……"

"没有,我们从没再回来过。"

西蒙用手拍了拍前额,"有时候我真是愚蠢。"他边说边按下控制板上的按钮,直到这时我才发现那藏在桌面下的控制板。一位年轻的女士很快走入会议室,手中拿着笔和便笺本,"杜拉克先生?"

西蒙和他的助手用法语简短交流了几句,接着她走了出去。

"对不起,我本该早就想到的。"西蒙的脸上突然显现出了他整个下午从未有过的兴奋,"我的司机会带我们过去。我们带着酒,这瓶红酒在我们到那里时应该可以喝了。"

"但是我 ……"大卫开始抗议。

"陪我一起去吧,这至少会让我觉得自己已经实现了一个诺言,你明白吗?"

"不是那样的,你什么都不拖欠我们。"

"承诺有很多种,债也有很多种。求求你了,大卫。"西蒙嗓音中夹杂的恳求让他像个孩子一样。

"那对你来说很重要吗?"

"是的,很重要。"

巴黎北侧市郊,西蒙的迈巴赫豪华轿车驶到了一个熟铁质的哥特式大门前,门两侧的石墙爬满了常青藤。

西蒙的司机(同时可能是他的保镖),那个身材魁梧的男人迅速走下车去,从车尾行李箱中拿出轮椅。在司机的帮助下西蒙走下汽车坐到轮椅上,大卫裹上外套,漫步到了门旁。

那大门简直是件艺术极品。大小不同、形态各异的天使咬合在一起,俨然一幅天堂的全景。

大门内侧似乎是个在这冬天里休眠的花园,一座由砖块砌成的古老建筑坐落其中。

西蒙盖着毛毯的双膝上放着野餐篮,当他将轮椅从大卫身边滑过时,大卫仍旧在研究着那大门的工艺。西蒙将轮椅滑到门前,轻而易举地拨开平滑的铰链,而后穿过大门,示意大卫跟随。大卫慢跑着赶上了他。

一位上了年纪的管理员身穿一件甚至比他自己还要年老的羊毛衫,戴着帽子,手持铁锹从房前走了出来。出现在视野之中的只有他一人,管理员将帽子向下拽了拽,向大卫和西蒙示意问好,接下来顺着花园中一条小道向前走去。大卫和西蒙紧随其后,与管理员只隔几码的距离。

小路的高处,绵延过一个至少一英亩大小的墓地。墓地里挤满了一排排墓碑和塑像,像是囊括了这世界上任何一个角落的墓碑——包括我的。

然而,这里的墓地明显不同。狗儿是塑像的主角。

大卫走上前去,看了看前面的墓碑,我越过他的肩膀同样向前注视着。虽说墓碑上的文字尽是些法语，但我仍旧可以辨认出一些。那些文字都是关于丧失或是丢弃爱犬的。

犬岛，狗的长眠之地。

许多石碑年代已久远，石碑上镶嵌着葬于地下的狗儿的图像，有的则嵌着狗儿生前破旧的黑白照片。零星几座石碑前还摆放着鲜花。一盘狗儿最喜欢的食物摆在一尊碑前，而与之相邻的墓碑之前则摆放着一盒未打开的网球和一个亮红色的弓状物。硕大的墓地，到处都是曾经受到关爱或依旧受到关爱的迹象。

大卫用手指抚摸着离他最近的那座墓碑表面的刻槽。一只纽芬兰犬方方正正的面颊从他指下滑过。墓碑上镌刻着冗长的法语铭文。

"这上面写的是什么？"大卫问西蒙。

"是一段引用的话。我想应该是瓦尔特·斯科特爵士的名言吧：'有时我会去思考狗儿寿命如此短暂的原因，它们能够生活在人类的慈悲之中，我颇感欣慰；如果在十年或是十二年的相识之后，丧失爱犬会带来如此强烈的痛苦，那它们的寿命延长一倍又会怎样呢？'"

"相信我，"大卫轻声说，"悲痛不会选择那样的方式。"

西蒙带着大卫朝墓地远处一棵大树下的长椅走去。当大卫坐下，西蒙小心翼翼地将瓶中的酒倒出两杯，将其中一杯递给大卫。大卫抿了一口，从他的表情可以看出，那酒的味道一定是异乎寻常。很明显，西蒙特别喜欢。

"这是我喝过的最棒的酒。"大卫说。

西蒙听到大卫的称赞后笑了笑，"现在告诉我你品尝到了什么？"

大卫抿下一口，而后闭上眼睛，"让我想想，巧克力……蜂蜜……烟……胡椒。"大卫说完疑惑地看了西蒙一眼。

"还能品出什么其他味道吗？"

"能，但我说不出那味道。不像是一种味道，像是一种……"

"感觉？"西蒙补充道。

"你也品出来了？"

"嗯。"

"是什么？"

"过去多年我都没能悟出其中的味道。在其他任何美酒之中我又找不到这种特殊的感觉。我父亲虽知其中奥秘,但他早已去世。在患中风之后,当我再次品下一杯,我终于悟透了。"

"那是什么?"

"这葡萄酒是 1935 年生产的。我们躲过了一次世界大战,对于这种味道体会得更加真切。狂风呼啸着从另一个世界带来了更加刺骨的黑暗。我们害怕,但我们有信心,有希望,大卫。无论什么样的困难来袭,我们都能战胜它带来的悲伤。我们会迎来另一个更加灿烂的春天,一个能够寻觅并获得宽恕的机会。我想你品出的味道,是希望。"

西蒙从野餐篮中拿出一个汤碗。他将这弥足珍贵的红酒倒在碗中,递给大卫。"把它放到树旁。"西蒙指着一棵大榆树说。

"什么?"

看到大卫脸上疑惑的表情,西蒙笑了,"只管去做,你会看到的。"

大卫耸了耸肩,将碗拿了过去。

当大卫回来时,出现了惊奇的一幕。野猫从墓地的各个方向跑了出来——灌木丛,石墙,树后和墓碑之后。这些猫儿,不顾大卫,朝着碗的方向跑过去。很快,五只猫儿开始争抢能够喝下几滴红酒的有利位置。其他猫儿很快也围在了汤碗的周围。

大卫惊讶地看着眼前这一幕,"只有在巴黎,猫才喜欢红酒。"

西蒙摇摇头,"我不认为它们是因为喜欢发酵葡萄的味道才喜欢喝红酒的,我想它们大概也是品到了你刚刚感受到的味道。但谁又能那么肯定呢?"

一只猫儿饮够了美酒,它就给其他猫儿让出位置。酒很快喝完了,但猫儿们却没有离开。相反,它们安静地走到了不同的墓碑和石像边上。一些猫开始为自己清理绒毛,其他的则在太阳下伸伸懒腰,开始沐浴这冬日的阳光。猫儿们并不害怕大卫和西蒙,它们就像是世世代代都居住在这里一样。

"死亡之间竟充满了这么多鲜活的生命。"西蒙静静地说道。

"可能,仅仅是这里吧,除此之外没有任何地方会这样。"

西蒙摇摇头,"不要重蹈我的覆辙。"

"什么覆辙?"

"悲观主义，厌世主义，恐惧。它们只会将你引向生活的狭窄面。"

我依然记得与西蒙最后一次进餐时的情景。他与我谈论他失去父母的事情，谈论他们在二战之后希望的毁灭。

"在父母的教导下，我从小就深信上帝是通过奉献来传达旨意的，"他告诉我，"你期待着去奉献，因为奉献能够衡量出你信仰的深度。那才是亚伯拉罕、以撒、约伯和大卫的神。"

"那现在呢？"我问他。

"我看到了太多因信仰而来的奉献，也看到过与其毫无瓜葛的付出。但奉献并不总是能解释神的旨意。"

"那不太令人欣慰，不是吗？"

"是的。有些事情给我们留下的只有无缘无故的痛，但那绝非偶然——犹如一辆小汽车向左转弯而没有向右转，犹如错过了火车，亦如迟来的电话——人格真正的量度，根据这方面的认识来判断，是一个人是否拥有自我恢复的能力。抛开我们所承受痛苦的深层含义不谈，当我们再次寻到自己的生活方式时，也正是上帝为自己的造物而自豪的时候，向我们微笑的时候。而今天，奉献已经变成了一种残害的支柱，一种无能的借口。我无法想象这就是上帝和他的孩子们的沟通方式。"

"所以，那上帝是怎样讲话的？"我这样提问，有些挑战的意味。

"我知道自己的话太放肆了，但是上帝的语言毫不逊色。他（或者她）的语言在矛盾与反差的调和中让人听得尤为清楚。上帝生活在山巅与峡谷，这种过渡上的冲突并不存在于安全、缓和或者重复的世俗中，但这意味着其中必然会有一定程度的不调和。而没有不调和，也就没有了信仰的必要，没有了信仰当然也就没有了上帝。"

"你把我弄糊涂了。"我说。

"海伦娜，在这条路上的某处，我的生活变得非常狭隘。我如此努力地去消除那些冲突——恐惧、紧张，当然还有痛苦，却没留下任何促使区分和辨别它们的事物。信仰——信念，如果你愿意——不再必要。现在我明白了，可能太晚了，我的生命中并没留下太多上帝的迹象。我不相信巧合。想到这些让我很害怕。"

"永远都不晚。"在乳房切除术之后我很失落，但我曾非常乐观地告诉他说。

从桌子一边，西蒙拉起我丈夫的手，吻了一下。

而现在，作为对西蒙警告的回应，大卫说，"我相信你说的那些早就已经解决了。"

"永远都不晚，我的朋友。"西蒙向我的丈夫重复着我一直喜欢说的那句话。

大卫太关注西蒙了，以至于没注意到管理员在靠近，直到他站在他们面前时他才发觉。管理员指着猫儿们，然后用法语向大卫说了些什么。大卫看着西蒙，寻求指教。

"菲利普说上帝肯定在这些狗儿在世时向它们显现过，所以在它们去世后他派遣了天使前来守护。"

管理员指着天空，接着用拇指和食指将双唇变成了微笑。"上帝……笑了，是吗？"他说，接着在他走之前把帽子向下拉了拉，以示对大卫和西蒙的尊重。

我向大卫的酒杯弯过身去，距他只几英寸距离。我知道我不能品尝这酒，但我身体的某个部分让我觉得自己能嗅到它的芬芳。我想知道，去世的人能否辨别出希望。

大卫抬起头，面朝苍穹。他脸上奇怪的表情让我想起了我的狗儿们嗅出风中异样时的表情。"海伦娜……"大卫喃喃地说。

一听到我的名字，西蒙赶紧从旁边瞥了一眼这位律师，而后笑了笑。我想知道，这就是你真正想偿还的债吗，西蒙？

但是很快，大卫的眼中再次充满疑惑。我们的那段时间已经过去了。西蒙的天赋，如果那真是他的天赋，它被打败了。

"我还是走吧。"大卫说着从长凳上站了起来。

带着从那个早春时节的拜访中遗留下的诺言，西蒙将大卫送回酒店。在离开之前，西蒙给大卫留下最后一句忠告："不要让生活太过狭隘。"

按照日程安排，晚上大卫会离开巴黎。我丈夫有很多毛病，但他通常不会无意识地去做一件事。所以，当我听到大卫将他的航班改签到第二天时，我非常惊讶。我看着他洗澡，换上一件洁净的衬衫。他看着镜子里的自己，问道，"你准备好了吗？"接着我跟他走出酒店，走上了巴黎的街头。

大卫拦下一辆的士，当我听到他向司机说出目的地时，我终于明白了他的用意。出租车在巴黎的街道上疾速奔驰着，我们透过玻璃向外望着，他半闭着眼睛，双肩上承担着因记忆带来的疼痛。

出租车停在杜伊勒里宫的门前。付了钱，大卫穿过广阔的花园，来到一个已被灌木覆盖大半的小青铜像旁边。我上次来这花园时还不曾生出这些灌木。

那是 Le Chat Botte 的雕像——"穿靴子的少女"——佩劳尔的灵感之作，一只生性勤勉的猫儿。

大卫就是在这个雕像前向我求婚的。

当我们回到美国，我问他为什么要选择那个花园和那个雕像。这对我而言是个完美的选择。我一直很喜欢那个关于一只会说话的猫儿挽救了自己之后变成人形的故事，我也喜欢去想象那只猫儿穿着硕大的靴子、戴着毛绒绒的帽子的画面，那形象太可爱了，无法用言语形容。

我曾期望大卫会给我一个意味深长而又不失浪漫的诠释。但事实竟然是这样，他起初想在一个小小的咖啡厅向我求婚的，但到了最后一刻他突然觉得那个地方过于公众化。接着他想在我们的下一站——埃菲尔铁塔下的一条长凳上——后来他又觉得那里并无新意。Le Chat Botte 雕像纯粹是后来才萌生出的想法，因为他回忆起了在飞机上阅读的弗洛姆的著作中的情节。我对他的回答并不失望。事实上，我喜欢的是冥冥之中他将我带到了这个地方。我知道只要我们在倾听生活，生活便会给予回应，如此想来心里就是欣慰。

现在，大卫又来到了这里。

我想我知道你为什么要这样做，大卫。当我因自己的结局而感到害怕时，你告诉我说，一根蜡烛的影子可以比整个黑夜更加可怕。一如从前，你是正确的。但自我死后，你一直都生活在阴影之中，不是吗？当你疲惫疑惑或是即将入睡时，你花了太多的时间和精力去牵制那些想要潜入你意识从而对你构成威胁的回忆，它为你留下的，只有恐惧。

今晚的路便是你的解铃之路。今晚你想看到感觉到你内心之中最糟糕的部分，如果你能战胜今晚，明天就是你摆脱绝望的新开始。

大卫做了几次深呼吸让自己平静下来，而后低声说道，"你知道的，海伦娜，我看到了自己很多种未来……但是所有美好都有你在其中。"他的话语有些不太连贯。

我也感受到了同样的心境，找还记得自己那晚说过的话。

大卫将手伸进口袋，假装着要去取什么东西。那个晚上，没有假装。

他伸出手，假装托着手中的东西，而后将手伸到了空空如也的前方。我依然记得那天晚上，当我盯着那个小小的首饰盒无以言表时莫名的感觉。

"如果你愿意嫁给我，我会全心去呵护它。"那时他说的，现在又重复了一遍。

我张开双手拥抱着他，愿意——愿意，愿意，愿意！但今天晚上我去抚摸他的双手时，能触摸到的，只有注定的分离。

大卫将我们的结婚戒指从手指上取下，盯着它，片刻之后放回了口袋。

我忍不住哭了。我意识到在这几周的时光里，我竟然变了，变得不再畏惧那现在以及将来都不再与我相关的生活细节了。相反，我开始对人际互动的细节变得贪婪。我想观察到每一个眼神抑或每一个句子的微妙变化，每一次耸肩或伸手的细节。一时间，这些事物变得对我如此重要，就像我需要用它们做锚，而后将其抛入大卫的内心世界以此博得片刻停留一样。我害怕放手，因为我需要面对我眼前的一切，我也知道，我必须独自面对。

这是歇斯底里的精神发泄和吸取。

U̶NSAID 第十七章

原谅

度过睡眠质量极差的一夜之后，大卫在平安夜前夕登上了返回纽约的飞机。

昏暗的商务舱中，大卫盯着自己已经没戴任何名贵金属首饰的左手。他小心抚摸着自己曾戴过结婚戒指的地方，他似乎不太确定那是他自己的手。看着他赤裸裸的左手，我一样心如刀割。

我没察觉出大卫心中究竟发生了怎样的变化，但是我知道他不同了。他扔掉了重量超过 3/4 盎司的金子。我们之间弥漫着一种空气，再也没有了如同肌肤与衬衣所给予彼此的感觉。无论怎样，我们并没有分离，但我知道自己不再是那个可以吸附传递到他的世界中每一个光学粒子的黑洞了。

无论是由于巴黎之行，西蒙的忠告，还是随我的欺骗而来的愤怒，还是仅仅由于时间，大卫的思绪似乎在前进着。他不再惧怕。

我想，也许他开始愈合了。

大卫从巴黎返回后的第一站既不是他的办公室，也不是我们的家。相反，他递给出租车司机约书亚的办公地址。

"你看起来就像狗屎。"这是约书亚看见我丈夫时说的第一句话。

"谢谢。航行时间太长了。"

约书亚将大卫请进体检室，将他安置在椅子上，关上门，"巴黎怎么样？"

"很好玩。"

"在几分痛苦的驱使下很好玩？"

"相当好玩。"

"对不起，我知道你对那个城市的记忆有些特殊。"

"在兽医学院时，你是海伦娜的指导老师，对吗？"约书亚对这个话题和话题之间的毫无过渡大吃一惊。显然，大卫心中有他的计划，我知道他在计划着什么。

"如果你非要那样说的话，是的。她实际上不需要太多指导。"

"你听说过一个叫做'简·卡西迪'的人吗？"

"模模糊糊有些记忆，怎么了？"

"大家都叫她杰西。"

"答案与之前所说的一致。第三个称谓是什么？"

"别开玩笑。那一个叫做'查理'的黑猩猩呢？"

看得出来，约书亚立即想起了这个名字，"啊，是的。我知道。"

"你能告诉我它的死让海伦娜受到了怎样的牵连吗？"

"你在说什么，大卫？你现在聊的事情已经过去很久很久了。巴黎发生什么事了吗？"

"你的意思是你不记得了？"

"不，我记得，但是我很想知道我为什么要去记起这件事。"

"杰西，那个我猜想和海伦娜一起工作过的人，来过我家中并向我寻求帮助。她讲述了一些事，这样说吧，她所讲述的事与我曾经相信的完全不同，那些事情让我听起来很惊讶。我想知道我是否应该帮助她，至少在帮助之前，我想知道事情的真相。"

"海伦娜是怎么对你说的？"

"她不知道查理被感染了肝炎病毒。否则她永远不会参与那样的研究。"

"杰西对你说那是个谎言？"

"是的。我想我有资格了解我娶的妻子是怎样一个人。"

"你了解你娶的妻子，你也完全知道她是怎样一个人。相信你们所经历的，丢掉其他的一切吧。她已经走了，那个先你而去的人一旦再与你见面，一切都会毫无意义的。显然没什么关系了。"

"不，她自己的故事决定了她是个怎样的人。我想知道那些是否仅仅是故事。"

"听起来像是有人要为自己找个借口发怒。"

大卫丝毫不理会约书亚所说的话，"我不是来寻求救治的，我只想知道答案，可以吗？"

善良的约书亚没有对我丈夫说我是个骗子，对此我感激万分，"你要知道，那时她的父亲刚刚去世。从海伦娜踏进康奈尔大学的那一刻起，瓦塔葛就一直在利用解决问题的允诺引诱着她，那些问题让海伦娜备受困扰。"

"例如……"

"她的怀疑。在我们照料下的动物，会因为人类的接触为它们带来益处吗？我们做出的贡献可以让动物们更加健康，难道这就是为了让它们成为人们的玩物，直到人们觉得它们不再有价值吗？她不想挽救生命之后再将生命夺走。瓦塔葛还对她自己推论的真实性做出过保证——她能治愈肝炎，她不仅能让查理康复，她也会让将来的灵长类动物，也许还有人类摆脱肝炎的困扰。"

"这种说法让海伦娜信服了？"

"瓦塔葛的语言极具说服力，我亲耳听过。她拥有相关的凭证和研究记录。能够被选拔出来与她一起工作确实是一件令人兴奋的事情，加之海伦娜愿意去相信她。这便是强有力的动机。"

"但是，海伦娜是什么时候意识到这种方式不可行的呢？她是什么时候才开始觉得自己无法得到答案的呢？"

"那时已经太晚了。她来到我面前想辞掉学校的工作。她认为自己如果能轻易地探究死亡，她也就用不着那么费劲地去下什么决心了。我劝她不要做了，并说服她回纽约。"

"所以那部分至少是真实的。"

"我不知道她如何向你讲述其他部分的，但是我敢打赌，我所说的完全是事实，除非她无法说服自己去承认这一切。"

"我不太确定。"

"不是的，"约书亚说，"我想你确定。你是一个接受过训练的诉讼律师，你能嗅到谎言的味道。那并不是她的天性。"

"但是……"

"别再说了，大卫，"约书亚果断地说，"看得出来你很伤心，但是你必须努力去理解这其中的原因。她所做的自己曾深信的事情竟如此可怕，以至于她觉得有必要隐瞒全世界的人——甚至包括她自己。她做的事情远甚于夺走生命。她让一个自己悉心照料的健康生物承受了莫大的痛苦，这痛苦秘密隐藏得愈久则愈加沉重。她将其带进了坟墓，甚至没能从她深爱的人或其他任何人的心中寻求到赦免。"

在这件事上，约书亚的语言轻而易举地戳进了我的心扉。他清楚那是怎样的负担，因为他自己也一直在承受着。而现在，他明白了我真正需要的了，"现在你应该知道了，你应该去寻觅一种原谅她的途径。"

"原谅？"大卫重复着，我屏住呼吸倾听。

"原谅很容易，但信任她的人格却有些困难。"

我清楚自己的人格。我知道我是什么样的人。

礼物

圣诞节前夕，刚刚日落，大卫、莎莉和克利福德便互换了他们的圣诞礼物。在几天前，大卫邀请莎莉、克利福德和约书亚共享圣诞晚餐，还说他会在圣诞节前夕有所安排。我知道莎莉对大卫的"安排"是否存在心存怀疑，但她并没有去敦促。

大卫送给莎莉的一个礼物是去泡一天温泉（玛莎的建议），她很喜欢这份礼物。莎莉的另一个礼物是一套专门为小猫们购置的蒂芙尼瓷质宠物碗（他自己的主意），莎莉更是爱不释手。作为礼物，他还送给克利福德一年的骑马课程（经过了莎莉的允许）。克利福德兴奋不已，不停地谈论他即将得到的骑马课程。

莎莉和克利福德送给大卫一幅囊括了我们的所有动物的混合画，以便挂在他的办公室里——"提醒他不要忘记永远在家中等待的伙伴们"。那是在正确的时间送给大卫的最正确的礼物。

莎莉同样给每个动物包裹上一份礼物，放在圣诞树下，吻了一下每个狗儿的额头，并为它们戴上了寄生枝条。

当时正是圣诞节前夕，大卫在门口帮莎莉和克利福德拿起外衣，他给了莎莉的面颊轻轻一吻。"圣诞快乐。"他说。

"你确定你……"

"真的，我很好。"大卫打断她回答道。

"如果你有任何需要，拨打我的手机号码。"

"谢谢妈妈。"大卫幽默地说。莎莉示以微笑，然后和她的儿子一起走了出去。

在大卫确定莎莉和克利福德已经离开之后，他将车库中捆在一起的箱子解开，将它们移出车库，搬进了卧室。狗儿们爬到床上，注视着大卫。

然后，我的丈夫打开了房间中所有衣柜的门，他站在床边。我的衣服充满了他的视野——我的牛仔裤、连衣裙、鞋子、睡衣、衬衫、短裤、袜子、合身的衣装，还有在狂吃垃圾食品狂欢周后不再合身的衣装，在化疗期间和最后几次穿着的泳装……

大卫从壁柜中拿出几条牛仔裤，将它们贴近面颊，深深地嗅了嗅。而后仔细将它们叠起，装进了其中一个箱子。

晚上11:50，大卫伸了伸懒腰，继续着自己的搜寻工作。卧室和浴室中我的所有私人物品都已经被精心打包了，他接着整理我的起居室。狗儿们已经睡着了。

大卫走进厨房，从冰箱里拿出凯歌贵妇香槟（我的最爱），接着从橱柜中取出两只细长形香槟酒杯。

他叫上狗儿们，在三只狗儿的陪同下，拿着香槟走出后门，来到了畜棚中。

尽管大卫走了进来，畜棚中依旧一片静寂。他猛地将一捆干草拉到地面上，顺势卧了下去。他打开酒瓶盖子，还没等香槟喷射出来他便将其倒入了立于草堆上的两个杯子中。

斯基皮跳到大卫的膝盖上，半睡半醒的它很快就将自己舒服地安置在大卫的怀中，奇普和伯尼趴在大卫的脚边。亚瑟和爱丽丝从毗邻的小牧场向畜棚中凝视着，对于这深夜中的异样颇为好奇。

大卫看了看手表，已经是午夜时分。他向空中举起酒杯，"圣诞快乐！"而后从杯中抿一口香槟，闭上了眼睛。

我记得在这畜棚之中的另一个圣诞之夜，帅气的大卫身着无尾礼服，而我穿着自己的正装长裙，我们手牵着手从刚刚结束的派对走进畜棚。聊着派对上人们的行为，我们哈哈大笑，狗儿们也跟随着。

长期相处之后，总会有几个夜晚让你觉得更加爱他。或许是因为晚会中有些女人会带着爱慕的眼神凝视你的丈夫，或许是你的爱人总是会留心你的手中是否还拿着香槟，甚至将你从与一个性情古怪的自恋者的无聊的谈话中营救出来。但无论是什么，你会意识到，你不仅爱他，你还会感到骄傲，为你们能够一起厮守而骄傲。

这个圣诞之夜，大卫就是我生命的挚爱，我想象不出没有他我会如何度过。

"圣诞前夕，午夜，像我们曾经一样贴近马槽，"大卫对我说道，指着亚瑟和爱丽丝，然后又向狗儿们点头示意，"如果这些家伙现在不说话，那它们以后也不会开口讲话了。"

我笑了，回头看着大卫，"从我们走进来的那一刻起，它们就已经开始聊天了。"

"嗯，"大卫说，他焦虑地等待着，"也许，它们在喃喃自语。"

我扭过他的头，吻在了他的唇上，而后，轻轻吻了一下他的前额，"或许倾听的时候你该更努力点。少用头，多用心。"

"我想，我需要更多的鼓励。"

我再次吻了他，"我爱你，你知道吗？"

我记不起他是否回答了这个问题。

现在，当我在畜棚中看见大卫的眼睛突然睁开，我真的很想知道，此刻他会不会也在回忆着同样的一幕呢。

当无人陪伴的大卫在安静的畜棚中沉思时，辛迪此刻正独自坐在 CAPS 空旷的实验室那个黑暗的笼子里。实验室——几个月来只有一颗心脏在永恒地跳动——显现着因被废弃而独有的沉寂。

辛迪将头悬于胸前。她眼中那与生俱来的光芒已经被失落、厌倦与伤痛取代了。她用手掌一遍又一遍拍击着地上的一个玩具，单调的声音在整个实验室中回响着。

辛迪转头面对长镜中的自己，气冲冲地大吼一声，开始用拳头重重地击打镜中的自己，直到网状的碎片扭曲了她漂亮的映像。

你甚至听不到辛迪的吼叫吗？你看不见那令我无法忘却的映像吗？努力，大卫。既然你知道了我的真实和耻辱，不要让这个无辜的生灵因冷漠而枯萎。至少试着去倾听一下杰西的哀求吧。

　　但是，为了听出目击者说答案时语调中的细微变化而训练多年的大卫，没有听到畜棚中任何他认为有意义的声音。他抱起斯基皮，在最后一次巡视之后关上了灯，在另外两个睡眼惺忪的狗儿陪伴下，走回了房中。

第十九章

UNSAID

圣诞节之夜

圣诞节。

家中厨房的餐桌上出人意料地摆满了莎莉、大卫和克利福德节日晚餐后的剩菜残羹。之前约书亚说他会来一同参加晚宴，但后来他打电话解释说医院出了点紧急情况，他只能晚一点儿才能过来。

餐桌上的蜡烛已经燃烧殆尽。房中消失的物件几乎暴露了大卫夜间所有的活动，只剩一项残余——他动作中那模糊的目的性。我承认，即使就连这一项也可能仅仅源于我幻想的反射。

当大卫和莎莉去检查他为厨房带来的灾难时，克利福德在起居室中将素描纸翻到了崭新的一页。自从收到大卫的礼物，克利福德便将自己投入到马术活动——骑马、障碍跳，甚至花式骑术训练——的细节性影像的绘画中。莎莉对于他的进步深感欣慰，因为克利福德从未将自己画入过他的素描。她相信，任何能让克利福德更加真实的进步都是值得庆幸的。

门铃突然响了。"我去开门。"莎莉说道，而后她冲到前门，甚至比伯尼和奇普还要抢先一步。

片刻间，莎莉带着微笑和约书亚一同走进来。

"嘿，医生，"大卫抓起约书亚伸出的手，"关键时刻你还是来了。"

"对不起，刚处理了两个急救。"

"你能来我真的很高兴。"大卫说。

"还没有吃甜品，我去为你装一盘吃的吧，"莎莉说道，"大卫下厨，我到现在还是个助手。"

克利福德走进厨房第一句就说，"约书亚医生，圣诞快乐。"而后，两人几乎同时说，"我们能出去走走吗？"

约书亚看着莎莉寻求应允，而莎莉耸了耸肩，她儿子提出的要求她有些不理解。"好吧，没问题。"约书亚道。

"和你说件事，"大卫对克利福德说，"为什么不把你妈妈也带走呢？这样她就不会监督我清理餐具了。"

莎莉牵起克利福德的手，"来吧，让我们穿得暖暖的。"

当莎莉和克利福德走远，听不见他们的谈话，大卫转向约书亚，"你有话要告诉我吗？"他用调侃的语气问道。

"你想问什么？"

"好，我先说。你们之间有什么情况？"

"我喜欢她，一直如此。现在，我正努力让自己冷静，免得弄成一团糟。"

"你有资格去享受快乐，知道吗？"大卫说着，开始清理桌上的餐具，而后将它们堆成一堆。

"我可以说'医生能够自我疗愈'，不是吗？"

"但你不会。"

"别把她从我身边夺走，至少现在还不行。"

"不可能，"约书亚回答道，"我想她很喜欢这里。"

"克利福德也一样？"

"了解克利福德很困难，但是在我看来似乎也一样。"

"我喜欢那个孩子。多数时候我无法理解他，但是……"大卫清了清嗓子，"不知道为什么，当他在身边，我会觉得自己和海伦娜的距离更近了。"

"那是件好事，不是吗，还有谎言等等一切？"

大卫点点头。"对不起，你知道，在上次和你短暂地交流之后，我觉得也许你是正确的，也许我就是在为自己找理由生气。"

我了解的约书亚在这样的谈话中一定会很尴尬，而现在，我面前的他却伸出手握住大卫的肩膀，像个父亲一样。

大卫挣扎着说出接下来的话，"告诉我，海伦娜有没有找到那些一直困扰着她的答案？"

约书亚耸耸肩，"如果你不知道，那恐怕没人会知道。"

莎莉和克利福德走了回来，包裹着厚重的毛衣和棉靴。莎莉看了看约书亚，又看了看大卫，"依现在的情况来看，你们似乎在聊些什么。"

"和平常一样，你知道的，关于世界和平。"

"对男人来讲，这是个不错的话题，"约书亚补充道，"还有四季转换之类的话题。"

"四季转换，"莎莉随声附和道，而后点了点头，显然不相信他们所说的，"很好。"莎莉挽着约书亚的胳膊将他拉走，"都是些大男孩。"她感叹道。

一走出房子，克利福德便将约书亚和莎莉拉进了屋后的林地。三人穿过几行树木走近一块覆盖着白雪的牧场，牧场上笼罩着深紫色的天空。那里，一只头上顶着满架鹿角的体型巨大的牡鹿正在用爪子刨着雪地寻找那已不易找到的绿色，此时鹿儿还没发现他们。

克利福德请求莎莉和约书亚待在原地，藏在树后，而他向牡鹿走了过去。当克利福德距离牡鹿不足 10 码时，那动物看见了他，踏了踏前腿，并没有跑掉。克利福德最后来到了牡鹿身前 5 码的地方。

"看着它们。"莎莉从她藏身的地方小声说道，将身子倾向约书亚。她执起约书亚的手，吻在掌心。

"有什么喻意吗？"

"没有，我只是从没想过自己会再次幸福。"她说道。

约书亚没有回答，他也无法回答。因为他在竭力控制着眼中泪水。

在我们的房子里，应该是大卫的房子中，现在安静了许多。餐碟已经清洗完毕，摆放整齐。猫儿和狗儿们因为贪睡放弃了节日里得到的骨头、橡皮糖、猫薄荷以及那些包裹着皮毛的假老鼠。莎莉和约书亚兴高采烈地一起离开了，再也不用向大卫掩饰他们对彼此的渴求，也不再在意这样的行为在这一刻会有怎样的意义。如果说他们影响到了克利福德，那便是他没有表现出来。

然而大卫似乎有些焦虑不安。他打开电视机，仅仅几分钟又关掉了。然后他为自己斟上一杯红酒，却没有喝。随后他拿起电话，短暂地与丽莎和克丽丝道了圣诞祝福，这样的对话也只持续几分钟时间。

最后，大卫来到起居室，站在我的书架前。尽管大卫可能每天都会看一看这些书籍，但是他甚至从来没打开过其中一本——直到今晚，他首先取下了一本施瓦兹的《高级灵长目》。他打开那挤满了我手记的第一章，第一页。随后，他取下另一本书，科斯塔的《黑猩猩群落》，为了看我更多的笔记，他一页一页狂躁地翻阅着。接下来他抓起霍华德的《关于信息交流的统一理论》，又一次开始寻找我的读书笔记。

最后，大卫将手伸向罗斯的《伦理与宗教在灵长目活体解剖中的密切联系》，我在这本书中添加的注释最为冗长，我确信他会发现的。最后，大卫的目光停留在我用红色笔迹圈起又标注上了几个感叹号的那一页。

此页的末尾处写道："没有一个声名显赫又可以用发展的眼光看问题的心理学家会相信意识是人类独有的特性。虽说意识的程度有所不同，但黑猩猩的意识的基本程序与人类并无异处。你可以弄脏衣衫而后通过手膝着地的爬行来观察它们意识的运转。"

大卫从他的公文包中找出杰西曾放在他手中的那个笔记本。在与杰西的第一次见面之后，每天游离于家与工作地点时，他一定都带着这个笔记本，但他从未打开过。而此时，他开始阅读我亲手写下的这些密集的文字。当他读到我与辛迪第一次互动的描写时，他用手指慢慢抚过我的字迹，如此他便能感觉到我曾亲手印下的纹理。

"你为什么不告诉我？"他突然说道，而后将笔记本握在手中，身子沿墙体滑下，坐到了地板上，"你尝试过吗？"

就在地板上，大卫一页一页地阅读着我的笔记，直到他无法再睁开双眼，而后倒在地上，进入了梦乡。

在书籍的包围中，大卫几个小时后突然醒来。手中依旧握着那个笔记本。他挣扎着让自己僵硬的身体站起来，不小心绊到了地上的书籍，而后走向窗前。窗外又下雪了，但并不浓厚。硕大的雪绒花在空中飞舞着。

大卫静静走出房门，轻轻地，他不想吵醒狗儿们，他甚至忘了穿上外衣。

此时，户外只充斥着一种声音——柔弱的雪绒花落在树木不屈的枝干上，而被阻止在枝头的声音。

大卫倾听着。片刻之后，我目睹了自己从未见过的一幕——这一刻我终于目睹了。

大卫在祈祷……

我不知道他是在祈求希望、怜悯、指引、内心的平静还是寻求倾听的渴望，我也不知道他是否得到了答案。

我确切知道的是，天一亮大卫就会致电杰西，告诉她，他会竭尽全力给她提供帮助，而杰西定会感到震惊与欣慰，我也会欣慰。

用沉默来换取生命

第二天，在杰尼克的指引下大卫来到了 CAPS 行政办公楼的第三层，作为杰西的法律顾问，大卫做出的第一个举动便与她的想法背道而驰。大卫请求与杰尼克和他的律师进行一次非正式会面，杰尼克毫不犹豫地接受了他的请求。

大卫到达时，杰尼克正等待着，他将大卫请进了会议室。

"我们要等你的律师吗？"大卫问道。

"没有必要。"杰尼克回答，"美国律师事务公司有更重要的案件需要处理，我告诉他们不用来了。"

"我只是想讨论一下杰西的案件。"

"荒谬至极！杰西不是罪犯。是的，她太顽固，太傲慢，但是她不是罪犯。"杰尼克说道。

很明显，对于杰尼克的回答，大卫感到了些许宽慰，"如果你真的这样想，为什么还会有人起诉她？"

"你真的认为是我想要促成现在的局面？即使将我对杰西的私人情感放在一边，案件本身也会对我们的研究构成影响。"

"那为什么……"

"因为那个顽固的傻瓜不肯接受辩护，让机会白白溜走了。我说服律师公司为她申请六个月的缓刑。如果杰西闭上她该死的嘴巴坚持下去，她的记录就会被清除。可是她偏偏要卷入一场战争，她想要继续申请拨款，她想夺回辛迪。"

"她对那个黑猩猩的感情很深。"

"太深了，以至于她已经毁掉了自己的客观性。她已经不再认为自己是一个科学家了。"

"杰西确定辛迪已经掌握了真正的语言技能。"大卫说道。

"她错了。"

"为什么这么肯定？"

"我也是一个科学家，克尔顿先生，我知道科学协定需要什么。仅仅存在于一个人和一个黑猩猩之间的沟通不可能成为杰西所持理论的证据。她的成果无法复制，还有……"

"她还和我说了很多，但是除她自己之外她并没有向我提及谁还能够与辛迪交流。如果有这样的人，那便会成为一个强有力的证据。"

"我相信有另一个人能够胜任。"

"那个人在哪里？"

"她去世了。我的妻子，海伦娜·克尔顿医生。"

我能够辨出杰尼克在努力地回想着这其中的关联，而后他靠在椅背上。"那个送来玩具的女士，"他最后说道，"在实验室中我看见过她几次，杰西说她是自己的一个助手，对于你的不幸我深感遗憾。我不知道这件事会牵连到你的私事。"

"我想不久之前我自己也不知道。"

"你看到过你妻子和黑猩猩之间的交流吗？"

"没有。"

杰尼克很困惑，"为什么没有录像？为什么没有辛迪和其他任何人交流的证据？"

"我无法回答。我问过杰西同样的问题，他们交流时的画面可能是没有被捕捉到，也可能是被记录下来但找不到了，但我不相信这就能证明它的不存在。在涉及到我妻子的事情中，她不可能说谎。"

"在她与辛迪到了难舍难离的地步时，对于她的诚实性，我无法再让自己拥有像你一样的自信。"

"也许你批判的那种难舍难离正是促成杰西与辛迪成功的基石。也许正是因为她成功地阻止了自己利用一个科学家的思维去思考才使她能够与辛迪进行交流，她开始让自己像一个……"

"一个什么？母亲？"杰尼克冷笑道。

"不。实际上我是想说像一个'人'。一个关心她、哺育她的人。"

"听着，我没有冷嘲热讽，也没有不耐烦。关于黑猩猩和诺布猿学习有限手语的研究已经有很长一段历史了，但到现在为止还没有一个能够衡量其与人类年龄的等价量的量度，当然也就没有一个能够使其接近四岁儿童意识的科学家。很明显，在实验结果复制缺失的影响下，对于测验偏向的解释比杰西揭开了黑猩猩内心的奥秘更能让人信服。还有，坦率地说，即使有另一个人可以胜任，如果她仅仅利用杰西所开发的程序，那种偏向也会始终通过代码来表现。我可以给你几个例子，向你展示……"

"你不能再给她点时间来让她说服你或者她自己吗？"

"不能，我自己现在同样举步维艰。NIS 中很多研究人员认为我过于依赖动物福利带来的利益，因此导致了这个难题。在我的领导下，NIS 同行评议研究的出版量只有我前任的一半。那意味着新研发的救命药物更少了，外科手术的发展更缓慢了，治疗方案的更新数目更小了。杰西是下了大赌注的，而我现在如履薄冰。"

"但有一件事可以肯定，你不会因为那一层薄冰而牺牲辛迪。你给我的感觉，你不是那种人。"

"我也希望自己不是。"杰尼克道，"但事实是我们应该站在同一立场。是杰西加入我们而后进行研究的，不是我们加入她。我们不是猛兽。还有，当然，杰西在黑猩猩与人类相近这一观点上完全正确——在很多很多方面与我们惊人地相似——但那正是它们被用于研究的原因啊。在与人类相近的物种身上实施科学研究很有必要，因为这样的科研项目很可能产生作用重大的研究结果。这是每个加入灵长类研究队伍的科研人员，包括杰西，都必须承认的悖论，一个令人悲哀但又不可避免的悖论。"

"这话听起来像一个你反复陈述过的借口。"

"在我的嗓音中你听到的是不安，这个系统并不完美，我意识到了这一点。但是你想一下在大型医院中花一天的时间去研究少儿肿瘤学会是怎样的感受。我已经和那些孩子和他们的家人度过了几个月的时间。灵长类动物研究是我们治愈那些肿瘤和一些其他疾病的希望。我们花了几十年的时间去寻找可替代的选择，但我们没有找到任何具有同等效力而且进化水平更高的灵长类动物。判断一个标准的安全性很容易。你去和那些孩子们一起度过一天的时间，去看看他们眼中的空洞，听听他们内心的沉寂，然后再回来告诉我，你不会做出任何可能的人道主义行为来拯救他们——即使我们必须用某些神奇生物的牺牲作为代价。"

我听到了他所陈述的，我曾不止一次地设想，如果当初我们放走了查理会怎样——我们杀了他，而他对我们却如此忠诚。他对人类的亲近让他受到了牵连，他签下了生死状。

"那就把辛迪给杰西吧，或者让她购买。丢掉一个黑猩猩你是担负得起的，"大卫说，"放弃辛迪并不意味着所有生物医学研究就会戛然而止。"

"将辛迪释放到公众中间？在康涅狄格州黑猩猩袭人案件仅仅过去几年的情况下？你看到过那个受害者吗？她失去了双手，容颜被毁，血肉模糊到让人无法辨认。黑猩猩具有让人难以想象的力量。一旦到了青春期，它们就会变得让人无法预测，残暴无比。为什么？因为它们的兽性。你无法通过将它们置于人类身边而打破上千年的进化革命。我们不可能将一只黑猩猩释放到公众中间，想都别想。"

"那除掉让杰西和 NIS 对簿公堂之外必然有其他选择。我知道你没有必要惹上一场争论，也没有必要将这件事公诸于众。给我一个拯救这只黑猩猩的方式，我向你保证 NIS 以后再也不会因杰西而受到牵连。不会有任何出版物发行，不会有任何电视节目的摄像机在门口出现，不会有任何抗议者。让我们做一笔交易吧——用一只黑猩猩的生命来交换杰西的沉默。"

在大卫和杰尼克交谈时，莎莉将三只狗儿带进我的吉普车中，而后向奥格维公司驶去。奇普和伯尼一进到车中就躺在了后座上。当我驾驶的时候，斯基皮通常会作为我的导航员和副驾驶坐在我的身旁。而此刻我再次看到了这一幕，斯基皮坐在副驾驶座位上望着窗外。

我注意到在克利福德成为家中的重要成员之后，斯基皮对莎莉的态度发生了很大转变。也许是克利福德让斯基皮觉得莎莉更值得依赖了，因此也就让它更有安全感了。或者，也许只是时间的问题。但无论怎样，我想说的是，对于莎莉，我没有丝毫嫉妒，更准确地说，能让斯基皮感到快乐，我很高兴。我向来如此。

15分钟的车程后，莎莉打开左转向灯，而后车子驶进了囊括了比萨店、五金店和药房的奥格维公司的"购物广场"。

泊好车子，莎莉便将车窗降下了一个一寸左右的缝隙以便通风。奇普和伯尼丝毫不想动弹。只要拥有了安全感，两只大狗更喜欢躺在柔软的沙发座上打盹。

而斯基皮则不同，它总是喜欢去观察，去加入外面的世界——如同它知道自己的每一分钟与其他两只狗儿意义不同一样。莎莉用一只手抱起斯基皮，另一只手拿着钱包，在回视两次确定车门已经锁上后，将斯基皮放在购物手推车的软垫上，随后向商店走去。

从一个人对待宠物的方式和为宠物买的玩具上可以读懂这个人身上的很多东西——当然，如果这个人有宠物、买了玩具的话。我很高兴莎莉毫不犹豫地将购物车推过了熏制室——里面尽是些熏制的猪耳朵、猪蹄、猪鼻子和牛鞭一类的东西——尽管斯基皮为空气中飘过的味道竖起了鼻子。

相反，莎莉买了些极其昂贵的绿色食品和鸡肉味骨头，之后又买了一袋纯天然狗食饼干，边继续购物边给斯基皮喂几块。

才几分钟的时间莎莉的购物车装得满满的。"只剩下几件东西了，斯基皮，我们马上就走。"莎莉说。

莎莉转过身，被眼前的一幕惊呆了，她立即停下脚步。那是一个我从未见过的巨大的陈列品——"纪念碑，为你挚爱的宠物"。陈列区摆放着数量约一打的"抗风化"树脂"石碑"，"传统以及现代元素的设计"以及"合适的"色调只为搭配"您尊贵的宠物"。陈列区列出了多种不同规格的推荐信息，但根据宣传单所述，"你可以为自己的宠物撰写信息"并支付低至29.95美元的费用，"最多可以达到24个单词"。

莎莉拿起其中一个"石碑"，而后用手掂了掂重量。而后她轻轻地将手中的"石碑"向陈列台上撞了撞。"石碑"发出了空洞而微弱的响声。最后她带着厌恶的表情将那东西胡乱扔回了陈列台。

莎莉轻轻弯下腰以便能够让自己看到斯基皮的眼睛，"让我们做笔交易。当死亡来临的时候，你要使出浑身解数来让我知道你要走了，然后我保证没有人会将这种劣质的像狗屎一样的塑料片放在你的身体之上。你看如何？"

她吻了吻斯基皮的额头，而后向收银台的方向走去。

莎莉买完单后向门口走去，整个过程用的时间不足五分钟。

一将门推开，不远处一只拉布拉多犬的号叫声传入了莎莉的耳朵，那是狗狗处于困境之中发出的叫声，同时还混杂着刺耳的音乐声。四个年轻人围在莎莉的车旁，为了让奇普吠叫，他们砰砰砰地敲击着车窗，而骨子里并不好战的伯尼只是低声私语。音乐声来自他们停在附近的漫步者轿车。

莎莉猛地拽出购物车中的斯基皮，将它用一只手抱在怀中，而后推着购物车向吉普车跑去。距离那些孩子们仅 20 英尺左右时，莎莉猛地推了一把身前的购物车。那购物车很快积攒下了不小的冲力，飞一般地撞到了距离莎莉最近的两个男孩身上。男孩们身体悬空顷刻间重重摔到了地面上。

另外两个男孩向他们的攻击者转过身来。距离莎莉最近的那个男孩的身材如同橄榄球后卫，但他脸上愚钝的表情像是看到了谁卸下蝴蝶翅膀就是为了开个玩笑一样。"疯了吗？你个婊子。"他向莎莉骂道，向她的方向迈前一步。作为回应，斯基皮咆哮着露出犬齿。实际上它是在向着空气撕咬，而后牙齿撞击得咯咯响。它的叫嚷声让那个"橄榄球后卫"在原地定住了。

"我们只是玩玩。"其中一个摔在地上的男孩挣扎着站起时抱怨道。

"玩玩？"莎莉冷冷地问，"好吧，孩子们，那就让我们一起玩玩。"莎莉握住车门的把手。奇普又一次开始疯狂，它用前爪猛划车窗，挣扎着想要挣脱出来。它从来没有这样愤怒过。

"别把它放出来！"依旧倒在地上的第二个男孩恳求道。

"不想玩了？"听到莎莉的问题后他们沉默了。"那好，孩子们，我想问你们一个问题，你们能跑多快？"莎莉慢慢地将车门的把手滑下，男孩子们迅速向他们的漫步者跑去。他们拼命跳进车中，莎莉大笑起来，就像在观看马戏团的杂耍一样。他们甚至还没有关上车门，那辆漫步者便带着刺耳的噪声飞奔出了停车场。

莎莉注视着那辆漫步者，直到从她的视野中消失。而后她将车门打开，"来吧，孩子们。出来散散步。"奇普和伯尼跳下车来。伯尼的表情看上去不像是担心，更像是疑惑。奇普大声地喘息着，除此之外它已经恢复了原有的状态。莎莉回到购物车旁，给每只狗儿拿出了几块饼干。

若换做是我，我不知道自己能否做到这般完美。

伴随着心中的释然，我感觉到自己身上捆绑着的世俗的绷带又松开一条了。

在莎莉带着狗儿们回到家中的时候，大卫和杰尼克已经达成了协议的框架。NIS 会结束针对杰西的一切控告，而辛迪会被释放到加利福尼亚州的黑猩猩避难所，在那里杰西可以履行她人生的诺言，不允许杰西投入到任何 NIS 的研究项目之中。作为回报，杰西同意不再控告 NIS，不再公然讨论她在 CAPS 进行研究时的情况，不再提及辛迪，最重要的是，不在没提前得到杰尼克应允的情况下出版任何与她研究项目有关的文字。

"如果杰西打破她的诺言……"杰尼克道。

"辛迪将继续享受'政府的服务'，我懂。"大卫回答道。

"问题的关键是，杰西能不能做到？"

"我不得不继续去说服她。而除此之外，我看不到任何其他选择。这是拯救辛迪的唯一办法：用沉默来换取一个生命。"

大卫将文件折起，欲起身离开。杰尼克伸出手，与大卫握了握，"这并不完美，我知道。"

"是的。但对于今天来说，已经很完美了。我会起草一份文件，然后给联邦检察官一个副本。"

第二十一章
UNSAID
告别

那天晚上，大卫和杰西展开了一番激烈的争吵，但杰西突然想到这个交易并不会影响到辛迪的安全，她就不情愿地接受了大卫的谈判结果。只有一种可能：杰西希望能亲口和辛迪说再见。杰尼克对大卫说这样做很不妥，大卫心中也有着同样的担忧，但不知为何杰西却很执著。"我要把这一切向辛迪解释，"她告诉大卫，"我想让她从我这里了解这一切。"

第二天清晨，大卫开车带杰西来到了CAPS，他们一路上彼此缄默无言。弗兰克早已在停车场等候了，几句寒暄之后他们便一起向在门口等候的杰尼克走去。

为了使自己脸上增光，杰尼克努力营造着一种专业化的氛围。然而杰西对此很不买账，拒绝与他握手。而后杰尼克沉默地将他们引领到了杰西曾经的实验室。

谢天谢地，为了此次来访，有人为辛迪和她的立方体做好了清理工作，然而此时实验室中空荡荡的，所有杰西曾经使用过的设备都已经不见了。此时的实验室更像一个档案室。

辛迪看见杰西时的反应更是加重了已有的感伤。她一动不动，甚至在杰西走进立方体时也没有任何回应。起初辛迪像没有认出杰西来，随后我便懂了，根本不是这样。突然"背叛"这个字眼闯入了我的脑海，挥之不去。

"我能打开立方体吗？"杰西问。

"对不起，不能。"杰尼克回答。

杰西将双手通过铁栏伸进立方体，开始抚摸辛迪的绒毛。几分钟过去了，最后辛迪抓起杰西的手，倏地放入嘴中。

"小心，杰西！"杰尼克大喊。

杰西对杰尼克的言语毫不理会。辛迪舔了舔杰西的手指，而后将她满是唾液的手指放在自己的面颊一侧。杰西缓慢温柔地抚摸着她的皮毛。

对杰西来说，她为这一刻承受了太多，她开始落泪了。

辛迪将手伸出立方体铁栏，轻抚着杰西面颊上的泪痕，而后将她额头上的一束头发拨到一旁。

辛迪将她的布娃娃从铁栏的缝隙塞给杰西，杰西摇着头。辛迪再次用布娃娃表示，这次更加费心了。杰西先将辛迪展开的手掌再次扣到布娃娃身上，而后将自己的手也覆在上面。一时间，人的手和黑猩猩的手合在了一起。手指的形状必然不同，但它们就这样缠绕着，如同本来就该这般契合，这分离并没有将他们阻隔得太远。即使没有语言提示，我也看得出来。

我向大卫瞥了一眼，想知道他是否同我一样注意到了这些，但大卫正目不转睛地盯着地板，咬着下嘴唇。

最后，杰西放开了辛迪的手，辛迪慢慢将布娃娃抽回到立方体中，而后转过身，背对着我们。

杰西再也无法忍住悲伤，她奔跑着冲出实验室，直到最后，坐在大卫的车中。

新年前一天上午 10 点钟，纽约。

大卫和杰西坐在位于曼哈顿市中心美国律师事务所办公室外坚硬的椅子上等待着，他们在等待一份文件，那份用杰西的沉默换取辛迪全身而退的文件。

10：35 他们仍在等待着。

大卫向坐在厚厚玻璃窗内侧的服务人员走去，"您能帮忙向科恩先生的办公室协调一下吗？我们是约在 10 点见面的。"

"当然。"女人拿起电话边拨打分机号码边回答道。她通话时的声音小到近乎耳语，而后在留言条上写了些什么。挂断电话之后，她向大卫转过头去，满脸尴尬道，

"对不起，克尔顿先生，你们的会面似乎已经取消了。这是他让我代为转达的。"之后她撕下留言条从小窗将其递给大卫。

大卫扫了一眼上面的内容，什么都没有对杰西说，迅速抓起公文包出了大厅。

对此我一头雾水。

杰西在后面追赶着大卫，"发生什么事了？"到电梯处时杰西喊道，"他们说了什么？"

直到他们降至一楼，大卫仍一言不发。他停在自己找到的一个报摊前，随手抓起一份每日新闻，草草地翻过前几页，突然停了下来。杰西越过大卫的肩膀注视着那份报纸，版面中央处印刷着几个硕大的黑体字：被捕获的黑猩猩掌握了基本语言技能。

大卫将手中的留言条递给杰西，只见上面写道：每日新闻上的文章写得很好，希望你这样做是值得的。

杰西抬起头，"但是我没有……"

"信息源于熟知此项目的工作人员，"大卫读道，"辛迪的意识被训练到了相当于四岁孩子的水平，而她却前途未卜……"

"听我说，不是我。"杰西抗议道。

"那是谁？杰尼克？"

"不知道。如果是我，我为什么要现在泄露这件事？有意义吗？"

"是的，如果你完全理智的话，我相信你不会这样做。但是当这一切和你与那只大猩猩的关系相关联的时候，我不敢肯定你是否会完全理智。"

"现在会发生什么？"杰西的嗓音已然充满恐惧。

"现在？现在整个交易都泡汤了。现在，他们会用你来杀一儆百。现在，他们会竭尽所能将辛迪转移到 NIS 一般性灵长类动物种群中去。"

"所以，我们又回到了原点？"

"不，不是我们，是你自己。我谈下来的最具可行性的交易完全他妈的被你搞砸了。你在要我。我该做的都做了。我现在要回去忙我自己该忙的事了。"大卫将报纸甩到杰西手中而后转身离去。

"你凭什么这么快断定是我在撒谎？"杰西向他人喊，"是因为海伦娜也一样不相信我吗？"

最后的几个字眼让大卫停下了脚步，仅仅几秒钟时间。然后他向出口走去，走进了纽约凛冽的寒风中。

大卫试图拦下一辆前往市区的出租车，竟没有一辆空车。他转身向最近的地铁站走去。

"是弗兰克！"杰西在大卫身后约一百英尺的距离向他喊道。在路人的注视下，杰西向大卫跑去，手中抓着未挂断的电话，"是弗兰克向媒体披露了整个故事！"她追上大卫时已气喘吁吁，而后将电话交到大卫手中。

大卫将电话放到耳旁，弗兰克的声音瞬间传了出来，听起来他似乎在啜泣，"对不起，对不起……我本以为这样会帮到杰西的。几个星期以前，在得知此项目没有得到批复时我已经和记者讲述了这一切，那时你们还没有达成君子协定。当时他们没有将这个故事报道出来，我还以为自己向他们披露的故事会不了了之。这一切和杰西真的没有任何关系。我不知道媒体会在这个时候报道出来。"

大卫挂断弗兰克的电话而后将其递给杰西，一言未发。

"求求你，帮帮我。"杰西恳求道。

一辆空出租车终于停到了大卫身旁。"你交朋友真应该慎重些，"大卫最后说道，"来吧，上车。"

大卫信步走进马克斯奢华的办公室，马克斯从办公桌内侧注视着他。

"瞧，我拿到了西蒙的生意。"大卫停下脚步，转向马克斯，"现在，我想让你帮我点儿小忙，我希望得到一个案件的批复。"

"你希望？我还希望我没有娶过那几任前妻呢！'希望'这个词你用得很不合适。"马克斯尖锐的目光投射在大卫脸上，说罢，深深地呼了口气，"你听着，我一直都支持你。"

"你是说在关系到你的利益的时候吗？"

"不管怎样，你认为自己的行为明智吗？你就不会扪心自问一下？眼下你的客户群体还不够强大，你现在才刚刚开始组建自己的生活。"

"你说的生活是怎样的？每年花上2400个小时陪在客户左右，等待着年终分红，期盼着公司的圣诞派对，难道这就是你所谓的生活吗？"

"不，是让你支付得起漂亮的房子、饲养得起可爱的动物的生活。也是这种生活让你成为乡间绅士而不至沦为粗俗的搬运工。"

"我所说的与你眼中的时间以及金钱毫无瓜葛，别总是拿它们做挡箭牌。我和西蒙谈了一笔生意，我只想以此来保持我未来五年的收支相抵。"

"你有没有想过如果西蒙知道了你想做的事情他会怎么说？"

"我敢打赌，他会尊重我的职责，钦佩我们的职业素养。"

"我很怀疑你的推断，非常怀疑。"

大卫走近马克斯的办公桌，抓起电话，"那就给他打个电话问个究竟。"

马克斯抢下大卫手中的电话放回原位，"西蒙的问题是最容易解决的。你要知道，我们在代表着药物实验室、外科手术设备公司甚至还有一些活体解剖者们的声誉，看在上帝的分上……"

"那又如何？"

"他们知道了这个事实肯定格外欢喜。代表他们声誉的律师公司竟然会为一个非法入侵实验室的人辩护，而那个人入侵实验室的目的就是为了拯救一个内心苦闷的猴子，仅此而已。"

"她不是猴子，她是黑猩猩。我们拥有令人瞩目的证据来证明这只黑猩猩拥有一般人的情感和意识。"

"因为她认识琦基塔牌香蕉的标识？"

"看看这个视频，你不该通过扭曲事实来证明你的立场。"

"我想出了一个更好的主意。我们为何不把她邀请到夏季培训课程来做学员呢？我们可以把她的笼子放在办公室。她都不用回家了，你想想啊，多好的一个榜样。"

"你能认真点儿吗？"

"你能我就能。"

"我是认真的。"

"那你肯定疯了。鉴于你可能没有看见，现在我告诉你，我的办公室的门上写着的不是'保护动物实验室'。我也可以十分肯定地告诉你，那些与我们合作、支付给我们巨资的大型企业会站在舆论的一侧，正如他们将会对我说的，无论这个案子结果如何，我们都会蒙受巨大损失。"

"这与行业操守没有任何瓜葛。所以，他们没有理由取消我们的合作资格。"

"终止合作不需要任何正式的冲突或者如你所说的取消资格。没有公司的准许就代表她和政府部门谈判，你已经违反了规定。就算上面所说的我们都可以抛开，但公开审理时你怎样对付媒体们的摄像机？你将毫无办法。"

"现在我不能放弃她，你不该要求我放弃。"

"别装作你自己不清楚自己在做什么，你一直很清楚。海伦娜也一直很清楚。她愿意拿到些利益。所以，如果是海伦娜的话……"

我目睹过他们之间的多次争论。马克斯每天生活在争论之中，"矛盾"可称之为他的管理手段之一：想要解决问题，必须要有人说服他。所以，尽管大卫偶尔会对马克斯丧失君子风度，但他们之间的争论总能让我想起兄弟之间的家庭内部争斗，而马克斯所扮演的便是那饱受折磨的哥哥。

但随着马克斯的最后几句脱口而出的话，我的这种印象完全改变了。

"继续说！"大卫喊道，"你还有胆量告诉我海伦娜有没有做过什么，有没有理解什么？狗杂种。这些年你牵着我的鼻子，我跟在你的屁股后面就像一只被标注了记号的鸭子一样。海伦娜是唯一一个让我的生命有些色彩的人，她让我知道生活不仅仅是四堵墙和一台电脑。现在你一定很高兴，因为她走了，如同所有这一切都没发生过一样。"

"我不知道……"

"上帝啊，马克斯，哪怕你只体面一次！伙伴之间所存在的不仅仅是利益。还有很多，也应该有很多。"

"又开始你那些陈词滥调了。"马克斯的声音充斥着优越感，"你只去了一趟巴黎就突然在情感上大彻大悟了。现在，你眼中的整个世界变成了一个电视节目，而你把我们当成了这个节目的频道。你的无知太让我失望了，大卫。我本以为自己已经把你训练得可以了。"

"我不是无知，只是情感上空虚，像你一样。这要完全归功于你的训练。"

马克斯打了个哈欠，"把你那些激情澎湃的演讲词留给陪审团吧，我不感兴趣。你还有其他事情要讲给我听吗？或者，我们是不是可以开始着手真正的工作了？"

大卫眯起眼睛,但丝毫无法遮挡其中的怒火。"我现在就去公司委员会讲这件事,你去还是不去?"

马克斯倾斜着靠在椅背上,若有所思地用手摸了摸鼻梁,而后慢慢地呼了口气。当他再次开口讲话时,口吻变得异常柔和、温暖——丝毫不像是马克斯的风格。"我知道这件事让你很为难,你为何不放一放? 一个星期后再回过头来看一看,看看那时自己的感受会是怎样。别让自己陷进去。这个案子的反响可能会很强烈,坦率地说,甚至我也可能无法逆转。"

"我没有你所谓的时间,我已经耽误太久了。我要在一个星期之内组建一个陪审团。"

"争取一个休庭期。没有一个法官会否定一个利用全新思路辩护的刑事案件的前途。"

"我不能要求休庭。我需要弄到一个类似命令的东西,在审判结果出来之前要用它保护辛迪。辛迪两个星期之内就会被转移,转移之后我们所做的一切都会变成徒劳。我们必须现在就采取行动。"

马克斯耸耸肩,"你错了,伙计。相信我,无论我是否与你一同前去,委员会的成员都不可能会通过这个案子。"

"他们对这个案件的批复对我已经不重要了。"

马克斯盯着大卫,仿佛之前的话语全然没有显示出人性的博爱。"你在虚张声势。"马克斯最后说道。

大卫缓缓地摇了摇头。

马克斯坐着转椅滑到一个华丽的木质壁柜旁。他打开文件柜的第二个抽屉,拿出一个文件夹,文件夹中的材料有半英尺厚。马克斯将文件夹从办公桌滑向大卫,"在你做出愚蠢的决定之前,我强烈建议你读一下《合作伙伴协定》。无论你是否忽略了其中的内容,你的行为都会被大家记在心里。"

大卫将《合作伙伴协定》用手提起,放在掌上掂了掂。随后,他向马克斯不自然地笑了笑,"一切都变了。它对我来说已经没有以前的重量了。"大卫将《合作伙伴协定》放回桌上,而后向门口走去。

大卫一只手抓着门把手,然后朝马克斯转过头来,本来他想讲点儿什么的,但马克斯突然将其打断，"他停在了门口，向他的前任导师转过头来——那个他曾经尊重的人——想说些既残忍又挖苦的话。哦……不！典型的音乐剧场面。"

接下来大卫说话的嗓音近乎耳语，"你太聪明了，马克斯。你总是这么聪明，能够预料到所有答案，所以我想问你一个问题。当你再也无法欺骗自己，让自己相信你拥有的已经足够多的时候，你是怎样的感受？或许你还没意识到这一点，但我想，这就是你的处境。"

"你该回头看看你背后的路。"马克斯的声音孱弱。

"我担心的不是我的背后，而是眼前。我眼前所看到的让我夜不能寐，如同噩梦一般。一个可悲、孤独又渺小的人。当你去世的时候，去参加你的葬礼的人数完全取决于那一天的天气。"

一时间马克斯的目光变得呆滞，像被人狠狠抽了一记耳光似的。随后他咬了咬下唇，徒劳地挪了挪桌上的文件，以避开大卫的目光。

当大卫知道马克斯不可能再做出回答时，他走出了办公室，轻轻带上了门。

上帝保佑。马克斯，没有别人的攻击，你永远意识不到有些事情对你意味着什么。

两个小时后，看起来疲惫不堪又灰心丧气的马克斯回到了办公室，在他银色的办公桌一端发现了大卫留下的字条。

> 亲爱的马克斯，在经过仔细考虑之后，我打算接下这个案子。我必须这样做。我无法精确地给出我这样做的所有原因——只是因为我必须这样做。对我来说，这个案件并非毫无胜算。我不会让你或者公司因此陷入尴尬的境地。做好你的职责。我知道你要坚持很多原则，我能理解。
> 关于我所说过的话，对不起。但是你有的时候真的让我歇斯底里。
> 尊敬你的，大卫

斯基皮的咳嗽声将我从马克斯的办公室拽回了约书亚的体检房。当我听见那声咳嗽——那声音干燥刺耳，是因清理被扩张的心脏压迫食道所发出的——我便知道，原本一个月的时间，现在剩下的已超不过一个星期。

普林斯，那只兽医办公室中体型巨大的猫，拖着懒散的脚步走进了体检房。斯基皮是普林斯的死对头，也是老相识。每次斯基皮随我一起来到兽医诊所的办公室中时，它都会将前几个小时花在追赶普林斯上，从我们的腿间、椅子下面以及桌子下面来回穿梭，直到它们撞翻东西，我和约书亚出面调停时，这场战争才会告一段落。而接下来的几个小时里，它们会在我们给定的距离之外相互对视，除此之外斯基皮还会不停地低声咆哮。

有时我会这样想，它们古里古怪的行为就算是给那些照料他们的人的额外的福利吧。也许普林斯就是斯基皮的佩里诺尔爵士精神的挖掘者——那是他不懈的追求，也让斯基皮的生命更加充满意义。

而这一幕让斯基皮的病态不言而喻：宠物医院中，当普林斯在斯基皮面前走过时，斯基皮竟丝毫未动，它甚至没有低声咆哮。普林斯等待片刻，对斯基皮的漠视很是疑惑，而后在房间中转了转，最后走了出去。我敢发誓，以往见到斯基皮它从来都是昂首挺胸、精神矍铄的，这次却不同了，它低着头，拖着尾巴慢悠悠踱了出去。

"我以为充其量就是感冒而已。"莎莉对约书亚说。

"我也希望仅仅是感冒。你告诉大卫了吗？"

莎莉摇头道，"他要承受的东西太多了……我只是想先让你看看。"

"它吃东西没有受到影响，对吗？它的体重没有什么变化。"

"我都是用手喂它。它喜欢将鸡蛋和奶酪搅在一起吃。"

"我想它该吃点东西了，但是……"

一位兽医在他职业生涯中最神奇的一件事便是他能够预料到准确的"时限"。有一点我深信不疑，每到这个时候，面对爱宠，主人们都会敦促兽医去逃离他们那索命的职责，而这完全可以理解。在我施与安乐死的所有动物中，没有一位主人主动要求向已陪伴他们度过一段生命历程的小生命推动注射器的活塞。我真的很想有一次，有人将我的手推开，然后对我说"这该由我来完成"，以此来让我免于承受再次叠加一个生灵的负担。

而极具讽刺意义的是，大多数主人都会整夜用手拿着食物来饲喂他们那奄奄一息的爱宠，为它们清理粪便，梳理绒毛，甚至当它们无法自己行走时将它们抱起。但同样的这些人，他们不会——也不可能为他们的爱宠做出最后的决定，那无法避免的决定。

　　放弃这一决定权的另一个原因是一个错误的理念：死亡的"时限"由外在的医学因素所决定——例如，血液中白细胞和红细胞的混合比例，尿液中蛋白质含量或者肝脏酶的测验结果。而在我的行医生涯中，我尽最大努力不去依照那些冰冷的测试结果来推断一个生命的终止与否。

　　相反，我会用自己生平所学有关"生命质量"的问题来反问自己：这只狗儿的行为是否正常？它现在是否能够正常进食？当你回到家中时，它是否会像往常一样兴奋地跑到门口迎接？你的猫儿是否像以前一样喜欢樟脑草，喜欢追逐影子，排泄粪便是否正常？所有这些疑问都是用来解决一个问题的——你的爱宠需要你为它做些什么？生命的持续对于它们是否过于痛苦？不能正常排泄粪便是否让它们觉得尴尬？你是否想让它们如此继续生存下去？

　　它已经在你的身边伴随多年。你曾经和它一起欢笑，一起恸哭，也曾向它吐露心事，和它共同进餐，甚至与它同床而眠。那么，是什么让你认为我更能判断出你的爱宠是否想要离开这个世界呢？那些让兽医去掌控他们爱宠生命的主人无疑是懦夫。

　　莎莉不是这样的懦夫，我很欣慰。她弯下腰，用手捧起斯基皮的头，目不转睛地看着斯基皮幽深的眼睛。那双眼依旧清澈、警觉。"别担心，孩子，我们还有大把的时间，不是吗？你不会看到那可恶的塑料注射器的。"

　　尽管约书亚不太理解莎莉的话，但他知道自己在这时不该多问。"现在，"他安静地说道，"我们得增加些呋喃苯胺酸和洋地黄制剂的剂量了，这样才能为它清肺止咳，至少……能缓解一段时间。"

　　莎莉强迫自己向斯基皮会心一笑，"我会尽我所能的。"

审判前

那天晚些时候，当我找到大卫时，他身着破旧的牛仔裤和羊毛风衣，脚穿工作靴，正仔细谋划着该如何将科莱特引进围栏。他摇了摇桶中的食物，科莱特便跟了上去，看上去似乎很乖顺。

猪儿一安顿下来，大卫便抓了抓它臀部的肥肉——科莱特似乎很喜欢这种感觉。它咕哝了几声，而后转过身来露出肚皮以示喜悦。看到这一幕，大卫自然知道接下来该怎么做了，他单膝跪下，用手轻轻地摸了摸科莱特的肚皮。

将科莱特安置好后，大卫大步向畜棚迈去。由木质围墙围绕着的畜棚格外温暖，大卫一走进来便拿起身旁的空箱子开始打包我的那些马术用具。对这个举动，亚瑟发出愤怒的鼻息声。

大卫转过身来，与马儿面对面看着彼此。"仍然还有很多话要说，不是吗？"大卫的语气并不严酷。亚瑟盯着他，我想它是对大卫的语气很惊讶。

"听着，我不知道她为什么会在这个时候离开我们，但有一件事情我可以确切地告诉你，这一切与你无关，也不是因你而起的。我只能解释这么多了。"大卫试探着向马儿迈前一步，"我知道，我知道，我要练习和你说话的方式，我现在正在努力。"大卫再次迈前一步。

你不该再向前走了，大卫。

亚瑟倏地冲开门闩向小牧场跑去。大卫紧跟其后，"我想我们应该试一试采取一下自我治疗的手段。"

在回屋的路上，大卫与伯尼和奇普玩闹了起来。除了食物、水和一个安全的休憩之地，这是很久以来大卫第一次给予它们"额外照料"。狗儿们喜欢这种"照料"，大卫大笑着，狗儿顶着大卫的屁股与他玩耍，这是它们表示感激的方式。

我已记不清楚大卫孤身一人后曾几何时如此悠闲过了。现在，他并不是在去某地的行程中，也不是躲在某地休假，他已然做出了决定——这一决定不仅与杰西的案件有关，我想，也和我有关——但不管怎样，他已经摆脱了自怨自艾和被生活压垮的险境。

回到厨房时大卫与狗儿们都累得气喘吁吁，伯尼和奇普紧随其后，莎莉和斯基皮正在等待着。当看到大卫时，她眯起眼睛会心地笑了。

"是什么让你如此高兴？"大卫问。

莎莉为大卫倒了一杯咖啡，"我正想着这件事呢，你已经致力于其中了，我很高兴。"

"做一个愤世嫉俗的人会被骂得很惨。"大卫道。

"这点我已经深有体会了。在世俗的一天做一件正确的事是很值得吹嘘的。还有，有点值得吹嘘的事情比做对一件事更加让人高兴。"

"莎莉小姐，这个案子是我整个职业生涯中最难对付的一个——顺便告诉你，可能这个官司现在已经输了。我现在还没有为辩词找到法律依据，但我们不能就此放弃。我现在既没有同事的支持，又没有秘书的帮助。目前对于整个案件我仍然是摸不着头脑，正常情况下一个月的工作量现在必须由我在一周内完成。"

"那你现在掌握了什么？"

"我掌握了事实，我想我掌握了一大堆事实。"大卫从桌上拿起我的笔记本，"而且，如果有人愿意听我陈述，我想，我已经有了些构想。"

莎莉向四周看了看，猫儿和狗儿们都已经来到了厨房，加入到她的队伍中，"你已经有了了很多听众。"

大卫顺着莎莉的目光看去，"如果它们也能加入讨论该多好啊。"

既然出版社的印刷模具已经将整个故事公诸于世，美国律师事务所也不再改变主意接受审理这个案件，于是大卫和杰西决定去向当地媒体寻求帮助。杰西向每个愿意倾听的记者讲述这个故事，毫不意外，对于一个能够像四岁孩子一样说话的黑猩猩和一个为了拯救她而正在受审的科学家，很多记者都感兴趣。他们希望将辛迪的故事加上政治色彩和社会辐射性，通过这种手段至少能够让辛迪的转移推迟一段时间。如果案件能够引起国家媒体的关注，如果杰西胜诉，辛迪将会成为一个象征。

但仅仅是如果。

当杰西的采访上报，整个故事向社会辐射出去的时候，大卫并不想坐在他的办公室中。所以，在和马克斯吵完架的第一个工作日，大卫将自己的卧室改装成了一个临时办公室。他的笔记本电脑、有关辛迪的文件、我的笔记，还有，我认得出，在他面前的办公桌上打开着的几本书正是从客厅的书架上拿下来的。这些东西和桌面上几个破旧的咖啡杯——没有一杯是热的——堆叠在一起，烟灰缸中塞满了折断的和被咀嚼过的牙签，旁边放着几个白纸板。

大卫嘴中含着牙签，动作缓慢地在电脑上打着字，斯基皮悠闲地坐在他的腿上。由于增加了药物服用剂量，斯基皮的咳嗽暂时缓解了些。其他的狗儿们正懒散地睡在沙发上，猫儿们趴在书上睡去了，留下了满屋的爪印。动物们现在不会离开大卫，希望以后也如此。

大卫的脑中一片混乱，他揉了揉眼睛，开始在与他头脑一样混乱的桌面上寻找一份文件，心情愈加糟糕。

门铃响了。前门外传来模糊的谈话声，狗儿们对此丝毫没有理会，而大卫则继续翻找桌面上的文件。最后他找到了，低声哼了一下，而后继续打字。

片刻之后莎莉走到了门口，她表情冷酷道，"是找你的。"

大卫甚至没有抬头，"是杰西吗？"

"不是。"

"你能帮我处理一下吗？"

"大卫，"莎莉声音柔和，"是马克斯。"

这立刻引起了大卫的注意，他起身向门口走去。

马克斯身材很高，说他堵住了走廊的光线毫不夸张。我费力地看着他的脸——

那表情是生气、失望、背叛还是嫉妒？我无法分辨。

"什么事，马克斯？"大卫问道，努力地隐藏着自己心中的焦虑，双臂交叉抱在胸前。

"哦，我还以为你知道呢。有几份文件我应该给你。你应该想到会有这一天的。"马克斯回答道。

"你没有必要跋山涉水将开除合伙人的文件送到我家里，给我发一份传真就行了。"

"也许吧。但这样岂不更有意思。我想看看你脸上会是什么表情，看看你狗屎一样的狂妄自大。"马克斯说道，声音冷漠。他从外衣的口袋里拿出一沓带着硬壳的文件然后递给大卫。

尽管大卫努力让自己显得正常，但我看得出他的伤心和担忧。他真的没有想到会看到这一幕，它来得太快了。他本以为自己能够有机会向执行委员会做出解释，希望委员们能够因为他的个人情况给予同情和理解，或许能做出切断他一年薪水之类的决定以示惩罚，他却没有想到会是这样的结果。难道他们丝毫不考虑他多年来的贡献吗？那他曾经做出的牺牲呢？如果他真的被"踢出去了"，为什么马克斯会亲自开车来告诉他这个信息呢？大卫知道最后一个问题的答案——与钱有关，这是定律。

大卫将文件夹打开，开始阅读。他疑惑地皱紧眉头。"这是什么？"他问道，目光依旧停留在文字上。

马克斯再也忍不住，开始大笑起来，"你从来没见过新委员会下发的案件批复吗？"

"当然见过，但是……"大卫将文件翻到最后一页。在"新案件陈述"板块的下面写着"简·卡西迪刑事诉讼案件辩护律师"以及他的名字。页末处是新委员会六个成员的签名，包括他最熟悉的一个，马克斯·德莱尔。大卫最终抬起头来看着马克斯，"但是，这是案件通过的批复。"

"你应该读得懂吧？"

"但是，这是怎么……"

"你就是一个妄自尊大的浑蛋。但是，你刺激人的方法还算高明。"

"你是说你改变主意了？"

马克斯耸了耸肩，没有回答。大卫将马克斯的头拽到走廊中的光线下，假装观察马克斯脸上的表情。马克斯一把将他推开，"你在干什么，白痴！"

"我想找一找有没有道德的迹象。"

"你说服我了，大人物。"

大卫笑了，摇了摇头，"我从来没有说服过你，除非你想被人说服。说说这几天真正发生了什么事？"

马克斯将一只手放在胸前，假装感慨万千的样子，"你没感觉到爱吗？"

"感觉到了，只是觉着自己像狱中的犯人一样。现在请你如实回答我的问题。"

"好，你赢了。我承认，你把我耍得像鱼一样团团转。现在我说出来你高兴了？实际上 …… 我挺为你骄傲的。"

"告诉我，我做的哪件事让你改变了主意。我想知道我的哪个行为让你骄傲，我也好向更高的境界去努力。"

"别装了，你肯定给西蒙打电话了。"

"是啊，那又怎样？我只是想听听他的意见。"

"也许你真的只是想听听他的意见，但你这个电话换来的不仅仅是意见。西蒙给执行委员会的每个成员打了电话，向他们表明，如果委员们不向你提供支持，整个公司将会蒙受巨大的经济损失。"

"我没有要求他为我做任何事。"

"你当然没有，"马克斯的口吻表明他很相信大卫，"我完全理解。"

"不，"大卫说道，但瞬间他意识到即使自己继续解释也是徒劳，"好吧，无论是什么原因，谢谢你。"

"办公室里没有你太无聊了。还有，你带走了我最优秀的几个同事。"

"你说什么？"

话音未落，克丽丝抱着两个诉讼文件包走了进来，大卫震惊地沉默下来。我想这会儿克丽丝心中肯定很欢喜。

"只要你准备好了，我们随时可以开始工作。"克丽丝将其中一个文件包拿出来。

随后丹摇摇晃晃地拿着更多的书籍和材料走了进来，"我快吐了。"丹低声咕哝道。

"他晕车。"克丽丝对大卫说。

"洗手间在哪？"丹接着问道。

　　大卫向卧室方向指了指，丹将所有东西抛在桌上向洗手间跑去，狗儿们跑着追了上去。

　　"顺便问一下，"克丽丝说道，"你家中有无线网络覆盖吗？"大卫摇摇头。"那有线的调制解调器呢？"大卫点点头。"好，去车上帮玛莎把笔记本电脑和打印机拿下来。"

　　"玛莎？"

　　克丽丝拍了拍大卫的脸，"你是想一直站在这里说些单音节的单词还是想帮我们一起组建办公室？"

　　这会儿，玛莎抱着两个手提电脑走了进来，"嗨，头儿。"

　　大卫终于从之前的震惊中清醒了过来，轻轻吻了一下玛莎的脸颊。然后向所有人指了指他自己的"窝"。

　　当所有人向那边走去的时候，马克斯向大卫转过头来。"现在事情进展得如何了？"马克斯问道。"现在我们的脸都已经伸出来被你放在显微镜下面了，输了会很丢人。"

　　"我们现在的情况正徘徊于不乐观和很不乐观之间。"

　　"听起来似乎我们要给胜诉重新下一个定义。法官是谁？"

　　"芭芭拉·爱泼斯坦。"大卫答道。

　　"伟大的公正女神。现在情况变得好得不能再好了。"

　　在他们进到"窝"中之前，大卫向马克斯转过头会意地笑了，"有一件事我必须告诉你，无论天气好不好，我都会去参加你的葬礼。"

　　马克斯将胳膊绕在大卫肩膀上，"这太让人欣慰了。"

　　马克斯帮了大忙。

　　我想，我以后再也没有资格去评论他的动机了，现在我甚至不知道"动机"是否能作为评判一个人的试金石。动机会随时间逝去，它受制于记忆的蹂躏和修正主义的影响。真正能够说明问题的——因此也是真正重要的——是一个人的行为而非动机。

　　依照这个标准，马克斯很有自知之明，他一直都是个不错的伙伴。除此之外我不该对他要求更多。

马克斯和大卫的团队一组建完成，眼前的事物便开始让我感觉模糊不清。有一个原因我很确定，他们的工作进展得太迅速了。更重要的一个事实是，马克斯，他将整个团队的内部器官契合得太完美了，这让一个局外人根本无法跟上他们的进度。而在接下来的几天里，我所看到的似乎是一个活灵活现的有机体在将一些原材料转变成一种崭新的产品，我从未感受过这种神奇的能力。各个部件的集成品所发挥的价值很明显已经远远超过了单品的应有价值。而这个有机整体却精诚统一而又出奇倔犟。

在杰西的审判开始之前的一个星期里，任何事物也没能阻挡这个团队的行进，包括其他工作，包括新年前夕和新年第一天的到来，包括队员们的家庭责任，甚至包括斯基皮心脏日益衰竭的事实。也包括了痛苦。

必要的食物、必要的睡眠、与记者的交流，对辐射面不断扩大的有关辛迪和审判杰西的媒体消息的搜集，这些要素占据了他们所有休息的时间。

其中有一篇关于日益逼近的审判的报道让杰西长舒了一口气。

这位记者报道斯科特·杰尼克博士辞去了他作为 NIS 主管的职务，称杰尼克此举是为了让自己"重返科研第一线"。同一篇报道称 NIS 主管职位的空缺将很快由一名"享有盛誉的灵长类领域科学家填补"。

我也看见了这些文字，但我并不相信。因为那篇报道称接替杰尼克职位的人正是瓦塔葛博士。

第二十三章
定义辛迪

开庭的那天早晨，莎莉起得很早。东方尚未破晓，莎莉就到了家中，她彻夜未眠。她很担心斯基皮，担心他未卜的命运，不知道克利福德对他心爱的狗儿即将面临的结局会作何反应。喂完了动物们，她开始在壁炉旁准备早餐，还有两只狗儿在她脚下等待着。

大卫穿着律师装窜进厨房——灰色的西装，带红点的领带，黑色的皮鞋。这一身装束让他显得容光焕发。"好了，我要去接受攻击了。"

她仔细地从头到脚打量着大卫，"嗯，你看起来还真像个律师。"

"你确定不去观看这场血战？"

"嗯……告诉你，我太紧张了。"莎莉轻捏了一下大卫的脸颊，双手从两侧拍了拍他的肩膀，"祝你好运。"

"谢谢。"

"你该出发了。"

大卫抓了抓伯尼和奇普的头，"约书亚最近见斯基皮了吗？最近它看起来似乎很疲劳。也许应该给它增加点药物剂量了。"

我听得出莎莉在努力控制着自己的嗓音。"它可能是太兴奋了，这个星期家里太热闹了。今天我带它去约书亚那里看看。"

"太好了，结束时我给你打电话。"大卫说着拿起外衣和肥胖的公文包，挥手说完再见后他就出发了。

莎莉将搅拌过的鸡蛋用勺子盛在三个盘子中，将其中两盘给伯尼和奇普放在了地板上。看着它们大口吞食，莎莉开心地笑了。

克利福德一定听到了这个声音，他穿着睡衣走进厨房，抱着斯基皮，"斯基皮生病了，妈妈。"

男孩轻轻地将斯基皮放到地板上，自己坐在旁边。他尝试着用手捧着食物喂斯基皮，他用手拿起些鸡蛋末然后用嘴吹凉，送到斯基皮的嘴边，斯基皮却不肯吃。

"求求你了，你要吃点东西才行。"克利福德恳求斯基皮。我几乎没听到过男孩嗓音中夹带情感，这次是个例外。莎莉也听到了。

莎莉抱起斯基皮，边哼着模糊的歌谣边轻轻摇动。"你生病的时候我为你哼唱过这首歌谣的。"她对克利福德说。

尽管我知道马克斯是这场游戏的最大玩家，但我依然被大卫走下出租车时人潮涌动的场面震惊了。法院门前停着电视台的新闻车，车上安置着用于现场直播的蝶形卫星信号接收器，电缆高高悬在空中，一直通到法庭。法庭外的过道上挤满了记者。这个案件已然成了重大新闻。

在法庭大门一侧，至少有三十位维护动物权益者举着海报——"反对杀戮"；"问题的关键不在于它们是否拥有意识，而在于它们是否能够感觉到疼痛"；"我们和黑猩猩本属同宗"。他们高喊着这些口号，那声音与我十年前听到的一样愚蠢——"我们要争取什么？动物的权利！我们什么时候行动？现在！"；"不！不！不！我们不会就此罢休！"；还有"该流行的是同情"。

法庭另一侧的门口站着五位警员并设置了路障，其附近的反对派抗议者同样声音高昂，他们举着海报——"人类的地位是由上帝确立的"；"人类优先"；"让我们拭目以待"。

不知道大卫有没有受到人群的威吓，他表现得极为镇定。他拿着公文包和诉讼文件袋走上楼梯，到了马克斯身边，此时马克斯正在和一群记者进行"不能录像"的交谈，尽管他很清楚自己的谈话内容会很快见报，但他同样清楚自己只会被定义为"熟知案情的相关人员"。

大卫没有理会周围的记者，向马克斯做出了一个跟上自己的手势。作为离开的托词，马克斯对记者们说道："案件审理完我会做进一步的声明。"

刚进入法庭，大卫就说，"媒体工作做得不错。"

"必须让他们听到一些撞击声，"马克斯道，"这样才有意思。"

"杰西和我们其他的伙伴们在哪？"

"他们已经在审判室了。"

"杰西状态怎样？"

"紧张得要命。"

"你觉得她可以吗？"

"如果那只黑猩猩在……"

"那我真该庆幸我们站在了同一边。"大卫道。

"这倒不假。"

他们乘电梯上至七楼。爱泼斯坦的审判室外更加拥挤。一见大卫和马克斯，记者们就像赛跑一样冲了过来。

"你胜诉的砝码是什么，克尔顿先生？"一个记者大喊着问道，"辛迪会站出来证明自己吗？"

"我们现在要进审判室了，"马克斯回答，"欢迎你们在休庭时提问。开庭时间到了。"

为了证明这一点，马克斯用肘部挤开人群向大卫赶去。他们一同穿过双开门向爱泼斯坦的审判室走去。

观众们挤满了长椅，审判室中弥漫着低沉的嗡嗡声。观众席正前方门上的一根圣闩将律师和外面的世界分离开来，克丽丝、丹尼尔以及杰西正聚在一起做最后的准备以减轻他们心中的焦虑。诉讼席依旧无人。

大卫坐在辩护席的主位，旁边坐着克丽丝，马克斯坐在他们身后。大卫从公文包里将我的笔记本拿出来放在桌面的正前方。他将手放在笔记本封面片刻。笔记本中的内容对他毫无意义，因为其中的内容不能为他提供任何帮助。

"我们的对手在哪？"大卫问。

话音刚落，审判室的后门突然被马克斯的反对派冲开。一个身材矮小的光头男人像鱼雷一样冲了进来，他穿着一套与他身材毫不相称的西装，身后年轻的男律师和一位女律师挣扎着跟随他的脚步。马克斯夸张地摇了摇手指向反方律师示意。较年长的律师向马克斯皱了皱眉，两个年轻律师应暗示也企图做出相同的表情，但不知为何，他们做出的样子看起来很滑稽。

"那不是亚历山大·梅斯吗？"大卫问道。

"正是。"马克斯回答道，被眼前的一幕逗得忍俊不禁。

"上帝啊！他们把刑事官司的头号人物带了过来你一点儿都不吃惊吗？"大卫问道。

"他有什么特殊背景吗？"杰西问道。

"他曾经和国际恐怖组织、家族犯罪团伙以及南美洲的大毒枭在法庭上交过手。"大卫说道。

"现在轮到你了。"马克斯接着说道。

"他们肯定很紧张。"克丽丝说。

"或者，可能性更大的是，"马克斯说道，"他们认为我们这些无名鼠辈根本不值一提，想当众羞辱我们一番以此警戒他人。一定要防备他刺激观众席的疯人们上演《威鲸闯天关》的把戏。梅斯可能会有更大的政治企图，我想他一定是把你当成了维护法律秩序的枪靶了。"

大卫还没来得及回答，法庭书记员便从法官座椅内侧的门后走了出来，"全体起立！"他喊道。

两位年轻的女性法官助理——看起来像是刚从法律学校毕业——从同一扇门走了进来，她们身后跟着一名拿着速记设备的速记员。随后，法官走了进来。

大卫和马克斯不约而同地向彼此转过头，脸上的表情同样诧异。法官不是爱泼斯坦，甚至不是一位女法官。是阿勒顿，他看起来非常不高兴。实际上，整个法庭上，见到这一幕最兴奋的是梅斯，他向大卫和马克斯龇牙笑了笑。

两位法官助理将纸质材料放在了法官席，然后到陪审团席坐下。法庭书记员坐在法官席下方。手指无比纤长的年轻女速记员将她的速记设备立即放在了席位一旁，位于法官和法庭书记员之间。

在确认了速记员和所有书记员都已各就其位后，阿勒顿坐在了法官席的主位上。"请坐！"他命令道，律师们静静地坐了下去。

"各位，我相信你们已经注意到了，我不是爱泼斯坦法官。很不幸，她昨晚遭遇了一场车祸，臀部骨折，她会离开法庭几个月的时间。作为审判长，她接下来的审判任务将由我接手，因此此次审判将由我负责。对于这个变动，我敢肯定没有一个人会比我难过。但无论如何，请大家既来之，则安之。"阿勒顿对律师们说。

"这样我们就可以听见你们在此案中优美的语音了，你说对吗，德莱尔先生？"阿勒顿问道。

马克斯站起身来，"能来到您的审判室我倍感荣幸，法官大人。"声音中毫无讽刺迹象。

阿勒顿动作很大地将手伸进裤子口袋中拿出钱包，"谢天谢地，我没有把它弄丢。"梅斯对此发出的大笑声远超出了应有的分贝。

马克斯若无其事地继续道，"但在这个案件中，我无权发言。"

"我听说圣诞节已经结束了。"阿勒顿对梅斯说，声音中带着愉悦。

"这些都要从录像中剪下去吗？"法庭记者问道，说话时甚至没有将头抬起。

"不用了，"阿勒顿直视着马克斯说，"都记录下来。"阿勒顿从他面前的文件中拿起一张纸。"我在为被告律师酝酿情感提供些时间。你先开始吧，克尔顿先生。"

大卫站起身来，"我们要求法庭能在审判期间要求政府释放黑猩猩辛迪，并将其带到现场。卡西迪博士被控告偷盗政府财产。但我们深信，有证据可以证明她曾经的行为是在拯救一个生命——在公认的必要辩护的应用中，无论从哪点出发，一个生命都是值得保护的。在此前提下，我希望陪审团的成员们能够亲眼看一看这只黑猩猩的行为能力。这将证实卡西迪博士的判断，关于……"

"我查询过了，"阿勒顿道，"必要辩护是基于拯救人类的生命之上的。"

梅斯砰的一下像弹簧一样站了起来，"法官阁下，您所说的完全正确。必要辩护只能拯救一个人的生命——是基于人类之上的。如果不属于人类的范畴，则可称之为'事物'。在法律的范畴中，这个实验室中的实验品与一间房屋、一块土地、一个硬币或一把椅子没有任何区别。对一个'事物'的拯救是没有辩护的必要性的。有讨论余地的是能否酌情减轻她的刑事处罚，而不是她是否有罪。"

"尊敬的法官阁下，能够确定的是，"大卫说道，"在法律的范畴中，没有辛迪这样的财产。您一旦了解了这只黑猩猩，您便能够完全理解卡西迪博士的行为，您也会得知她应该被宽恕的原因。至少，您应该允许陪审团的成员考虑一下。"

"以下是我的裁决，"阿勒顿说道，"驳回诉讼律师将实验品带到法庭的诉讼请求。以向陪审团表演些把戏为目的要求政府承担提供其财产的责任毫无意义。"

阿勒顿的裁决让整个法庭嘘声一片，他迅速敲下手旁的木槌。"安静！"阿勒顿喊道，"如果哪位企图藐视法庭，我会将他请出去。"整个法庭立即安静下来。

"我的裁决还没结束，"他说，"我不会要求政府向本庭提供一个实验品，同时我也不会告知辩护律师如何从此点出发对其案件进行辩护。这是一起刑事案件并且砝码很重——此案件最终会涉及卡西迪博士的人身自由。只举一个例子，如果她想用这只黑猩猩来证明自己的工作成果，那在我看来，辩护律师的出发点是正确的，因为这至少与她非法入侵实验室的动机相匹配，也就是说，她的罪行将被定位在一等和二等非法入侵之间。刚刚也谈到了酌情减轻刑事处罚，我会允许陪审团予以考虑。"

"但我不打算触及这只黑猩猩是否不仅仅相当于一把椅子这个问题的边缘，我也不会允许辩护律师在这一点上继续偏离，无论这是否出于被告之口。本庭认为，在法律的范畴中，这只黑猩猩仅仅相当于一把椅子。我会在合适的时候向坐在这个法庭中的陪审团成员澄清这一点。"

"对于任何上诉我都会采取如上裁决，双方若有意见，请适时上诉。"

"法官阁下，关于上诉，"大卫说道，"鉴于您的裁决，我们要求法庭命令 NIS 对辛迪的现状不做出任何调整，到审判结束为止在没有得到法庭命令的前提下不能将其转移。"

"目的是……"阿勒顿问道。

"那样我们就可以根据证据来更新我们的上诉申请，必要的时候我们会要求紧急上诉。从我们的动议书上您会得知，辛迪一旦被转移到一般灵长类动物的种群之中，我们的申请会变得毫无意义。"

"这个要求太无理了！"梅斯说道，"灵长类动物是美国政府的财产。如果我们想，今天就可以转移。"

"关于这个争议，"阿勒顿说道，"本庭有必要对此裁决的上诉问题进行进　步说明。如果由于某种原因将实验样本带入法庭成为恰当之举，将其转移则会带来不便。所以，辩护律师的要求是合理的。但在必要的情况下，本庭不会向政府机关发出命令。所以，NIS 是否同意按照本庭意见对此项财产不作任何调整？”

“我真的不明白我们为什么……”梅斯说道。

“本庭要求政府机关予以配合。”阿勒顿说道。

梅斯叹了口气，而后怒气冲冲地说道，“为了表达对法官阁下的崇敬，我愿意遵从法庭的要求，但只限于案件呈交到陪审团之时。”

“谢谢。既然我们已经完成前期任务，请允许本庭做出声明。我不允许任何人将我的法庭作为满足自己议程的一部分。在此，只有一项议程——本庭的议程。这项议程便是服务于审判的公正性。我不会容忍以满足其他目的而扰乱审判秩序的行为，无论其目的是否合理。清楚了吗，绅士们？”

大卫和梅斯一起回答道，“清楚了，尊敬的法官阁下。”

“好，现在休庭 15 分钟。”

大卫和整个团队走到一起，一逃出记者们的视力范围杰西便开口说道，“到底是什么意思啊？”

“意思是，”马克斯回答道，“目前，你还活着。”

“但他否决了向法庭提供辛迪的请求。”杰西接着说道。

“这是意料之中的，”大卫回答，“提出这个请求只是在审判期间保全辛迪的一个方法。虽然没有通过，但从梅斯的长期目标来看，他代表反方对我们很有利。”

克丽丝点头，“梅斯不会因为这一次审判弄僵自己和阿勒顿的关系。”

“所以，我们第一步已经成功地迈了出去。”杰西说。

“现在说成功还为时尚早，”大卫说，“阿勒顿在必要性辩护这一点上准备得非常充分。无论任何时候当你显露出主观动机时，他一定会切断证据。无论客观与否，辛迪是不同于政府财产的意识体。”

杰西看起来满脸疑惑，“但是陪审团依旧会听我叙述辛迪的行为能力如何，阿勒顿说过了。”

“是的，”大卫回答道，“但是最后，法官会向陪审团澄清这点不足以作为辩护理由。在失去提供法律观点的机会之后，你关于她的证据就会变成无理取闹。"

"那我们该怎么办？"杰西问道。

"我们能做的唯一一件事，"大卫回答道，"就是尽可能清楚地陈述事实，希望这个方法能让你摆脱牢狱之灾。"

"在这种情况下，"马克斯告诉杰西，"我希望你已经为自己准备好了牙刷。"

大卫以前总是和我说，在"审判员的选择"过程中输掉或赢得审判的案件大多被称为"案中案"。这一次，在阿勒顿法官和律师们的问讯下，"预先甄别陪审员"的过程只持续了两个多小时。最后，嵌板上出现了三位女陪审员、三位男陪审员和一名女替补人员的名字。

在简短的休庭期间，马克斯告诉大卫，"陪审团的情况很好，但我本想踢掉最后那个人。"

"最后那个人，肥头肥脑的六号陪审员，是纽约一家简报的摄制部主任，他爬到了今天的席位全仰仗着自己的背景。他在大学时是足球特招生，有过两次婚姻经历，没有孩子，没有宠物。即使我都判断得出来，他今天很不想来到这里。"

大卫耸耸肩，"问题在于他会站在谁的一边，是杰西还是起诉杰西的政府部门。"

"还有，平衡我们在陪审团中的形势，我们还需要一个站到我们这一边，"克丽丝说道，"对于一号陪审员和二号陪审员，我们占据绝对优势。"

一号陪审员，单身女性，37岁，教师，拥有两只宠物猫。二号陪审员，43岁，女护士，两个学龄儿童的母亲，丈夫是一名儿科医师。

"但愿，"马克斯说，"她们立场坚定，不会被六号陪审员动摇。"

"让我们看看他们让哪位成为首席陪审员，"克丽丝说道，"如果是六号陪审员，那就意味着他很可能成为陪审团的导向。"

当陪审团成员重新回到法庭，他们得出了答案。

"狗屎。"大卫抱怨道。六号陪审员坐到了陪审席首位，这就意味着他被其他陪审团成员推荐成为了首席陪审员，他将对陪审团成员的思维起到导向性作用。

"现在谁也无法改变了。"马克斯低声说道。

"只要我们及时沟通就没问题。"克丽丝鼓励道。

所有人各就其位，片刻后阿勒顿走进了审判室。"全体起立！"整个法庭安静了下来。"接下来我们将听到的是首轮陈词，首先由原告陈词，然后由被告陈词。在此提醒大家，首轮陈词并非是罗列证据的环节，只有在某一方意图证明某段阐述时才可提供证据。"阿勒顿对陪审团说道。

梅斯走过律师席和陪审席之间的距离，而后在正对着陪审团的地方停了下来。

当梅斯开口讲话时，他的声音低沉，"陪审团中的女士们，先生们，我的名字叫亚历山大·梅斯，我代表的是美利坚合众国的人民。"梅斯在说话时似乎在想象着美国的国旗就在他身后摇摆。他骄傲、自大、自以为是。

"简而言之，我代表的是你们——以及每一位守法公民。我代表法律，代表你们选出的保护你们、你们的家人和你们祖国的立法者们。我的职责是拥护法律并确保它的实施，这也正是在你们执行诉讼程序时我对你们的渴望——正如法官阁下将会向你们解释的，请拥护并确保已制定的法律的实施。

"有时需要我们去实施的法律很复杂，需要专家证言来解释案件的时间、地点以及人物。然而今天，我的工作非常简单。我的职责就是实施法律中的一个款项，一个幼儿园的孩子都明白的道理——你不能拿走不属于你自己的东西。

"在此案中，被告简·卡西迪博士非法入侵政府机关大楼并蓄意偷盗美国政府财产。有证人可以证明卡西迪博士趁着夜色非法闯入了由她前任上司主管的实验室，并攫取了政府财产。然后，手中拿着赃物跑出了实验室。在距离围墙仅仅几英尺之遥准备回到车中时，她被两名保安人员发现了。在她被捕时，她仍然手持政府财产，即使到被捕之时她依然拒绝将其奉还。"

这时，梅斯径直向首席陪审员看去，"她在知情的情况下攫取了不属于自己的财产。"

梅斯后退几步而后突然停下。"财产，"他说道，"我们都拥有不同形式的财产。我们的房子、汽车、电视机或者电脑。我们都在与他人财产有着密切联系的环境下工作。或许这些财产属于你的共事者，或许属于你的雇用者。

"我们对自己财产的合法占有权让我们不惧怕，不惧怕会有人因为他们更加强壮、更加聪明或者更加老奸巨猾而将我们的财产夺走，我们也不用担心当我们身在这法庭之上时是否会有人破门进入我们的家中攫取我们的财产——因为在这样做之前他们至少会考虑，如果他们被发现并被宣判有罪时将会遭受难以避免的牢狱之灾。

"卡西迪博士偷取了属于他人的财产，并且她清楚地知道那财产属于他人。是的，陪审席的女士们，先生们，这个案件很明了。以上便是这个故事的开头、中间和悲剧的结尾。这也是你们必须就她治罪的原因。

"请允许我为大家敲响警钟。大家将会在被告的口中听到，这个财产与电视机或者电脑有何不同。这是事实。这个财产是科研财产，一只被卡西迪博士投入实验四年之久的黑猩猩。在此期间，卡西迪博士从政府部门的科研机构领得了不薄的薪酬，同时她也欣然接受了所有的赔偿金和科研经费。最后，卡西迪博士花完了在政府机关的所有时光，也是时候给其他人一点机会去享受这个职位所带来的一切了。这就是我们在幼儿园学过的另一条规则——分享。

"卡西迪博士对这个决定并不买账，但是谁又会责备她呢？谁会想离开政府温暖的怀抱被迫到充满竞争的私营部门去工作呢？没有朝九晚五，没有科研伙伴对你的一举一动的响应。她对这个决定如此反感，以至于最后她竟然决定对自己的雇用者实施盗窃。

"现在，被告可能会以有关这只黑猩猩的催人泪下的奇闻异事来动摇你们的立场，并希望你们能够认定她的行径是事出有因且情有可原的。但请不要被这些故事动摇，请不要被人利用。

"黑猩猩是一种神奇的生物。它们的行为有时会让人惊讶。大家稍后可能会听到对这只黑猩猩的行为能力的叙述，听过了故事大家肯定会大吃一惊。但是，至少有一件事它无法完成，它无法改变自己在法律范畴之内的定义。它是一种财产，并且必须只是一种财产，因为在法律范畴中唯一不能被定义为财产的是人类，如同你和我。而且有一点十分确定，无论它能表演怎样的把戏，它不属于人类的范畴。没有人可以非法入侵他人家中——或者公司——盗取他人财产，无论这个人对其财产如何垂涎，无论他多么自以为是地认为自己可以证明出财产的其他属性。

"你们之中有人在家中饲养宠物，并对它们喜爱有加，我也一样。现在，我请你们立即考虑一个问题，如果有人闯入你们家中偷走了你们的小狗或小猫，原因只是他们知道自己比你们更加适合做主人，你们会作何感想？当你们今天带着见到爱宠的希望回到家中却发现它们被别人偷走了，你们又会作何感想？"

梅斯停下脚步，让每个陪审团的成员思考片刻。有的陪审员动了动椅子，显然对他们脑中所设想的画面感到很不舒服。

"现在，当听到被告的证词时，请记住这一点。谢谢。"

梅斯回到了自己的座位上，陪审员们还没有来得及进一步思考，大卫站了起来。大卫脸上带着男孩子气的笑容向陪审席走去，我最喜欢的就是他那笑容。

"陪审席的女士们，先生们，我的名字叫大卫·克尔顿。我代表的是梅斯刚刚向你们描述过的那位穷凶极恶的罪犯。就是她，"大卫说着，指向安静地坐在那里的杰西，她双手折叠于膝上，"在那边，别担心，女士们，先生们，"大卫边说边发出咯咯笑声，"如果她动一下，那些陆军高级军官们就会得到开枪的命令。"一号陪审员和二号陪审员向大卫露出了微笑。

"我想，梅斯先生今天进错了法庭。他对大家陈述的案件并非是我们今天要处理的这桩。现在，请允许我向大家稍微陈述一下今天的案件。这个法庭之中确实有罪犯——但不是卡西迪博士。应该被称为罪犯的，是折磨那些有思想、有感觉、有意识的生物的人，是那些企图让其他人在无休止的流血和尖叫声中依然不知情地安然端坐的人。

"卡西迪博士是一位世界闻名的——是的，她享有国际盛誉——科学家。她的专攻领域是不同的物种之间的关系——即物种与物种是如何相似、如何相异的，为什么一些生物具备学习语言的能力，而一些则不具备，以及这些现象是如何贯穿整个历史时期的。她著作等身，一个大书箱也放不下她的所有学术专著。她曾在普林斯顿大学、哈佛大学、加利福尼亚大学洛杉矶分校以及国家西北部做过多场学术演讲。当你最终亲眼看见她时，你会不自主地将她定义为你所见过的最富慈悲情怀的人。

"四年前，卡西迪博士遇见了辛迪。当他们最初见面时，辛迪还是一个婴儿，还没有断奶的辛迪就被人丢弃到了一个既寒冷又黑暗的地方。卡西迪博士从辛迪还是一个婴儿的时候便开始与她生活在一起了，为她换尿布，摇晃着、哼唱着让她入眠，一起走路时牵着她的小手。她倾听着辛迪的每一句话,应和着辛迪的每一声召唤，当辛迪说自己饿了的时候喂给她食物，当辛迪无助地哀号时向她伸出双手。

"当辛迪的世界里唯一一个和蔼可亲的人被美国政府全副武装的保安从她身边夺走时，她发出了撕心裂肺的哀号。我敢说，这是出于爱。

"是的，女士们，先生们，辛迪并不是人类，她是一只黑猩猩。但她能够像我们四岁的孩子一样使用我们的语言。大家稍后会听到结论性的科学证据，卡西迪博士和其他科学家已经逾越了迄今为止人类和其最直近亲属的历史性鸿沟——沟通的障碍。

"看见一只黑猩猩能使用我们的语言与我们进行交流是一件多么不可思议的事情啊。在这个案件中，无论产生什么其他状况，我希望你会同意这一点。

"当然，智慧的人们，"说到这里，大卫的语音戛然而止，他看着梅斯，"知道这一天终将来临，当我们足够了解自然界，我们便能够诠释这两个物种之间的障碍，在这一进程之中我们会更清楚地知道这一切该如何定义。卡西迪博士曾身处这一理念的最前沿。她不是罪犯。"

大卫踱过陪审席，给坐在其中的七位陪审员一个机会去琢磨他刚刚所说的话。

"我们为什么要来到这里？你们又是如何从工作岗位上被请到这里的？你们的日程表上有倾听政府机关证明卡西迪博士是一个罪犯的任务吗？实际上，这个故事是一个悲剧。

"四年后，政府决定结束卡西迪博士在其供奉之下的科研生涯，是的，这是他们的权力。他们想夺取她四年以来为之呕心沥血的科研成果。但即使是这件事也不是今天让我们相聚在此的原因。

"政府决定将辛迪，将那个拥有相当于四岁女孩语言技能的生物从她熟知的世界中驱赶出去，并将她释放回用于做各种侵染性实验的一般灵长类动物种群中。她可能会被感染艾滋病病毒、肝炎病毒或者被强迫投入到不提供术后止痛药物的外科手术的实验中——观看一次实验性手术，我向你们肯定，你们会在接下来的几个星期噩梦不断。

"卡西迪博士不允许有这样的惨剧发生，尤其是当涉及到这个自己从婴儿时期便开始抚养的生命的时候……这个能够叫出她的名字，甚至可能到现在还在等待着她的归去和援救的生命。

"卡西迪博士并非没有尝试其他途径，她试图'购买'辛迪，但政府说了'不可能'。毫不夸张，她用尽了一切办法只为拯救这只年轻的雌性黑猩猩的生命。而政府再次说'不可能'。然后，她只好试图解救辛迪使其免遭厄运的折磨，所以我们来到了这里。

"政府势必向大家阐明的一点是，卡西迪博士蓄意偷盗政府财产的动机成立。但接下来的证据可以证明，她唯一的动机便是从几乎必然的死亡之中拯救一只名叫辛迪的黑猩猩。这就是你们不应该为她定罪的原因。

"所以，现在请允许我对你们的关注表示感激，让我用梅斯先生结尾的方式为我的陈词告一段落。请把辛迪当成你们家中的小猫或者小狗。"

大卫逆着每一位陪审员的眼神望过去，而后继续道，"想象着你已经用自己的生命养育了这只动物四年，当你的家被人抢夺，然后那个人告诉你必须把这动物留下，留在你被驱逐而出的房子中。然后你得知你的爱宠会被投入到令它痛苦不堪的实验中了结余生。现在，请最后想象一下，这个生物根本就不是小猫、小狗，而是一个能够像你四岁的女儿一样与你沟通，具有同样的行为、思考和感知能力的孩子。

"如果这个人是你，你会允许这一切发生在她身上吗？你会怎么做？"大卫的声音如此低沉，以至于就座在陪审席的陪审员们都要前倾着身子听他诉说。

"她应该被定义为财产吗？也许如此。但那完全是法律强加在她身上的镣铐。但你可以看到，这种法律定位丝毫没有束缚卡西迪博士的内心。而今天，它同样也不应该成为你们心中的桎梏。

"俗话说得好——历史已向我们证明——让邪恶压倒正义成为必然的唯一原因是善意的男人和女人对此袖手旁观。请不要让错误的事物获胜。请不要袖手旁观。用你们的声音唤回卡西迪博士的自由吧！"

大卫结束了他的首轮陈词，向陪审席点了点头，而后迅速回到自己的座位上。观众席再次传来嗡嗡声，但这声音很快被阿勒顿的木槌镇压回去。

阿勒顿，脸上依旧没有任何表情，说道，"午餐时间过后，我们会迎来第一位证人。"然后他向陪审团成员转过头，"我提醒你们，到现在为止你们还没有看到一丝证据。你们不要相互讨论或者和他人讨论有关这个案件的任何事情。当到了该你们商议的时候，我会让你们知道。"

陪审团成员和阿勒顿法官一离开坐席，大卫便对马克斯、克丽丝以及丹尼尔的赞扬露出了微笑。而后杰西向他走来，"谢谢你。"她说道。

"这是简单的部分。"大卫对她说道。

　　杰西斜过身子蹭到大卫耳边，"我想海伦娜一定会为你感到骄傲。"那声音小到只有大卫一人听得到。

　　"希望如此。"大卫对她说，而后走出了审判室。

　　骄傲？我想我还没赢得具有感觉骄傲的权力，但我却是发自内心的感激。

U N S A I D
审判进行

午餐休息过后，政府一方展开了对杰西的攻势。证据——正如梅斯承诺的——很直接。被辛迪咬过的那位保安直接说出了构成杰西犯罪行为的全部证据——杰西入侵到曾经属于她的实验室，将实验品黑猩猩偷出，在被捕时她正企图将黑猩猩装入车中。不到一小时的时间他们便用法律为杰西量身定做出了一个牢笼。

证人刚结束证词大卫便站起身来开始问讯。

"你看见卡西迪博士手持实验样本向围墙跑去了吗？"大卫问。

"是的。"

"实验样本是一只黑猩猩，对吗？"

"据我所见，是的，先生。"

"那你当时认为发生了什么事？"

"我不明白你的问题。"

"你知道那位女子是卡西迪博士，对吗？你以前见过她吗？与她一起共事过吗？"

"是的。"

"那么，你认为在整个过程中黑猩猩都在睡觉吗？你不是经常看见黑猩猩处于这种状态吧？"

"抗议！"梅斯喊道。

法官席传来咯咯的笑声，随即就停了下来。

"我收回刚刚的问题，尊敬的法官阁下。"大卫说道。

"好想法。"阿勒顿冷冷扫了大卫一眼示意他不要再"胡乱开枪"。

"当你让卡西迪博士将实验样本放到地上时，我想，实验样本在挣脱她的束缚的那一瞬间一定是跑掉了，对吗？"

"严格来说，没有。"

"'严格来说'是什么意思？"

"就是，黑猩猩一直停在她身边。"

"不仅仅是停在了她身边，实际上是紧紧贴着卡西迪博士，对吗？"大卫问道，音调逐渐升高。

"是的，我想……是的。"

"当你用武器指着卡西迪博士的时候，她面向地面，而这只黑猩猩却主动向上抱着她，对吗？"

"正如我所说的，是的。"

"当你试图将黑猩猩从卡西迪博士身上抢下的时候，黑猩猩咬了你，是吗？"

"是的。"

"黑猩猩在保护卡西迪博士以免被你攻击，对吗？"

"我判断不出黑猩猩的心理活动，先生。"

"你看得懂美国手语吗？"

"我看不懂。"

"那太可惜了，如果你会美国手语，你可能会向这个实验样本问同样的问题。"

"抗议！"梅斯再次大喊。

"抗议无效。"阿勒顿裁决道。

大卫向律师席走去，但是在中途突然停了下来，似乎忘了什么事，"最后一个问题。卡西迪博士戴着手铐被带走，最后你将黑猩猩强行从她身上拉下来之后，这时黑猩猩有没有什么举动？"

"黑猩猩看起来非常恼火。"

"你能描述一下她当时的举动吗？"

保安思考了片刻，"黑猩猩大声尖叫，向卡西迪博士的方向挣脱。"

"像一个小女孩被人从她母亲身边夺走一样，是吗？"

保安低头看着鞋子，故意避开大卫的眼神。这个举动对大卫来说已经完全是一个令人满意的答复。"没有其他问题了。"

保安离开审判室，梅斯便站起身来，"政府认为控告卡西迪博士的刑事犯罪证据都已被证实。我们相信这些犯罪证据毫无争议，现在能够左右的不再是被告是否有罪，而是酌情为其减刑的问题。相应地，我方暂不追究其他行为的法律责任，但是当辩护律师出示减刑证据时，我方保留出具证人的权利。"

"很好。梅斯先生，克尔顿先生，请起立。"

当大卫从座位上站起时，法庭中的所有目光都聚焦在他一个人的身上，大卫的声音清澈而响亮，"辩护律师要求简·卡西迪博士入席。"

杰西来到法庭前方，走上了紧挨着法官席的席位。"不到宣誓完毕请不要就座。"阿勒顿说道。

法庭书记员手中拿着一本破旧的《圣经》走了过来。"请举起手。"书记员将《圣经》放到律师席凌乱的桌面上之后说道，声音压过了观众席传来的兴奋的吱吱声。

阿勒顿叫停书记员，"等一下，贝大。"随后他非常严肃地转回头，向整个审判室中的人说道，"我只强调一次，宣誓时要格外庄重。因宣誓期间的过分行为而获刑的大有人在。它象征着一个国家对法律和正义的经营。宣誓时保持冷静是对你们最起码的要求。冷静意味着在宣誓期间不许大声喧哗、不许窃窃私语、不许站立也不许去洗手间。我要求本庭中的宣誓要在绝对的安静中完成。如果有哪位不清楚，可以立即离开法庭。"说完，阿勒顿等待了片刻，看看是否有人起身离开。然后他向书记员点了点头，"好了，贝夫，继续。"

杰西将一只手放在《圣经》封面上，另一只手随书记员的手一起举起，"你是否愿意向上帝起誓你将陈述的全部为事实？"

"我愿意。"杰西说道。

"请坐，为法庭记录员拼写出你的名字，"法庭书记员命令道，"早上好。作为开始，我想让全法庭的人了解一下你的背景。"

随后大卫和杰西便开始了这几天来他们已经排练了很多次的"Q&A"或者叫做

"问与答"环节。

杰西努力地和陪审团成员们获取目光交流，首先道出了她足以给所有人留下深刻印象的学术成果，随后便是她作为康奈尔大学和图福斯特大学的专职研究员，以及比较人类学家国际协会的成员之一的任职经历。

"你拥有比较人类学博士学位？"

"是的。"

"你能解释一下这个领域的具体科研方向吗？"

"人类学基本上是对人类如何进化以及如何演变成现在的人类进行研究。而比较人类学研究的则是不同的物种是如何进化的，他们的进化是如何相关以及如何不相关的，正如我们今天的案件可能会涉及到的。简言之，为什么人类是人类而黑猩猩是黑猩猩？我们之间究竟有没有联系，如果有联系，是怎样联系到一起的？"

"对于人类和黑猩猩之间的关系你是怎样理解的？"

梅斯站起身来，"反对。"

"去过道商议，法官阁下？"大卫问道，阿勒顿点头。

大卫和梅斯随阿勒顿起身走到了法庭前方的过道，从而走出了陪审团的听力范围。他们说话声音极小。

"这正是您的裁决，法官阁下，"梅斯小声说道，"正是那个谬论——偷盗的财产不属于财产。"

阿勒顿转向大卫寻求答复。"没有任何关系，"大卫回答，"上面的陈述已经将卡西迪博士描绘成了一个疯狂的盗贼。在这个背景下陪审团有权听一听她的工作情况和个人处事原则。您在裁决中已经解释过，这种提问方式是可行的，这可以联系到她的动机。"大卫怂恿道。

阿勒顿摸了摸下巴。"好吧，我允许你稍有偏差，"他对大卫说道，"但是不要过度。你最好将这点和动机捆绑在一起，现在回去吧。"

他们回到了原位。从大卫的表情上我可以看得出，他走赢了一步险棋。

"已通过裁决，"为了便于记录，阿勒顿按照程序说道，"你可以继续回答了。"

"我是一个受过正规教育的进化论者，"杰西说道，"达尔文认为所有物种都是有内在联系的，只是逆着进化树你能追溯多远的问题。"

"如何内在联系的？"

"一种途径是观察基因中——DNA 的协作单位——我们共有的部分。越接近的物种沿着不同的方向演化的时间越少，这就意味着他们基因间的差异性越小。从进化学的角度出发，两个物种越接近，他们的遗传物质越相似。"

"有人做过人类遗传物质和黑猩猩遗传物质的对比吗？"

"是的，但并不是在最近做的这项对比。黑猩猩和人类的 DNA 的相似程度出乎所有人的意料。人类和黑猩猩的细胞内部的 DNA 的重合率超出了 99.5%。"

"有很多人和我一样不懂科学，DNA 的重合率超出了 99.5% 意味着什么？"

"简单地说，从 DNA 的角度出发，人类与黑猩猩的相似程度远超过仓鼠与家鼠的相似程度。一只黑猩猩与人类的共有 DNA 比它的另一个最近亲属大猩猩的共有 DNA 还要多。黑猩猩与倭黑猩猩是尚存于世的物种中人类最近的亲属。你通过观察它们也可以发现这一点：除了它们身上较为夸张的部分和毛发，它们的躯体与人类的惊人地相似。黑猩猩敏捷的双手与猿类或其他生物大不相同，但与我们的却很相似。它们的面部极富表现性，它们的表情让我们格外熟悉。"

"仅仅在肖像方面有点相似吗？"

"黑猩猩的行为与人类也非常相似。仅在 40 年前，简·吉多尔告知整个世界，野生黑猩猩使用工具。现在我们不仅知道它们使用工具，我们还了解，它们会使用工具去制作其他工具，同样，它们训练自己的孩子如何制造工具。它们拥有复杂的社会阶层。人类学家将这些方面定义为'文化'。研究表明它们通过非常具体的方式将这种文化传承给子孙后代。"

阿勒顿清了清嗓子，做出即将发言的架势——一个很明显的暗示，暗示大卫继续说下去，否则法官将用命令的形式让大卫继续。

看了法官一眼，大卫继续道，"那这些与你的工作是如何联系到一起的呢？"

"我的工作是语言获取。语言一直以来都是将我们和其他物种分割开来的重要依据。我们拥有语言，其他物种则没有。根据历史事实分析，语言是感觉性的反应。"

"那么……"大卫将杰西引入了下一主题。

"所以我开始了一项研究，即只有人类能够获取语言的假定是否正确。就是在那时我得到了 CAPS（高级灵长类动物研究中心）的专项科研资金。"

"你是如何开始对这个假设的测验的？"

"坦白地说，是在巨大的困难之下开始的。与在黑猩猩面前放置一个话筒然后开始和它对话的方式完全不同。黑猩猩和倭黑猩猩不能像你我一样讲话，因为它们不具备发声器官。"

"那为何没有成为整个故事的尾声？"大卫继续问道。

"你混淆了'不能说'和'不能表达'这两个概念，"杰西说道，"黑猩猩不能说话，但并不意味着它们不能表达。以说话的方式来表达思想的能力与获取和运用语言的能力并不相同。我们知道这是一个科学的事实，因为通过说话的方式运用语言是在处于相对近期的原始人类对语言的发展。在我们今天所了解的人类控制语言发展的基因中，黑猩猩拥有其99.72%。从进化论的角度出发，它们与'讲话'之间只有一线之差。而在研究视角中的真正问题则在于如何在'黑猩猩如何表达'与'人类如何倾听'间搭建桥梁。"

"你是如何计划着搭建这中间桥梁的？"

"我们以一个假定开了这座桥梁的搭建，即假定沟通仅仅是对接收者有意义的信息转移方式。语言是一种运用象征方法的沟通方式。沟通是一只动物随时随地做出有目的性的行为，而另一只动物感知并回应的过程。但是每当涉及到语言时，人类总是沉迷在难以置信的自我陶醉中。我们总是认为自己的方式是最好的，因为毫不夸张，我们手中握有笼子的钥匙，我们的方式是唯一应该起主导作用的方式。所以我们理所应当地认为自己应该寻找的沟通方式与其捕获者的沟通方式必然相同。"

"反对！"梅斯喊道。

"反对无效。"阿勒顿毫无停顿地回应道。"卡西迪博士，"阿勒顿继续道，"希望你能够在这个诉讼环节中对你的律师只陈述事实，请撇开辩护性以及评论性的陈述。"

"是，法官大人。"杰西冷静地答道。

"能描述一下你的方法吗？"大卫问。

"我们从之前有关黑猩猩沟通方式的研究中学到了很多方法——既包括奏效的方法，也包括行不通的方法。"

"当我们开始进行研究时，我们找到了尚处于婴儿时期的辛迪。从第一天开始，我们就将她当成了拥有自我意识的婴儿看待，我们假设她能够自主沟通以及运用语言，到最后……"说到这里，杰西挣扎着让自己平静下来，"她成了我自己的孩子一样。"

"你是用什么方法尝试着教导辛迪的？"大卫问道。

"首先，我不同意用'教导'这个词。我们所做的并不是教导——我们只不过是像父母一样试图将这个黑猩猩婴儿培养成人类的婴儿。我们犹如盼望着她能够沟通一样，一切基于此。"

然后杰西讲述了辛迪学说话的过程中他们所做的谨小慎微的每一步：将物体转变成符号；将符号转化到电子键盘上，以此为基础，辛迪开始了学习美国手语的过程。

"美国手语一直是黑猩猩学习语言过程中最大的绊脚石，"杰西解释道，"黑猩猩的手惊人灵活，但它并不是为美国手语的动作与动作间细微的差别而生。幸运的是，在过去的五年时间里，计算机模拟技术的发展非常迅速。我指定了弗兰克·华莱士作为我的研究助理，那时他正在一个叫做'电脑辅助语言学'的新领域中攻读他的博士学位。"

"什么是'电脑辅助语言学'？"

"简单地说，它是为有语言障碍的人增强语言能力而研发计算机模拟装置的理论。例如，一个中风患者想要说'给我一个苹果'，在体能允许的范围内他只能说出几个音节。通过绘出这个个体的具体语音损伤图并将其输入模型我们就可以将他想说的和他能说的部分桥接起来。这叫做'间质性语言编程'或者叫'ILP'。是的，的确有点拗口。"

杰西停了下来，拿起她身前的水杯呷了一口。"通过处理她的手和人类的手之间的桥接问题，我们成功地为辛迪修整了 ILP。我们有了可以将 ILP 投入到其他环节包括发声装置的独立运作之中的想法时，一切开始变得明朗了。我们运行一个人手的计算机模拟装置，然后再叠加一个辛迪的手的计算机模拟装置，然后将这两个装置输入 ILP 来填补它们之间的不同。"

"接下来你们怎么做的？"

"我们为辛迪剪裁了一双手套，然后通过 ILP 在上面布置了线路。"

"能给我们举一个例子吗？"

"就拿'play'这个单词的手势举例。做出两个'p'的手势——将大拇指的尖端放到食指的中间——然后将这个'p'前后摇动。"杰西在证人席为法官展示。"因为辛迪的大拇指和其他手指的关系，如果她想要做出这个手势，看起来就会像这样，"杰西又做出另一个手势，很明显，这两个手势大不相同，"她可以做出'play'的手势，但她也能做出任意数量的其他词语的手势。当我们为她戴上手套时，也就填补上了生理学上的不同，从而我们就会得知实际上她想做的手势是'play'。我们再利用ASL翻译程序对其进行破译，辛迪的手语便被转化成了英文单词，最后单词会出现在电脑屏幕上。"

"整个过程的实施一共花了多长时间？"

"两个年头夜以继日的工作，包括了所有白天、黑夜以及双休日。在接下来的两年里我们紧锣密鼓地结合了词汇学和ASL，让辛迪掌握了这种语言。"

"你认为你们成功地让辛迪掌握并运用语言了吗？"大卫问道。

"毫无疑问，这点我们做到了。"

"你对辛迪进行过独立测验吗？"大卫问道。

"是的。在项目被终止之前，我们为辛迪在康奈尔大学的语言学院进行了认知年龄等同性测验。"

"你所谓的认知年龄等同性是什么意思？"

"和字面意思一样。对主体的语言获取能力和运用能力进行评估，主体的语言水平是通过将其结果与其他不同年龄段的群体测试结果进行对比来定位的。"

大卫从文件夹中拿出一份文件，为其画上展览标记。他将副本递给梅斯一份，法庭书记员一份，杰西一份。

"在康奈尔大学的测试最后得出了怎样的结果？"大卫问道。

"当项目被终止时，辛迪四岁零八个月，具有了相当于四岁孩子的意识。"

惊讶的嘘叹声一时间充满整个法庭。阿勒顿不厌其烦地再次敲响木槌，"好了，请安静。"

大卫等到整个法庭安静了下来，确定阿勒顿法官已经将注意力转移他的身上时，"你能解释一下这个结果意味着什么吗？"

杰西深深地吸了一口气，而后转身使自己正对着阿勒顿的方向，"在通过人类的检测以及和人类的对比之后，这个结果意味着辛迪已经具备了四岁儿童的语言能力。"

这一次，观众席低沉的嗡嗡声迅速演变成了回荡在整个法庭的议论声。为了维持法庭秩序，阿勒顿接连敲了几下木槌。

大卫转向克丽丝，说道，"把 CD 给我。"

克丽丝拿出一个四方形的白色小信封递给了大卫。大卫顺势将信封递给了法庭书记员，书记员将其放入了法庭前端的一个小型的电脑（也可能是放映机）中。法庭书记员将遥控器递给了大卫。梅斯注视着大卫的每一个举动，等待着正确的时机发起抗议。

"卡西迪医生，你对自己与辛迪一起工作的经历有影像记录吗？"

"哦，有，不计其数。"

"这些记录在哪里？"

"我不知道。我曾经想自己保留几个碟盘，但主任杰尼克忠告我说那些是 NIS 的财产。"梅斯在律师席的忙碌景象引起了大家的注意。

"你有目前尚未被 NIS 掌握的有关辛迪的影像资料吗？"

"我存起了几个文档，在发邮件时我向自己的地址转发过几份。"

梅斯站了起来，"我方恢复对这项证据的异议，尊敬的法官阁下。不仅此项证据与本案无关，在卡西迪博士就职于 CAPS 期间她本人或其同事掌握的任何形式的记录都属于 NIS 的财产，在卡西迪博士离职之前都应交还 NIS。我们不能……"

"尊敬的法官阁下，这种说法是不恰当的，"大卫反对道，"您已经裁决这些是可以……"

"驳回梅斯先生的请求，"阿勒顿甚至没有等到大卫的回答便说道，"请继续，克尔顿先生。"

"谢谢法官阁下。"大卫按下了遥控器上的按键，法庭书记员桌旁巨大的宽屏显示器打开了。

几秒钟过去了，屏幕上无任何影像。大卫按下了遥控器上的另一个按键，但屏幕之上依旧一片空白。法庭书记员走过去帮忙，但显示器仍然没有反应。陪审员们挪动座椅——那是心急的声音——没有什么比这一刻的等待更难以忍受的了。

"今天早晨还能正常运转呢。"大卫对阿勒顿说道。

"播放另一个副本试一试？"阿勒顿主动说。

"请稍等片刻。"大卫回答道，向克丽丝走去。

她递给了大卫另一张碟盘。"这是原件，"她小声说，"我只看了我们要用的部分。整个进程时长将近一个小时，所以，你要适当剪掉一些。"

大卫将第二张碟片递给书记员，屏住了呼吸。影像立即出现在屏幕上——辛迪正在立方体中戴着手套操控她放于膝上的键盘，在辛迪身前的杰西同样操控着键盘，巨大的显示屏位于其侧。

大卫总是说，最好的法庭证人讲述的是一个故事。但他也知道，无论这个证人多么优秀，无论他（她）准备得多么充分，无论他（她）讲述的故事多么生动有趣，这一切都无法超越一张照片的价值。这就是人类语言的局限性。

大卫按下暂停键，"你能告诉我们正在播放的是什么内容吗，卡西迪博士？"

"这里是我们使用四年的 CAPS 主实验室。那个人是我。"杰西的声音中透着幽默，"正如你所看见的，辛迪正戴着我们讨论过的那双手套，膝盖上是我们为她设计的键盘。"

在屏幕中，辛迪边认真地看着杰西的手势边回应。"牛奶在哪，辛迪？"杰西问道。辛迪看着屏幕，停顿了片刻，然后扬起嘴唇像在傻笑一样。她在键盘上按下了几个键，然后做出手势。"在牛的身体里。"杰西身旁硕大的电脑屏幕上显示道。顷刻间，法庭中充满了笑声，连阿勒顿也露出了笑容。

大卫按下暂停键，"你能向我们解释一下我们所看到的整个过程吗？"

"这是典型的沟通—观察—回应的连续过程。我向辛迪做出手势提问，辛迪观察我的手势，思考答案，然后用键盘和手套作为表达手段做出了回应。辛迪的回应是通过我刚刚解释过的程序翻译过来的，随后显示在了电脑屏幕上。你会注意到辛迪的玩笑话。我们发现，实际上她是有幽默感的，通过语言，她也能感知到幽默的事物——至少与我和我侄女相处的经历相比是这样的——这正是从一个四岁小女孩的身上应该体现出来的东西。"

大卫按下遥控器上的播放键。回到录像，杰西做手势说道，"有趣，太有趣了。但是，真正的答案应该是什么呢？"

辛迪的答案出现在了屏幕上，"在冰箱的瓶子里。"

杰西用手势说道，"太棒了，辛迪。冰箱在哪？"

辛迪按下键盘上的按钮，"厨房"两个大字出现在了杰西面前的电脑屏幕上。

"冰箱是什么颜色的？"杰西做出手势提问道。

辛迪做出"遗忘"的美国手语手势，她伸出一只手做出假装从头脑中向外面倒东西的动作。即使在"我忘了"这三个字出现在电脑屏幕之前，人们也判断得出这个手势的准确性。

"再想想。"杰西边说边做手势。

辛迪做出手势，屏幕上显示"像月亮的颜色"。

"太棒了，辛迪。"杰西在录像中说道。

大卫再一次按下暂停键，"这是什么意思？"

"那是辛迪说'银色'的方式。颜色比我们想象得要抽象。"

录像跳到了另一部分。辛迪做手势，杰西的电脑屏幕上显示"弗兰克在哪"。

杰西边做手语边说道，"今天弗兰克生病了。"辛迪将头埋到胸前以示回应。"怎么了，辛迪？"杰西边问边做手势。

辛迪抬起头看着杰西，那眼神中映射出的悲伤我再熟悉不过。辛迪将一根手指放到眼睛下面——在 ASL 中的意思是"哭泣"，然后她用双手做出另一个手势。杰西似乎有些疑惑，然后看了看屏幕。屏幕上显示出了一个问题，"弗兰克会向迈克尔一样离开我们吗？"

大卫按下暂停键，"迈克尔是谁？"

"他是 CAPS 中另一个 NIS 的黑猩猩，曾陪辛迪一起玩耍过。他被感染了 B 型肝炎病毒，几个月后死于肝炎。"

杰西耸肩道，"我是说，想象一下那一瞬间，如果辛迪拥有思考能力，我该怎样才能向她解释得通？我只能告诉她他生病了，睡去了，永远也不会醒了。"杰西嗓音的哽咽惊醒了大卫，他很快按下了播放键。

在录像中，杰西用手势和语言安慰辛迪，"不，不。弗兰克只是有点不舒服。他不会离开我们的。"

辛迪用手势回复杰西，杰西转头看电脑屏幕。"弗兰克没有像迈克尔一样生病我很高兴。"辛迪的一只手悬在半空片刻，如同她正在思考着说些什么。

"你想说什么，辛迪？"杰西做手势问道。

停了几秒钟后，辛迪做手势道，"我会像迈克尔一样生病吗？"

一时间法庭中的忧郁弥漫开来，杰西用手捂住面颊。整个审判室一片静寂。

无论我的老朋友以前做过什么，自她遇见辛迪，你就再也无须问她对这个动物的感情是真是假或是深是浅这类严肃的问题。即使是陪审团中的首席陪审员也被他眼前的这一幕触动了。

在将杰西交予梅斯进行交叉询问之前，为了让她平静下来，大卫停留了片刻。而恰恰在此过程中，他忘了按下暂停键。

碟片上还有其他内容。

我的身影突然出现在了电脑屏幕上。

我几乎忘记了自己曾经的相貌和声音。我想，就应该是录像中的样子吧。我若执意相比，那些只有通过呼吸真实的空气才能给予的深深的、明亮的颜色，才能触碰得到的哪怕能够让我的手指感受到一丝阻力的事物，若相比，我又怎样承受现在的状态？我太想念曾经这一切给予的感觉了。

但尽管如此，我的身影就在屏幕上，我拖着自己与重量脱离的躯体蹒跚向前。

影像中显示的那一天瞬间涌进了我的记忆。那时我刚刚得知自己身患重病，但我依然乐观，因为我相信我们能够攻克疾病，不会留下任何永久性的问题。见到杰西和这个不寻常的名叫辛迪的黑猩猩我非常激动。

那时，我仍然充满希望。正如片中所表现出来的。

"让她走到我这里行吗？"我在录像中说道。

杰西出现在了我的身旁。"我想没问题，把礼物给她。"

我把自己带来的布娃娃送给辛迪。"喜欢吗，辛迪？"我边将布娃娃递给她边做手势问道。她轻轻地将布娃娃从我手中拿走。我们的手触碰到了，仅一秒钟时间。而后辛迪做手势回应。

"谢谢"两字出现在了实验室的屏幕上，随即出现了"你叫什么名字？"

"我的名字叫海伦娜。"我边说边做手势。

辛迪再次做手势，"来和我一起玩"几个字立刻出现在屏幕上。

法庭上，大卫麻木地站在显示屏前，虽说遥控器依然高高地举在手中，但此时却已失去了它的作用。我知道，我并不是唯一一个被这影像从平静的避风港中抛出的人。

"我想。"我看见屏幕上的自己边说边向辛迪做手势。在接下来几秒钟的时间里，我们挤在了立方体附近的一个角落。

"克尔顿先生？"阿勒顿在审判室中安静地问道。沉默是无声的语言，它诠释着此刻法庭之中的悲痛与失落，阿勒顿认识录像中这个女人。对阿勒顿来说，他对大卫卷入此次审判的不解已经一目了然。"你还有其他内容向我们展示吗？"他问道。

大卫没有回答。他无法回答。并不仅是因为他相隔几个月之久再次见到了我的身影，听到了我的声音，也是因为我突然出现在了法庭中——一个我永远不可能出现的地方——如同一个不合时宜却又注定了被打开的玩偶匣。对大卫来说，我与杰西和辛迪的联系从此不再充满混乱与不确定性，相反它们以像素、比特以及二进制码的形式永远地被保存了下来。

我成为了证据。

"克尔顿先生？"阿勒顿再次问道，这一次的声音中夹带的是他的个人情感与担忧，与法庭上他一贯冷派的作风大相径庭。

最后，克丽丝走到大卫身后，拿下他手中的遥控器，满怀怜悯地按下了停止键。显示屏变成了忧郁的蓝色。"你就要成功了，"克丽丝向大卫耳语道，拍了拍他的肩膀，"再坚持一会儿。"

"需要给你点时间吗，克尔顿先生？"阿勒顿问道。

在克丽丝的提醒下，大卫慢慢回到现实中，"谢谢，尊敬的法官阁下。我没事。"

"你对卡西迪博士还有问题要提问吗？"

"我想，还有最后一个，"大卫转身面向杰西，他问道，"你为什么要带走辛迪？"

当杰西开口讲话时，她的声音颤抖着。这个问题是最难回答的，因为这是一直以来埋葬在杰西心中的真相。"我怎么能不这样做？项目终止后的方案是将辛迪转移到一般性灵长类动物种群中。一旦将她送到那里，她会被用于各种实验，感染病菌——像迈克尔一样。我还没有结婚。我没有孩子。这四年来，辛迪就是我的生命。我像抚养自己的女儿一样养育她。我为她换尿布，教她上厕所，教她吃东西，教她讲话，照料她和她身边的一切。我真的不能就这样看着她死掉。我必须想办法……任何办法，只要能救她。"

在热泪淌下之前，她结束了自己的回答。她没有去擦拭沿面颊淌下的泪水。

大卫转向梅斯，声音严厉而低沉，"请对证人进行交叉问询。"

梅斯，声音中全然丧失了原来的自信，说道，"尊敬的法官阁下，我们需要几分钟的休息时间。"

阿勒顿看了看法庭后方的大钟，"请尽快。"

"对不起，"克丽丝在休息期间对大卫说道，"我不知道杰西把海伦娜也录在了上面，如果知道，我不会……"

大卫看起来依然很迷惑。似乎看见我移动的身影，听见我的声音，看见我与辛迪的互动这几个部分结合对他来讲比将每一个单独的部分相叠加的意义更加重大。我想，这个案件的影响对他而言更加真实了，也或许是我已经离开这个现实变得更加不可逃避了。

但我不知道这些是好事还是坏事，甚至不知道这些是否依然重要，这些想法让我感到恐惧。"杰西说我们没有这些视频资料。"大卫最后道。

"她一定忘记了。"

"现在，我们有了这张碟片，我想，我们必须让它发挥价值。"

"你的意思是……"克丽丝问。

大卫摇摇头。"我还不确定，让我再想想。"他回答道，然后走开了。

休息时间结束后，梅斯开始了对杰西的交叉问询。在法庭中一直坐到现在肯定很辛苦。对于杰西被控告的真实行为（她已经坦率承认）的补充，梅斯还确立了以下几点：1、杰西利用辛迪进行的研究处于人类学理论遥远的边缘，也许是非常、非常遥远的边缘；2、杰西利用辛迪进行的研究从未被人类学的任何核心期刊的出版物认可过；3、杰西与辛迪之间已经形成了一种非常坚固的母子情结，这不仅酿成了其遮掩辛迪的客观属性的潜在隐患，实际上，这点很可能已经成为了事实；4、杰西会做出她的能力范围之内的一切行动去拯救辛迪，使其免于任何伤害。

梅斯的理论还远远没有结束。

"现在，"他说道，"让我们关注一下你让辛迪'说话'的这项技术。你提供了'问质性语言学编程'的证据，还记得吗？"

"记得。"

"你能向我们解释一下在那个概念下它是怎样实际运作的吗？"

"可以稍微解释一下。实质上，ILP，正如我之前所说的，涉及到一个正常的生理学个体——或者，就此案来说，一个人类个体——与一个非正常的生理学个体的对比，图绘出两者之间的不同点。然后被作用个体（即黑猩猩）开始行为时，将其行为传输至模拟设备，随后电脑程序会将这个个体行为进行修补并预测出其行为的最具可能性的意图。"

"修补并预测出它的行为最具可能性的意图？"梅斯用开玩笑的口吻问道，"在整个诉讼程序中，我第一次听到你用'修补'这个词。你能告诉我它是什么意思吗？"

"当然。概括地说，它的意思是对两个已知标准进行评估，然后对其中一个进行改正、添加。"

"我明白了。所以ILP是一个用于评估的程序，它做出的是预测。"

"是的，但预测结果的精确度极高。"

"你是怎样知道结果的精确程度的？"

"因为ILP已经被多个研究测试确认过。"

"被涉及什么的研究测试并确认的？"

"关于发声障碍的研究。"

"关于人类的研究？"

"是的，关于人类的研究。"

"对于这个程序，有非人类的研究可以对其进行肯定吗？"

"据我所知，还没有。"

"据我对你的证词的理解，你没有利用ILP被发明时的原始意图对其进行使用，对吗？"

"我不明白你的问题。"

"你不明白？真的吗？"梅斯怀疑地问道，"ILP，据我所知——卡西迪博士，如果我哪里说错了请你纠正——是用来摄取有声的说话方式，是在检测出人类个体的语音损伤后对其进行填补的一项发明。对吗？"

"是的。"

"但是你并没有用它进行词语的填补。在你的研究中，你将它运用在了评估以及修补美国手语这种语言方式上了。简单地说，你的运用范围是手势。"

"你所说的并不精确，先生。"看得出来，杰西开始变得愤怒了。

"我哪里说得不正确？"梅斯戏谑地说道。

"在例证之中，辛迪的手势是完全可以辨认的。ILP 仅仅是细枝末节。"

"那其他方面呢？"

"正如我所说的，在其他方面，灵长类动物生理学的局限性需要教育性评估。"

"那要在多少个方面进行评估呢？"

"我不知道，没有事先准备这方面的知识。"

"在我们刚刚看过的录像中，由于生理学的局限性，在这个灵长类动物企图沟通时有多少次是有必要评估的呢？"

"我判断不出来。"

"一半？"

"我不确定。"

"一多半？"

"我说过了，我不确定。"

"还是每一次都有必要？"

"不，并不是每一次都有必要。"

"那在一半和一多半之间？"

"反对，"大卫喊道，并站起身来，"这是在对她的证词进行错误诱导。"

阿勒顿转向杰西，"你能向我们提供一个合理的估计吗？例如，在黑猩猩的手势和它要表达的意思之间会有多少次直接的对比呢？我在 ASL 词典上会找到么？我想这是梅斯先生想要得到的答案。"

"我不想和您吵架，尊敬的法官阁下。"杰西说道。

"但我感觉到你似乎就要和我吵起来了。"阿勒顿用带着几分幽默的口吻说道。

"我只想澄清一件事。这个问题很难回答的原因是几乎没有会用手语的人以 ASL 词典上的方式去操作。例如，不同的人表达一个字母的时候总会有些小而微妙的不同。正如同人类，利用 ASL 表达的黑猩猩会利用它们的面部表情和眼神的直视来调整它们手语的意思。"

"那么，"阿勒顿说道，"ILP 次数的问题似乎依赖于我们刚刚看见的大猩猩意图表达的内容？"

"我会猜一半。"杰西说道。我听得到大卫在脑中重复的话，他对每一个证人都会这样说——"千万不要猜。"

梅斯在阿勒顿和大卫还没来得及抢过话题的时候便开口了，"所以，你的猜想是——你刚刚说过——50% 的时间？"

"是的。"

"你能看懂 ASL 吗，卡西迪医生？"

"当然。"

"嗯，"梅斯假装沉思，"那你能告诉我为什么在录像中每次你出现的时候你都要看一下电脑屏幕以得知黑猩猩在说什么吗？"

杰西犹豫片刻，努力地回想录像中实际播放的内容，"我总是喜欢反复确认，所以我会确信自己的理解。"

"一个从来没有被灵长类动物确认过，并且不是为 ASL 专门设计的电脑程序，你通过这样一个程序来反复确定？"

"反对，"大卫突然插话道，"这个问题已经问过了，答案也已经说过了。"

"无效。"阿勒顿裁决道。

"卡西迪博士，"梅斯再次开始提问，"你对摩根法则熟悉吗？"

"熟悉。"

"那是一个演绎推论的法则，对吗？"

"应该是吧。"

"除非必须，否则永远不要认为动物们会和你一样思考。"

"这条定律的来源是奥坎简化率，对吗？所有的事物都是守恒的，一个人对于一个行为的解释应该趋向于简单，而不是复杂。"

"我想那正是奥坎简化率的意思，是的。"

"那你真的知道拟人论是什么吗？"

"当然。是人类的性格在非人类的动物身上的反射。"

"你不认为拟人论是你工作中的一项重大冒险吗?"

"在你的世界里只有物种主义。你知道什么是物种主义吗,梅斯先生?"杰西咆哮道。

阿勒顿将身子向杰西倾斜了斜,"请回答问题,卡西迪博士。"

"对不起。我对你的问题的答案是'不'。在利用科学方法的原则下,我不认为拟人论在一个控制良好的研究项目中(例如我们对辛迪的研究)属于工作中的一个冒险项。"

"那么康奈尔语言学院对辛迪的研究,"梅斯边说边抓起他桌面上的一个文件夹,"确切地说,我引用一句话,'主体的语言能力和认知年龄的等价结果基于假设'。"梅斯停顿了一下以寻找重音,"'假设间质性语言编程对于普通黑猩猩和主体黑猩猩都已经过确认,并假设为使美国手语与 ILP 相协调而对 ILP 做出的修整是正确而合理的。'我们对任何一个假设都不发表意见。"说罢,梅斯开始向杰西展示这份文件。

"在报道中你看见过这份文件吗?"

"是的,我注意到了。"

"你假设自己的理论是正确的,那么辛迪拥有相当于四岁儿童的语言技能的断言也是基于这个假设之上的?"

"报道中所说的情况是他们的臆断,梅斯先生。这个报道不是我写的。"

"卡西迪博士,公平起见,我们谈点关于你掌握的第一手知识的问题吧。那么能够和手套协作运行的 ILP 电脑程序是谁编程的?"

"我的助理弗兰克·华莱士是程序师,他是在我的指导下进行编程的。"

"也就是你指导他将某种假设编进程序语言之中的?"

"是的。"

"在开始此项研究时,辛迪能够获取和使用语言也是你的假设,对吗?"

"我想这是一个常识——基于我从当时的国家文献上了解到的知识。"

"那有没有可能对辛迪能够获取和运用语言的假设的臆想同时也灌注到为手套编程的 ILP 之中了呢?"

"不,不可能。"

梅斯不顾杰西的答复，问题问得越来越快，杰西根本没有思考的时间。"那，事实上，电脑模拟装置起初也有你的臆想成分？"

"不是的。"

"当辛迪抬起手挪动手指时，你对她的手套进行编程然后将那些杂乱的动作翻译成文字，因为你想看到文字。"

"不是的。"

"文字是唯一一种能够拯救她的事物。"

"不是的。"

"你太想救她了，不是吗？"

"哦……"杰西抓住自己，做了一次深呼吸，对那个质问者笑了，"实际上，这一点是正确的，梅斯先生。我真的非常想保护她。可是因为她……"

"我得到了答案，谢谢你，卡西迪博士。"

大卫从他的席位上跳了起来。"尊敬的法官阁下，证人还没有回答完她的问题。"

"你可以完成你的回答。"阿勒顿告诉杰西。

"谢谢。我刚刚想说的是，我确实很想救她，但我并没有通过操纵数据的手段。我想救她，是因为她是一个有意识的个体，她不仅在承受痛苦，也不仅意识到了自己在承受着痛苦，她还能用自己的语言告诉你——是的，梅斯先生，她是在用你的语言说话——因为她想停止你们对她的伤害。"

梅斯看起来似乎一下子开始变得困惑。他很快恢复了状态，只是看起来还有些力不从心。他持着低沉而柔弱的声音说道，"所以你必须让我们相信你，卡西迪博士。"

"你还想从证人身上了解其他内容吗，梅斯先生？"

"没有了。但请再给我点时间，法官阁下。"梅斯边说边开始整理讲台上的资料。我有一种直觉，梅斯在等待，他为最后留下了什么。当他再次将头抬起时，他脸上那过于自信的表情证明我是对的。"最后一件事，卡西迪博士。你有小轿车吗？"

"有。"

"什么样的小轿车？"

"一辆切诺基拉雷多的吉普车。"

"什么颜色？"

"红色。"

"车牌号码多少？"

大卫再次跳起，"反对，问题与案件无关！"

"你想问什么，梅斯先生？"阿勒顿问道。

"一点回旋的余地，法官阁下。我只剩下几个问题了。"

"只剩几个了——那是真实生活中的用词，请用律师术语，好吗，梅斯先生？"律师的玩笑话总是会引起观众席的几声附和。"反对无效。"阿勒顿决定道。

"纽约 X802PM。"

"在你被捕之后，你回过 CAPS 实验室吗？"

"没有。"杰西的回答干净利落。

"你肯定？"梅斯的提问中暗含着怀疑。

"是的。对于自己去过的地方我还是清楚的，先生。"

"我明白了。"梅斯说道。

大卫在自己的席位上紧张不安。

"那我再问得具体一点，在被捕之后你有没有开车去过 CAPS 实验室的周边？"

"没有。"

"我提醒你，你已经宣誓过了。"

"已经有人对我说过这句话了。"

马克斯向大卫倾过身子，耳语道，"到底是怎么回事，是他在无理取闹吗？"

"不知道。"大卫回答道，但我看得出来，他很紧张。

在法庭前方，梅斯向阿勒顿转过身去。"这次我对证人没有进一步的问题了。"

"好的，"阿勒顿说道，"还有其他问题要再直接询问吗？"大卫，完全迷失在了思考之中，他竟然没有听到法官的询问。"克尔顿先生，喂，还要再直接询问吗？"

大卫的注意力重新集中在法官身上，他慢慢站起身来，"没有问题了，法官阁下。"

阿勒顿转向杰西，"你现在可以回到坐席了，博士。"杰西走出证人席，坐在了大卫身边。"你还有其他证人吗，克尔顿先生？"阿勒顿问道。

"有，"他回答道，"我们要求传讯 NIS 前任主管斯科特·杰尼克。"

大卫的整个团队同时将相同的目光投向他——"见鬼。"就算我什么都不了解，可我了解我的丈夫。我知道他在想什么。在发生了一连串的诡异又令人不解的事件后，现在，他收到了我留给他和辛迪的礼物。无论冒怎样的风险，他不会将这礼物浪费掉。

梅斯立即站了起来，"法官阁下，这完全不合时宜。我们没有得到杰尼克先生将要作为证人出席的通知。他甚至没有来到审判现场。"

阿勒顿点点头，"你预先要求杰尼克先生出席了吗，克尔顿先生？"

"没有。只有今天的证据浮出水面之后他的证言才会有价值。"

阿勒顿看了一下钟。下午4：30。"我很讨厌浪费时间，但是我确实认为在你传讯原告一方的成员作为证人之前留下的通知的时间太短了。现在休庭，明天早晨9点继续开庭审理此案。"

阿勒顿一离开法官席，马克斯立即开始应付媒体。而大卫则发现杰西正跟在他身后。

"你是什么时候决定传讯杰尼克的？"她问道。

大卫没有回答。"他为什么问你关于小汽车的问题？"大卫问道。

杰西耸耸肩，"钓鱼吧，我想是这样。"

"美国律帅事务所的专攻刑事案件的头号律师从来不钓鱼。"

"要么就是他这次事先设计好的把戏没有起作用。"

"可能是这样，但审判还没有结束。"

"相信我，好吗？"杰西说道，而后疾步走开了。

克丽丝走上前来，问道，"为什么？"

"你知道在审判期间什么时候应该真正担心吗？"大卫问道。

克丽丝摇头。

大卫狠狠地将领结拽松，"是当你的委托人对你说'相信我'的时候。"

这不是终结

第二天早晨 9 点。杰尼克在证人席向法官和陪审团方向笑了笑。

在提问了前几个确定杰尼克身份的问题之后，大卫请求法庭将他作为恶意证人对待，法庭应允了他的请求。杰尼克说话清晰而镇定，有条不紊地回答着每一个问题。

"是你决定将卡西迪博士的项目再中止一年的吗？"

"不。不是我决定的。我所做的是向上级建议终止这个项目。"

"你的建议通过了吗？"

"是的。"

"那现在辛迪将面临怎样的处境？"

"她会被转移到一般性灵长类动物种群中。"

"她一旦被转移你们还有其他计划吗？"

"还没有确定。但我们会等待着合适的研究项目，然后将她投入科研。"

"怎样合适的项目？"

"有年龄、性别，有时还会涉及到体重以及性情要求的项目——涉及的因素很多，范围很广。"

"在现在进行中的 NIS 研究中，她会被投入哪一个项目？"

"反对，"梅斯喊道，"这种问询方式显然很不合理。"

"尊敬的法官阁下，在原告描绘的图画中，卡西迪博士有些情绪不安，因为她不想让辛迪回到一般性灵长类动物种群中。陪审团成员们有权利知道这意味着什么。这就是卡西迪博士的动机。"

"好的，克尔顿先生，我们继续。"

"所以我当然想得到，"大卫接着说，"这个问题的答案，博士，她可能会被投入到哪一个正在进行的项目中？"

"我想不起来了。"

"或许我能帮你回想一下，肝炎的研究？"

"是的。"

"致癌物的研究？"

"是的。"

"肺结核的研究？"

"是的。"

"伊波拉病毒的研究？"

"在我辞职的时候还没有。"

"HIV 的研究？"

"是的。"

"脑干伤的研究？"

"是的。"

"脊柱损伤的研究？"

"是的。"

"外科手术的研究？"

"是的。"

"我有没有遗漏哪一项？"

"没有。"

"在涉及到利用外科术后止痛药物的方面，NIS 有相关的措施或政策吗？"

"我们鼓励内部的研究人员采取最人道的措施。"

"请回答有或没有。"

"除了在协议书上涉及到的鼓励利用外科术后止痛剂之外，我们没有什么具体的政策。"

"你是否确切知道在你管辖之下的研究员中，有多少个使用外科术后止痛药？"

"不知道，我们对此没有记录。"

"黑猩猩也能够感觉到疼痛，你同意吗？"

"我同意，黑猩猩能够感觉到伤害，它们专门的神经会觉察并发出预测有害行为的信号。我也同意另一个观点，它们对伤害性刺激是有知觉意识的。"

"这和感觉到疼痛有什么不同吗？"

"人们对'疼痛'这个词有多种定义，有些经常会超出对有害刺激物产生的生理反应所带来的感觉。我只是想澄清我自己对此的定义。"

"你相信黑猩猩能够遭受痛苦吗？"

"请定义'遭受痛苦'。"

"遭受痛苦——例如在觉察到疼痛时的情感反应。"

"我相信它们对疼痛会有反应，正如我对此的定义不仅仅局限于生理的范畴。关于'情感'或者'精神'或者'灵魂'或者'身心同一论'我不想与你咬文嚼字。对于这些问题，你可以任意贴标签。"

"在你的经历中，当一个疼痛的过程即将开始的时候黑猩猩知道吗？"

"我们证实过，对于几个特定的步骤它们会有预感并做出生理上的反应——例如，心跳加快、发声加快，或者血压升高。"

"发声？你是说它们会尖叫？"

杰尼克点头，"有时候会的。"

"你说的'协议书上涉及到了'NIS鼓励使用术后止痛剂的内容是什么意思？"

"止痛剂是会对一些研究的成果起到反作用的。"

"例如？"

"一些领域的研究就是为衡量有害刺激物的效果而专门设计的。在那种情况下，当然不能用术后止痛剂。"

大卫看着律师席桌上的一张纸，"所以，例如，在一项新设计的人工髋关节的替换手术中，你们不会用术后止痛剂，因为……"

"因为我们要对主体在外科手术后的不舒适性进行评估。"

"卡西迪博士知道 NIS 利用灵长类动物在其他实验中的实验方式吗？"

"我想她是知道的。我们没有讨论过这些。"

"她忠告你，她不想让辛迪返回到一般性灵长类动物种群之中就是因为那些实验，是吗？"

"如果用比较和善的方式叙述，是这样的。"

"告诉我，博士。你做过更换髋关节的手术吗？"

"没有。"

"那更换膝关节的手术呢？"

"几年前做过，换了一部分。"

"你感觉疼吗？"

"疼。"

"你确定自己在那个外科手术之后承受痛苦了？或者你是不是仅仅经历了刺激性损伤的知觉意识呢？"

"反对。"

"我会收回我的问题，"大卫说道，"杰尼克博士，你知道'撞翻'这个词吗？"

"我们不用这个词。"

"但你听说过，是吗？"

"是的。"

"黑猩猩比人类强壮，对吗？"

"普遍来说，是这样的。"

"所以在 NIS，即使在一个非常小的环节中包括抽血都要对黑猩猩进行麻醉？"

"是的。"

"怎样麻醉？"

"向黑猩猩注射适当剂量的麻醉剂。"

"在此之前禁止它们喝水进食，对吗？"

"一般情况下是这样的。那是为了试验样本的安全，在镇定剂的作用下它们不会呼气。"

"所以它们不会被呕吐物卡住窒息？"

"是的，那是另一种解释方式。"

"黑猩猩知道什么时候自己会被注射麻醉剂吗？"

"对于它们知不知道这个问题，我不确定。"

"好，那我们就说些你确定的。是不是有时候为样本注射的时候要注射不止一针？"

"是的。"

"当注射枪射出麻醉剂的时候它们会挣扎吗？"

"是的。"

"麻醉枪有打中黑猩猩的脸部、肛门、阴茎或者阴道的时候吗？"

"有时候会打到。"

"黑猩猩很讨厌被注射镇定剂时出现的这些插曲，对吗？"

"讨厌是人类才具有的性格，克尔顿先生。"

"说得好。当黑猩猩们看见注射枪的时候它们什么反应？"

"它们叫。"

"它们尖叫？"

"有时候。"

"它们随地排泄粪便吗？"

"偶尔。"

"你会说它们是在恶作剧吗？"

"这也是人类的性格。"

大卫回到律师席，拿出另一张 CD。"我能用一下法庭的放映机吗，法官阁下？"

"你想给我们看什么？"阿勒顿问道。

"刚刚杰尼克博士描述的插曲。"

梅斯站起身来，"我们反对这种戏剧演出之类的把戏，法官阁下。这些东西显然无关紧要。"

"恰恰相反，"大卫回应道，"这是一个前任研究助理拍的一段很有名的视频。我不认为这个与戏剧演出有任何关系。"没等阿勒顿裁决，大卫就将 CD 放入了法庭前方的放映机中。

我看过这个视频。一开始视频的方向感很混乱，因为拍摄的角度很低且不稳定。一个人穿着绿色的工作服走进了一个 5m×5m×7m 大小用笼子围起来的区域。每个笼子中都装着一只黑猩猩。黑猩猩一看见人，它们就开始尖叫。在录像中，那声音听起来震耳欲聋。那个人在一个笼子前面停下脚步。笼子里的黑猩猩依然在尖叫，试图找一个最安全的角落躲起来。那个人从工作服的口袋里拿出了一支注射枪。黑猩猩看见注射枪，确认了一下，然后转过头露出后背，身体瑟瑟发抖。那个人开枪了，几秒钟的时间，黑猩猩倒下了，摔在了自己的粪便上。显示屏变成了蓝色。

大卫按下停止键。当他开始讲话时，声音颤动着，"你描述的注射镇定剂的过程是这样的吗，杰尼克博士？"

"我不认为这个视频中的黑猩猩的反应具有代表性。"

"但是这是你描述的过程吗？"

"基本上是这样。但我不能只说……"

"谢谢你，杰尼克博士。谢谢你回答了我的问题。你认为杰西没有成功地履行你们对她提出的条件，我说得对吗？"

"我相信她对工作非常尽职尽责，但是我不相信我们的实验品，辛迪，实际上掌握了复杂的语言技能。我也不相信她能够将辛迪类比成一个四岁大的孩子。研究开始的时候是很有希望的，但是没能成功。"

"你劝告她的原因之一是辛迪只能与卡西迪博士一个人沟通，是吗？"

"是的。辛迪只能和杰西沟通。这是此试验中的一张红牌，因为这意味着实验品是对非语言性线索进行响应的——就像狗为一根骨头而被训练得可以坐下一样。这说明不了关于这个物种的语言获取能力的任何问题。"

"一只狗被训练得可以坐下，"大卫重复道，"我明白了。所以如果我向你展示一个德国牧羊犬用它的后腿站起，然后走到电话前面，拨打比萨店的电话，点了一份一半奶酪一半生牛肉的比萨，那再有多少个德国牧羊犬才能说服你，你的假设是错误的？"

"不是那样的……"

"如果我能够说服你关于德国牧羊犬的血统的问题，我该怎样才能说服你，让你重新考虑一下圣萧伯纳狗和狮子狗的联系呢？"

"反对！"随着观众席传来的笑声，梅斯大喊道。

"继续。"阿勒顿裁决道。

"你昨天听说了那个视频，对吗？"大卫问道。

"我听说了，所以我也看了一下。"

"昨天以前你不知道黑猩猩还能和其他人沟通，对吗？"

"是的，我不知道。"

"卡西迪博士和你说过，有其他人可以和辛迪沟通，对吗？"

"她确实说过，但之前并没有证据。"

"既然你已经看过了，你不能再否认卡西迪博士在你所谓的复制方面的成功了，对吗？"

"克尔顿先生，"杰尼克满怀怜悯地说，"我知道这个案子与你有些情感上的牵连……"

"请回答问题。"

"我正要回答。在片子中那次微不足道的交流在我看来并不能称为真正的复制，尽管你无论如何都想去相信自己在片子中看到的。我所说的复制，是在一定条件下显而易见的、自主的、适应语境的交流。我不知道在录制视频的时候情况是怎样的。据我所知，卡西迪博士当时很可能正在你妻子的背后怂恿辛迪那样表现。"

"你不相信，是吗？"

"我只相信自己亲眼所见的。我没有只凭着自己的臆想就下定结论的习惯。我的责任是——曾经是——管理一个对于高级科研项目非常重要的计划，这个计划能够为人类减小死亡和患病的几率。我曾经也面临过艰难的选择。在我可能被处死上千次甚至上万次之前，我需要证据，因为我终止了一项授权研究的项目，那个项目涉及到能够给我们答案的物种。"

"你不相信，是吗？"

"我当然不相信。每个理性的科学家都不会相信。黑猩猩确实是一种美丽而又神奇的生物。但是，不是我定下的这些规矩。你想发牢骚，你可以向周五晚间新闻投诉或者在主日弥撒上说一说。如果你能够找到治疗人类疾病的另一种途径，我洗耳恭听。如果你找不到，我建议你不要挡在这条路的中央。"

"不挡在道路的中央就会毁掉辛迪,你是这个意思吗?"

"反对!"梅斯喊道。

"反对无效。"阿勒顿裁决道。

"我对这个证人没有其他问题了。"大卫说道。

杰尼克直接向陪审团的成员们说道,"如果有其他方式,相信我……"

"我说过了,我没有其他问题了。"

大卫还没有回到座位,梅斯就站了起来。"但是关于复制的问题并不是你阻止研究资金的唯一原因,是吗,杰尼克博士?"梅斯问道。

"是的,并不是唯一的原因。同时也与卡西迪博士在科研上运用的方法有关。当卡西迪博士声称辛迪的意识年龄相当于四岁孩子的意识时,即使所有的检测者都出具公平的检测结果也无法排除这项研究结果存在偏差的可能,我说的是所谓的沟通方式。"

"你的意思是……"

"关于ILP。ILP会评测出辛迪是否能在特定的参数下用手势表达一个单词,尽管卡西迪博士对此的陈述是正确的,但她忽略了一件事,她忽略了向法庭陈述这个评测系统的错误频率是10%,有时候甚至会超过10%。"

"意思是……"梅斯继续问道。

"意思是在我们能判断的辛迪的每十个手势中,有一个手势的意思可能不仅是错误的,甚至根本不能称为手势——卡西迪博士在屏幕上会看见一个辛迪不想表达的单词。"

"这个错误的影响是什么?"

"累计起来,这些错误会将辛迪的意识年龄至少减少一年。加之ILP从没有确认过对灵长类动物或者ASL的可用性,我想大家现在应该能明白了,卡西迪博士的研究会遭到很多科学质疑。卡西迪博士是以黑猩猩能够沟通的假设开始她的研究项目的,她建立的ILP的前提就是这个假设。这个程序意图寻找的是一个可能根本不存在的事物。"

"你向上级建议终止科研资金的供应还有没有什么其他因素?"

"有。我不得不说在整个项目的最后一年里,我开始担心卡西迪博士与这只灵长类动物的关系。她似乎将自己的所有其他工作都抛开了，并且没有再作过任何学术交流。她不回复我的电话，NIS 之中的其他成员也向我反映了同样的问题。"

"你担心的是什么，杰尼克博士？"梅斯问道。

"她陷入了失去科学客观性的泥淖之中，这样很危险。在科研项目中，研究员与其灵长类动物试验样本跨越雷池的事件已经不止发生过一次了，尤其是在多年的或者自由性的科研项目中。在我的职业生涯中这样的事情可能会发生，但我绝不会姑息。项目资金没有被恢复，这个研究员自己的申请也被拒绝了。而这个实验品竟然成了'他们的'，竟然还会出现一个穷凶极恶的小偷去偷盗这个研究员的成果。这种行为实际上有一个名字——Lefaber 综合征。我一直在为自己没能早些发现这些迹象而自责。"

"谢谢你，杰尼克博士，"梅斯说，"我希望我们现在能够让您回到您其他更重要的事务中去。"

"对证人还有其他问题吗，克尔顿先生？"阿勒顿问道。

"请再给我一分钟时间，"大卫说着站了起来，"你讽刺卡西迪博士，因为她设想她工作的实验品正企图使用语言，是吗？"

"是的。"

"她在进行的实验的目的应该是解决'怎样'运用语言的问题，而不是'是否'运用的问题，是吗？"

"基本上是这样的。那个假设是她直接植入到研究之中的。"

"那又怎样？"大卫挑衅地问道。

"你说什么？"

"我是说我们人类在说话的时候总是想向倾听者传递些信息，对吗？依照语境，他们的意图会通过很多不同而又复杂的方式表现出来，但是我们却会假设他们正在试图说什么事，对吗？"

"我想是的。"

"我想我们做出这些假设是有原因的。如果我们不做假设，我们不可能学会语言，一切都会变得杂乱，因此，便会失去意义。不是吗？"

"那不是同一个问题。"

"没有意义，杰尼克博士。那是自然界中一个太过低沉也太过渺小的问题，不是吗？"

杰尼克没有回答大卫的问题，"你在做一个没有科学根据的对比。"

"我想说的是为什么不将与人类相同的规则和假设摆在桌面上应用到黑猩猩的研究之中呢？"

"我们为人类进行假设是因为……"

"因为什么？因为我们也是人类？真的是这样吗？"

"反对！"梅斯站了起来，"克尔顿先生是在纠缠！"

"我会收回我的问题，"大卫说道，"让我来问你这个问题，把你刚刚说过的所有话考虑进去，如果你在向上级建议终止这个项目之前看到了辛迪和我妻子的视频，你会考虑延长这个项目的时间吗？"

杰尼克等了大半天，然后低声地做出了回答，那声音小得像耳语一样。

"什么？"大卫问道。

"我说过了'我不知道'。"杰尼克的声音稍大了些。

"但有一件事你不会不知道：一旦辛迪被送到一般性灵长类动物种群中去，你就再也不会知道卡西迪博士是正确的了，不是吗？所有的工作就再也无法挽回了。这个项目本来有望成为十年以来在灵长类动物学史上最大的突破，但是现在前功尽弃了，"大卫说道，然后放慢语调，"你永远也不会知道。"

"反对！"梅斯喊道。

"没关系，法官阁下，"大卫说道，"杰尼克博士没有必要告诉我们答案。我想他是知道答案的。"

在这场交战之后，法庭中一片寂静。

"很好，"阿勒顿说道，"如果没有其他问题，你可以离席了，博士。"

杰尼克推开正在等待他的记者，迅速向电梯走去。

我不知道大卫是否完成了他对杰尼克的计划，但我注意到现在杰尼克脸上的表情我再熟悉不过了——一筹莫展。

"好了，"阿勒顿开始说道，"我们现在已经……"阿勒顿的法庭书记员打断了他，他立即读懂了她的意思。"现在？"他问道。她点头。阿勒顿看了看时间，推了一下鼻子上的眼镜。片刻之后，他向陪审团转过身。"我们现在休庭吃午餐。我现在还有一件事要处理一下。这就是做审判长的乐趣。"阿勒顿敲了一下木槌，然后从席位后面的门走了出去。

90 分钟后，阿勒顿回到了法庭，审判双方和观众们正在等待着。"你还有其他证人吗，克尔顿先生？"阿勒顿问道。

"没有了，尊敬的法官阁下。我们已经准备好进行辩论终结的环节了。"

梅斯站起身来。"原告方有一个反驳证人对辩护律师的科学观点进行回应。"

"洽谈。"阿勒顿命令道。

当律师们到达法官席桌旁时，大卫首先开始讲话，"他们已经休息过了，法官阁下。我反对一个新的原告方证人在此时上场。我们没有通知……"

"对于辩护律师做出的关于卡西迪博士的研究的科学主张，我确实认为我应该给政府一个回答的机会，"阿勒顿说道，"我想你已经开了先例，克尔顿先生。听取证人的言论不会用太长时间，不会让审判延时太久。回去吧。"

在走回律师席的途中，大卫反复小声说着几个字——"他妈的，他妈的……"

"怎么了？"克丽丝问道。

大卫还没来得及回答，梅斯就喊道，"原告传讯反驳证人瓦塔葛博士。"

听见这个名字如同我的肚子回到了自己的过去，然后张口将瓦塔葛吐到了法庭上。

一看见瓦塔葛走到法庭上，我如突然想起了我的老朋友西蒙说的一句话——"上帝的语言是并置的。"现在我意识到，他是对的。

这个法庭、这些证言不仅与时间和地点有关。它关系到一天、一个月、一年或是一生之间的联结。当一件事情更容易被忽略的时候，我们被赐予了——也许比其他任何活着的生物更多的——感知它的意义的能力。

这是上帝赐予我们的礼物，同时它也是我们的祸根。那并置的语言远不止刺耳，它更会让人感受到歇斯底里的痛苦。

一处深景全然在我脚下铺展开来。当我看见瘫坐在沙发上的克利福德和躺在他膝上的斯基皮时，我近乎窒息。斯基皮张着嘴，努力地想吸进些空气。很快我听到了开门的声音。那是从家中的前门传来的声音，莎莉将约书亚迎了进来。他脸上透出的远不止忧虑。他抱着医用箱。

还不行。求求你，我还不能走。就让我陪它走过最后一程吧，让我抱着它，它太害怕了。

但是我无法陪在斯基皮的身边。对于这种语言，我已失去了自控能力。现在，我能看到的只有辛迪。在 CAPS 实验室的笼子中，她正独自躺着。她睁着大大的眼睛，而眼神却如同实验室一样空旷。她将那只我生前送给她的小布娃娃抱在胸前。

当辛迪注意到实验室的门被人从另一边打开的时候，她微微动了动。门被打开了，一个身着实验室工作服的人拿着记录板走了进来。他看起来有些眼熟，但是面部暗得很模糊。最后我看清了，是杰尼克，他身后跟着一个女人。杰尼克抓起辛迪的手套。

辛迪立即跑到了立方体的另一侧，那里距离杰尼克会远一些。我听见了她的呜咽。

然后我回到了审判室。瓦塔葛站到了证人台上，很快背出了她的个人信息、荣誉以及教授职位。被任命为 NIS 主管是她的最高荣誉。

我发誓她一点都没有变老。她对自己的自信心已经膨胀到了极点。我真的很好奇是什么让她对自己如此自信。

梅斯问道，"你认为卡西迪博士在 CAPS 的工作情况如何？"

"我了解得不多。"

"你已经重新检查过她的所有工作，包括她的科研资金没有被恢复的决议案，对吗？"

"是的。"

"你怎么看待？"

"如果那时我是主管，我也肯定不会同意批复这笔资金。这项研究起初的假定就是有错误的。"

"什么错误？"

"是根据拟人法演绎出来的假定：我是意识体，黑猩猩和我们相似，因此黑猩猩也是意识体。但科学事实是，当涉及到讲话的时候，黑猩猩和我们毫不相同。"

这时，杰尼克打开了实验室中身下的几个电脑设备，然后走近立方体。他并没有注意到来自心底的警告。

"杰尼克博士，"和他一起走进实验室的那个女人说道，"这里真的让我很不舒服，对于卡西迪博士的方法我真的一无所知。你能自己处理吗？"

"我告诉过你了。我需要一个女人，一个懂 ASL 的女人。"

"她看起来很焦虑。"那个女人说道。

"放心，这样的情况她已经经历过数百次了。她一戴上手套就会没事的。"

法庭中，梅斯慢慢地说出了他的下一个问题，"但是我们的 DNA 有很多相同的部分，不是吗？"

"卡西迪博士所说的关于我们拥有相同 DNA 的比例是完全正确的。但毫无疑问，就是我们之间在 DNA 上如此小的差异让我们变得不同。正是那些被卡西迪博士直接撇开的微乎其微的部分造就了人类的莎士比亚、爱因斯坦、克莱伦斯·丹诺、林布兰特、林肯、肯特这样的人物，所以这微乎其微的部分尤为重要。却没有一个灵长类动物拥有这般智慧的心灵。所有这些现代人类的成就都可以归因于我们的遗传编码中那 1%或者 2%的差异，这差异是成千上万年的进化演变而成的。

"我并不是说黑猩猩愚蠢，但据我们现在所掌握的知识，能够使用复杂的口述性语言的生物只有人类。这种独一无二的特质使人类能够处理大量信息，而这点，反过来使得我们在短时间内能够获取的语言量十分显著。只看看过去的一百年，或者甚至五十年，看看我们进步了多少。而任何其他物种都没能做到。为什么？因为我们的沟通能力在以多种方式驱赶着我们前进，而其他动物不能说话。就是这样。"

听完了这番慷慨的陈词，我回到了家中。约书亚听着斯基皮的心跳，克利福德在一旁观看着。片刻之后，约书亚看着莎莉，摇了摇头。"不！"克利福德大喊道。他声音中的悲伤立刻将我脑中的所有噪音截断了。"别这样，求求你了。"他乞求道。

莎莉走到她儿子的身前。"我真希望自己有起死回生让他永远活下去的能力，"她说道，"但是妈妈唯一能做到的是，当它不能陪在你身边时我陪在你的身边。我想斯基皮正在对我们说，它要离开了。"

克利福德推开她的双手，跟上了正被抱走的斯基皮，用胳膊紧紧地将它抱住。

不，我还不能走。

但是随后我看见了杰尼克，他打开了立方体。"没关系，辛迪，"杰尼克用最舒缓的嗓音说道，边说边做手势，"我有一个朋友想见见你。"杰尼克走进了立方体，然后拉起了辛迪的一只手。在这期间，她的布娃娃掉到了地上。辛迪开始变得僵直，睁大了眼睛。

辛迪的恐惧将我带回了审判室，梅斯正在说，"但是，卡西迪博士似乎已经被她在研究之中取得的成绩说服了。"

"毫无疑问。"瓦塔葛说道，"这已经不是第一次出现这种情况了。"

"这么说，你在此之前和卡西迪博士共事过？"梅斯问道。

"是的。"

大卫还没有意识到会出现怎样的情况，在他还没能阻止的时候，瓦塔葛说出了我们在康奈尔大学时候的故事。当瓦塔葛为陪审团的成员们描述杰西和我是怎样杀死查理的时候，我竟无处藏身。大卫一次又一次地重复着"反对"，但是阿勒顿并没有阻止她。当瓦塔葛说完的时候，所有陪审团的成员开始用异样的眼光看着杰西，那目光中充满了怀疑——那是评判伪君子的目光。

"……所以，在她的长期性的研究中，我不知道卡西迪博士什么时候开始对一个健康的灵长类动物变得那么关心，"瓦塔葛说道，"从之前我们共事的时候她的行为来看，她的这个举动让我很不解。"

"我们共事的时候"。在杰尼克开始将辛迪一只手的手指拽进套中的时候，这几个字在我脑中回响着。她意图挣脱开杰尼克，而此时杰尼克抓住了她的另一只手试图阻止她乱动。他不小心折到了辛迪的大拇指。辛迪尖叫了一声，然后咬住了杰尼克的前臂。此时尖叫的换成了杰尼克，他想将自己的那只胳膊从辛迪的嘴中挣脱，但辛迪没有就此罢休。辛迪的嘴边浸满了血液。

那个和杰尼克一起的女人尖叫着呼喊求助，她试图将辛迪从杰尼克身边推走。"叫保安。"杰尼克大喊。那女人跳到了距离最近的电话机旁，拨了出去，"3号实验室有紧急情况！"

克利福德停下了脚步，向他的妈妈转过头，他的脸痛苦地扭曲着。"疼，妈妈。就像我上次触到了那根电线一样。这里疼，"他指着自己心脏所在的部位，"怎么办？"

"亲爱的，我知道会很痛，"她说着用手捧起了克利福德的脸，"但是，是时候让它离开了。现在，我们不该再让它承受痛苦了。"莎莉告诉他说。

"还没有到时候，还没有 ……"他喊道。克利福德哭泣着扑向母亲的怀中。

我真想和他们待在一起，但我被拖回了审判室，此时梅斯正拿着一个文件夹向瓦塔葛走去。"我能做个标记吗？"梅斯边将手中的复印件递给法庭书记员一份、递给大卫两份边说道。那是一辆切诺基拉雷多牌吉普车的彩色照片。尽管这辆车的主人身影模糊，但是吉普车的车牌号码清晰可见——纽约 X802PM。梅斯将画出标记的一张照片递给瓦塔葛。"你能告诉我们这是什么吗？"

"当然，"瓦塔葛回答道，"这是一张在我上任之后，由一个新装在围墙上的保安摄像机拍下来的相片。"

"你知道相片被拍照下来的确切日期和时间吗？"

"保安摄像机全天候工作。这张相片是在 12 月 31 日晚上 11：05 拍下来的。"这个回答引起了一阵议论。

大卫看起来像要干呕。是的，一切都结束了。现在火车冲出了轨道，正以惊人的速度向他笔直地飞奔过来。

"你能认出相片里的车是谁的吗？"梅斯问道。

"这是卡西迪博士的吉普车。你可以看看车牌号码，很清晰。"

杰西试图向大卫传过一张纸条，但他没有理会。

"你能告诉我们这张照片是在围墙的哪个角落拍的吗？"

"是 3 号相机拍摄的，就在实验室的后方。我很熟悉相片里的地方。很多人知道那里围墙上面的铁链有一个缺口。我们在卡西迪博士被捕之后修好了，并装上了摄像头。"

"卡西迪博士在那天的那个时候时去往 CAPS 实验室的外围有什么正当理由吗？"

"相反，"瓦塔葛说道，"她已经被警告，在没有任何书面许可的情况下她是不允许再返回 CAPS 实验室的。"

我几乎感觉到了那击打的疼痛。在实验室中，杰尼克重重地打在了辛迪的脸上，她最后松开了他的胳膊。他蹒跚着走过辛迪地面上的布娃娃，前臂上的伤口血流不止。两位保安拿着枪跑进了实验室。看见杰尼克，他们直接将枪对准辛迪，等待她的下一个举动。

辛迪开始快速地挥动双手，无须 ILP 和手套的帮助我也能看得出她在说的单词，

"不"，"走开"，"疼"以及"对不起"。这正是杰尼克在他的证词当中说到的，她所不具备的——适合语境的自主沟通。

杰尼克一定是同样看到了在我眼前的一幕，他睁大了眼睛，他明白了。我想他试图告诉保安走开，但是从他口中发出的声音却是取而代之的哇哇声，那声音中透着莫名的惋惜。两个保安没有理解他的意思，他们一定是认为杰尼克在乞求他们开枪，因为他们手中正紧握着武器。杰尼克想举起手，让两个保安走开，但他却无法指挥自己的胳膊向上举起。对于在他管辖之下的动物的身上即将发生的暴力行为，他脸上露出了无助的表情。最后，杰尼克没能表达出自己的意思，而辛迪却不同。

辛迪开始做出其他的手势。"不要像……"我辨不清她想说的其他部分。她重复着那个短语——"不要像……"随后，我懂了。通过杰尼克脸上充满恐惧的表情我懂了，我想他在那同一刻也明白了。她在用手指拼写，"迈—克—尔"。

"不要像迈克尔一样。"

辛迪跳出立方体。我相信她只是想拿回她的布娃娃，但那布娃娃距离杰尼克太近了。两位保安所看见的只是她过来了，过来袭击他们了。他们被语言的局限性蒙蔽了双眼。

我止想紧闭上双眼逃离眼前的这一幕，取而代之我看见大卫打开了杰西的纸条。纸条上写着"请不要看着她被人杀掉"。

"尊敬的法官阁下，"梅斯边说边拿出另一个文件夹，"这是卡西迪博士的保释保证书。上面写着没有法庭的允许禁止她本人离开曼哈顿。"

"我知道，律师先生，"阿勒顿说道，将厌恶的眼神投向杰西，"继续。"

"在来之前卡西迪博士征求你的同意。"

在大卫站起身来之前，我突然感觉到他的心中充满了让我疑惑而又不连贯的画面——在录像中我与辛迪玩耍的场景，我在病榻上等待他和我说再见时的画面，斯基皮和克利福德，莎莉和亚瑟，也许还有很多很多其他的画面。这些画面来得太快，我无法将它们分开。这些是大卫生活中的回响——或者，也许更确切更普遍地说，仅仅是生活。它们聚集成了一个词，大卫喊了出来："反对！"

与此同时，几英里之外，杰尼克也大喊了出来："不！"紧接着的，是枪的轰鸣声。

"依据呢？"阿勒顿翘起一侧的眉毛，"我已经裁决过了，这与案件相关。"

"缺乏证据。"大卫说道。

法庭中，大卫顺着阿勒顿怀疑的目光看去。"确切地说，根本没有证据可以表明车中的就是卡西迪博士。"

梅斯看起来如同想跳到大卫的身上一样。"这个行为严重妨碍到了我就此情况对这位证人的核实。"他喊道。

"我能前去法官席吗，法官阁下？"大卫问道。阿勒顿做手势，让律师们前去法官席。片刻踌躇后，马克斯和大卫一起来到了法庭前方。

大卫立刻开始了自己的陈述。"没有任何证据可以证明在车中的就是卡西迪博士。这种在陪审席前毫无证据的推断对我们极为不利。"

"哦，请你严肃点，克尔顿先生，"梅斯说道，"那是她的车。当时是谁在驾驶？是圣诞老人开着她的车回北极吗？准确地说，这就是她第一次非法入侵实验室的地点。"

"你并没有问她是不是将车借给了别人，或者那天晚上车是否在她的控制之下。"

"她已经澄清了，她没有去实验室，"阿勒顿向梅斯说道，"你还有其他相片能够说明车中的是卡西迪博士吗？"

"我们仍然在检查保安录像，但是开车的人一直没有下车。"

"我想，"阿勒顿说道，"可能是其他人借走了她的车，然后晚上的时候将车开到了 CAPS 实验室，原因尚不明确，克尔顿先生，但在我看来可能性不大。"

"无论可能性是大是小，"大卫回答道，"这样的事情确实发生了。"

"你怎么知道？"梅斯的语气中带着嘲讽。

现在的辛迪正倒在血泊中，血液从她脖子和胸口处的伤口向外流淌着，她缓缓地向前爬了几英尺，然后费力地伸出手。我能听到来自她的胸口的喘息声。她将手指绕在布娃娃身上，将她向自己拉近。她将嘴唇贴在布娃娃脸上，然后闭上了眼睛。

杰尼克缓缓向辛迪爬去。他检查了一下辛迪的脉搏，他的血液和辛迪的血液混在了一起。片刻之后，保安员帮助杰尼克坐在了椅子上。

"叫救护车。"其中一个保安员对女人道。

在我睡眠质量极差的那段时间里，我总是在每天晚上做同样的梦：我在宠物医院，需要为手术室中流血不止的狗儿做紧急手术。而我每向前迈一步，距离手术台却远一步。我能看见它在流淌着的鲜血，但却束手无策。我只能看着，无助又惶恐地看着。现在，是同样的感受。

法庭中，大卫如同戴着面具一样。"确切地说，向她借车的那个人是我，"他说道，"车中的人是我。"

"你说什么？"阿勒顿说道。

"车中的人是我。"大卫重复道，"新年前夕，我们正在我的家中准备证词。在审判之前我想看一下 CAPS 的结构，想摸索一下那个地方。但我不想引起所有人的注意。我用她的车是因为路面上有积雪，我想开一辆四轮驱动的车去那里。"

马克斯将手挡在面前咳嗽了一声，但我看到了他在笑。

阿勒顿打量着大卫，眼神中透着怀疑。"我明白了。"他最后说道。

"我请求法庭要求大卫宣誓。"梅斯要求道。

"你还有卡西迪博士在那晚进入过实验室的证据吗，梅斯先生？"阿勒顿问道。

带着不情愿，梅斯回答，"没有了。但是克尔顿先生的故事讲不通。在午夜开车？又是在新年前夕？"

"有这种可能，梅斯先生。"阿勒顿说道，"我甚至怀疑在这样的特殊情况下，人们有可能会在新年前夕做出更怪异的行为。但我并不是想评价克尔顿先生的行为。克尔顿先生是一位法院官员，"阿勒顿继续说道，目不斜视地盯着大卫，"当他在法庭上以公职人员的身份讲话时，例如现在，他就是在誓言之下讲话的，对吗，克尔顿先生？"

"当然。"

"克尔顿先生已经向法庭作出了事实陈述。如果克尔顿先生向法庭说谎，他知道我会剥夺他的律师资格，对吗，克尔顿先生？"

"是的。"

"他知道我会毫不留情，并且不会考虑他现在的情况——包括私人和其他情况，对吗，克尔顿先生？"

"是的。"这个曾向年轻律师讲述誓言的重要性，一直害怕自己为人真实的名誉被玷污，在不法行为面前一贯选择正义的人说道。

"很好，"阿勒顿继续说道，"与克尔顿先生的陈述一样，卡西迪博士所说的内容已有誓言为证。你们没有反证。我认为我们都可以承认一点，原告一方提出的问题对被告一方是存在偏见的；你们正在控告卡西迪博士违反保释协议。如果成立，卡西迪博士将因此被捕入狱。而证据的缺乏⋯⋯"

"但是相片⋯⋯"梅斯的抗议被法官打断。

"那算不上是任何反证。所以我认为现在让克尔顿先生宣誓没有任何必要。"

"但是⋯⋯"梅斯嘟囔道。

"没有但是，梅斯先生，"阿勒顿说道，"绅士们，请回律师席。"

律师们回到了他们的席位，阿勒顿没有看见大卫的眼神。

当大卫坐下的时候，杰西似乎想对他耳语几句，而他将头转开了。

阿勒顿向陪审团转过头。"对于此次质疑，我支持对方的意见。现在我要求你们忽略相片所带来的任何影响，以及任何有关相片的问题。这种质疑是不合理的，不应该影响到你们的思考。对瓦塔葛博士，你还有其他问题吗，梅斯先生？"

梅斯沉默片刻，然后说道，"我们能休庭片刻吗？"

"好的，休庭10分钟。"阿勒顿说道。

没有顾及团队中的其他成员以及记者，大卫抓住杰西的胳膊将她拽出法庭，走到了走廊的一个角落。

他们一走出人群，杰西立即说道："对不起。"

"没有了？除了对不起就没有别的了吗？"大卫气得发出嘶嘶声。

"是我他妈的搞砸了。我知道，"她说道，"我没想做任何事，我只是想透过窗户看看她。我没有看见任何保安摄像机。他们将栅栏修好了，所以我就开车回家了。我没想到自己会被录下来。"

"然后你就对我隐瞒真相？你向我说谎，真他妈的见鬼！"大卫几乎控制不住自己了。

"如果我告诉你，这一切在没开始的时候就会结束。"

"就应该在没开始的时候结束。去那里的时候你他妈的到底在想什么？"

她的声音颤抖着，"很明显，我什么都没有想。好吗？"

"难道你傻吗？传讯杰尼克作为证人的意义就在于让他根据海伦娜的视频质疑自己的决定。现在他会认为你就是个疯子。连疯子都比不上，他现在肯定更加坚信自己之前的看法了。"

"或许他会相信当时在车里的是你。"

"哦，别开玩笑了。陪审团不知道真相，但是发生了什么杰尼克很清楚。瓦塔葛也一样。"大卫用手搓着前额，似乎是想摆脱他说谎的那段记忆，"你违反了保释协议，我帮你蒙混了过去。如果阿勒顿知道真相，他现在就会将你送进贝德福德监狱。我会被取消律师资格。"

"但是他不知道，也不会知道，对吗？"

"你从一开始就在利用我，是吗？只要得到你想要的，你会不顾一切代价。"

"你真的这么不了解自己吗？我没有让你为我说谎。"

"除此之外，你没有给我留下任何选择。"

"胡说。你可以保持沉默。"

"那样我就会和你一样害死辛迪吗？那样海伦娜就会死不瞑目吗？"

"不，那样你就能够在结束一个生命和拯救一个生命之间做出选择。欢迎你来到我的世界。"

"也许杰尼克是对的。你是什么时候开始不再是科学家的？是在你得到ILP之前，还是之后？"

这是对杰西的迎头一击。当她再次看着大卫的时候，她的眼睛出奇的明亮清澈。"我也希望杰尼克是对的。这样我就可以向那个我不屑一顾的法官撒谎去拯救我的挚爱了。这是我的人性。"杰西向后走了一步，"你是怎样利用意识体的特权的，大卫？告诉我，你究竟做了什么值得用'有人性'形容的事？"

大卫张开嘴想要回答，但是他却没有说出一个字。

"我想，"杰西放高声调，"当你能够回答我的这个问题的时候，律师大人，你就可以审判我了。"

杰西擦过我丈夫的肩膀，然后走回了法庭。

直到这一刻我才发现，原来杰西，大卫，还有我，都在利用自己的方式寻求着同一个问题的答案。

休庭结束，阿勒顿问梅斯，"对瓦塔葛博士还有其他问题吗？"

梅斯摇头，"没有了。"

救护车响着刺耳的警报声，而后将杰尼克带走了。实验室中，两个保安将辛迪已无生命迹象的躯体推进了一个带有轮子的小笼子里面。辛迪睁着眼睛，但目光中已失去了往日的活泼。她将手指伸出笼子的网格，即使现在她还在寻找杰西的手。或者，也许是我的手。

然后两个人开始将她推向门口。一个保安在靠近立方体的地方弯下腰。他捡起了那个起初属于我后来属于辛迪的布娃娃。"怎么处理这个东西？"他问他的同伴，而他的同伴耸了耸肩。这位保安将布娃娃抛入立方体中。

那两个人将辛迪的躯体拖出了实验室的入口。将布娃娃扔回立方体的那位保安草草地扫视了一下实验室，关了灯，锁了门，然后离开了。将我独自留在了那里。

"要对瓦塔葛博士进行交叉询问吗，克尔顿先生？"阿勒顿问大卫。

这个问题将我带回了审判室。交叉询问——质问、揭露、发现价值。

一定是。我现在懂了。大卫会在证人台上将瓦塔葛摧毁，就是这个过程，它将结束我痛苦的轮回，将我的灵魂释放。大卫将成为我的守护者，他会将这个故事赋予我一直在寻求的意义。这一定是我在这里的原因，一定是瓦塔葛从我的过去走回的原因，一定是大卫帮助杰西的原因，也一定是辛迪离开、我去世的原因。以上的种种才使这一刻成为可能。所以最后这一切才会有意义。祝福这最后的凄美吧。开始，中间，以及现在的结局。它的意义将非比寻常。

整个法庭的人们似乎和我有着同样的感受。观众们带着同样的预期与心跳。

大卫站起身来，向陪审席前方的讲台走去。还没有走出两步，马克斯拽住大卫的衣袖。"这个人是一个真正的信徒，"马克斯小声说道，"她可能会伤害到你。"大卫点头，然后转向瓦塔葛。

他向这个折磨着我的记忆的女人笑了笑。她同样点头示意。"你已经涉足动物研究有 35 年之久了？"大卫开始道。

"35 年了，是的。"瓦塔葛回答道。

"那么，在这 35 年期间，你向多少个动物注射过安乐死？"

"我没有记录过——不会多出我通过自己的研究救助过的人的数量。"

"几百只动物？"

"哦，当然。"

"上千只？"

"当然。"瓦塔葛毫不犹豫地重复道。

"上万只？"

"也许吧。"

"已经多到了你数之不尽的程度？"

"不是的。只是我不知道一个确切的数字。"

"为什么？"

瓦塔葛耸肩，"成千上万只动物——这个数字对于人类病理学的发展完全没有任何意义。"

"就是说，"大卫重新拾回刚刚的话题，"如果你必须为一万只动物施与安乐死去拯救一个人的生命的话，这样的结果是可以接受的？"

"不，不仅仅是可以接受的，克尔顿先生，"瓦塔葛说道，"做出其他选择就是在科学领域犯罪。"

"即使那一万只动物都是像辛迪一样的黑猩猩？"

"是的。即使它们都已经被训练得能够背出整个《独立宣言》也会是同样的结果。"

大卫整整一分钟没有说话。"谢谢你的坦率，博士。"他说道，"祝你好运。没有其他问题了。"

瓦塔葛走出证人席，经过挤满观众的坐席，她走了出去。

马克斯是对的。瓦塔葛并不邪恶，也并不疯狂，或者，甚至我现在必须承认，她毫无怜悯之心。她只是相信自己的世界观的正确性。

我的格兰德尔已经成为了人类，经过这个转变，变得更加强大了。她如此强大，我无法再自欺欺人了。

根本就没有什么更重大的隐藏意义，没有装着肯定生命意义的文字的金色信封，没有打开秘密隧道的银钥匙。天使根本不会带着秘密名册唱着圣歌飘摇而下。有的只是连续的结局，而现在迎接我的，是黑暗。我感觉到了它的侵袭。没有什么会被真正地拯救。从来都没有。不是查理、不是辛迪、不是大卫，也不是我。梦想与真理只是我的一相情愿。

我突然感觉非常疲惫——如同在水上走了几天的路一样。我一无所有了，我也耗尽了时间。我自己的页码变成了空白。我现在能做的，只有忍受沉默，去见证那些已毫无意义的结果。

一个身着商务装的年轻人，满头大汗地冲进审判室，气喘吁吁。他扫视了一下人群，找到了梅斯，向他耳语了几句，梅斯的脸瞬间苍白了，"你确定吗？"

年轻人点头。

"在结案陈词之前还有其他事项吗？"阿勒顿问道。

"有。"大卫回答道，"鉴于以上陈词，我方恢复一项请求，将辛迪带入法庭供陪审团考核。"

梅斯站了起来，"我们能去法官席商议吗，法官阁下？"

阿勒顿叹了口气，而后点了点头。梅斯和大卫走了过去。

"所以，"阿勒顿看着梅斯，"现在出现什么状况了？"

"法官阁下，"梅斯小声说道，"你要求我们 …… 但是我，实际上 …… 我陈述一下关于正在考虑向法庭提供的财产的现有状态，对于任何意外情况我们要做出提前通知。我刚刚得知情况有变。正在考虑向法庭提供的项目 …… 哦 …… 那只黑猩猩 ……"

大卫抛开所有他假装出来的沉稳，"她怎么了？"

梅斯没有理会他，"在杰尼克正准备对她进行测试的时候，她袭击杰尼克，然后——"

"她死了？！"大卫的问题回响在整个法庭之中。陪审席和观众席随即传来了一阵混乱的骚动。

"请你冷静点，克尔顿先生。"梅斯身上虚张声势的本领瞬间消失不见了。

"别让我冷静！她怎么了？！"大卫丝毫没有降低他嗓音的分贝。阿勒顿并没有因此向他发出警告。所有人都在竖着耳朵倾听。

"回答问题，梅斯先生。"阿勒顿的声音如钢铁一般。

"在袭击杰尼克的时候，她被枪击中，死了。"

从阿勒顿法官一向平静、慎重的举止我们丝毫无法看出他胸中如同火山爆发一般的愤怒。"什么？"虽然只有两个字，但声音却响彻整个法庭，"本庭已经与你交涉过了！我已经与你交涉过了！根据你的陈述，我允许你撤销了任何有害指令！"

我听见身后有人在大声地哭泣。是杰西。我何尝不想和她一起流泪，但是我早已哭尽了泪水。克丽丝走上前去安慰她。

盖过杰西的痛哭声，梅斯努力地遏制阿勒顿的语流，"这是个意外。我的陈述是出于善意的。"

"善意？你还配用善意这两个字！"阿勒顿的声音稍微小了些，仅仅是稍微，"表面上你是坐在这里处理案件，暗地里你的委托人的行为却与你的陈词背道而驰。"

"根本不是这样。我确实是善意的。我被告知……"

"安静！"阿勒顿咆哮道。

"法官大人，您生气我能理解，但是……"

"你还没见过我生气时的样子。"

"但是……"

"回去！"

法庭中此时弥漫着低沉的嗡嗡声。阿勒顿敲了几下木槌，但对这噪音根本无济于事。他再次敲击木槌，木槌啪的一声断掉了，槌头从侧面掉到了他身后的某处，"安静！否则我会把你们中的某些人请出去！"

阿勒顿向法庭记者大吼道："公开发布，根据被告向原告提出的要求，原告提供其所谓的被盗财产供本庭检查的提议仍悬而未决。在听取了所有的陈词之后，经过进一步考虑，我决定通过此提议。相应地，我将要求原告向本庭立即提供其财产——名叫辛迪的黑猩猩——以供陪审团检查。"

梅斯站起身来回应，"法官阁下，您知道我们没有办法配合您的指令。正如我已经向您表明的，实验样本已经死了。"

"梅斯先生，依据你的陈述，她是国家财产。她的死活重要吗？请向本庭提供她的尸体，我同样想让瓦塔葛博士对其予以鉴定。她可以向陪审团解释，一只黑猩猩是如何从生到死的。我不得不说这是此财产的一个实质性改变，不是吗，梅斯先生？让她穿一套漂亮衣服，因为对于接下来的审判环节，我将同意美国有线电视新闻网的直播要求。"

梅斯挣扎着，不知道该说些什么。"请给我点儿时间，法官阁下。"他发了声牢骚，然后开始与他的同事们展开了激烈的讨论。

"你只有 60 秒时间，梅斯先生。"

30 秒过后，梅斯将头转向阿勒顿，昏昏沉沉地说道，"根据以上裁决和最近发生的事件，美国政府决定收回对被告的所有指控。"

法庭中一些观众开始欢呼，但是这种紧接着辛迪的死讯的欢呼声有些莫名其妙。

压过欢呼声，阿勒顿说道，"梅斯先生，这是你在整个案件中做出的最好的决定。"

紧接着，法庭书记员大喊："全体起立！"整个法庭中的所有人——除了我丈夫——都站了起来。在阿勒顿离开时，法庭中静默了片刻，随后大卫和他的整个团队被好心人和记者包围了起来。大卫没有理会身边的一切，他拿起了我的笔记本。他慢慢地一页一页地寻找着自己可能错过的线索。

没有在那里，大卫。从来都没有。

最后大卫费力地站了起来，重重地倚着桌子。他深呼吸了几次，"也许，如果我不等……"

"简直是胡说八道，"马克斯说道，"他们只会更早下手。"

"但是现在我们永远也不会知道了。"

"是的，"马克斯说道，"我们再也不会知道了。"

"有太多事情我们永远都不会知道了。"大卫自言自语道。

克丽丝和丹安慰着杰西。她承受得太多了。杰西将他们甩开，独自跑出了审判室。她将默默承受失去辛迪的悲痛。大卫看着她离开，并没有阻止。他们之间的和解，如果可能，只是时间的问题。大卫和我一样，已经无法再去安慰他人了。

一位记者对大卫说道，"克尔顿先生，动物维权委员会已经称辛迪为烈士了。他们说她的死亡所带来的影响会远远超出法庭上的案件的影响。您对此作何评价？"

"是的，我要评价一下，"大卫说道，"说这话的人真是愚蠢之极。我是来这里拯救一个生命的，不是赚取死亡的影响的。我失败了。我们都失败了。"

"别激动。"马克斯对大卫小声说道。

另一位记者挤到前面，"你们是否会向 NIS 索赔？"

马克斯走到大卫身前，"当然。诽谤、非法逮捕还有剥夺公民权。你放心，这仅仅是个开始。我们今天正在为卡西迪博士的研究奠定基础，我向你们保证，杀死辛迪的那个人尢论是谁，我都会让他写下第一张捐款单。"

"你们会要求解剖尸体吗？"

"我出去透透气。"大卫对马克斯说道，然后向出口处走去。

对我来说审判室中已经空空荡荡了。我跟着大卫走到了外面的台阶。他用手机向莎莉拨通了电话。

"大卫？"莎莉的嗓音中带着泪水的分量。

一听见她的声音，大卫剩余的意志便开始倒塌。"我们没能救得了她。"大卫说，嘴唇颤动着，声音沙哑。

"我知道。我在电视上看到了。我也很难过。我知道你已经竭尽所能了。但是现在你回家吧。"

"回家？"

"是的，斯基皮在等你。它不行了。"

大卫一下子懵了，但是他突然间想起了斯基皮的病，"不会的，莎莉，还发生了什么事，难道这些还不够吗？"

"我知道你的感觉。你已经竭尽所能了。但是家里需要你。我们需要你。越快越好，你明白吗？"

大卫以最快的速度赶到了家中。

当前门砰的一声被打开之后，我看见了他——眼睛红红的，领带已经被拽开，头发被风吹得很乱，尽是些褶皱，衣服如同他穿着睡过觉一样。这一刻，在我眼中，大卫就像是一个放学回家的小学生，穿着打架或是踢球弄脏的校服。

大卫走进屋中第一眼看见的便是斯基皮尖尖的脸，克利福德绕过它的肩膀抱着它。斯基皮痛苦地眯着眼睛。从它的前腿顺出了一根导尿管。克利福德跛着步子，睁着眼睛，但眼神却很冰冷。莎莉一步一步地跟着它的儿子，她只想陪在他的身旁。约书亚坐在一边，低着头，双手放在膝盖上。我很想知道，约书亚是不是在作最后的祈祷。

"它今天的情况恶化得很快，"莎莉对大卫说，"我们那时正在看审判的新闻报道，然后它突然开始挣扎着喘息。"

"我给它弄了些药物，它暂时还能呼吸，"约书亚说道，"但是……"然后他只顾摇头，"最后它还是会放弃的。对不起。"

"我知道，"大卫说道，"我能抱一会儿它吗？"

克利福德最终认可了大卫。他们的目光交汇在一起，他注视着大卫乞求的眼神。几秒钟之后，泪水从这个小男孩的面颊滑落，他点了点头。不知怎么的，克利福德似乎知道斯基皮就要离开了，"它想等着你，等你和它说再见。"

大卫将斯基皮从克利福德的怀中轻轻地抱了出来，将脸深深地埋在了斯基皮颈上的黄色绒毛之中，在那里，他嗅到了秋天的味道。"我们不会再让它痛苦，"他说道，然后将斯基皮用双手提起，那样他们就可以看到彼此的眼神，"你就快没事了。"大卫转向约书亚，说道，"好了，我现在该干点什么？"

"就是向静脉留置针中注射一下，"约书亚边回答边做好了准备，"几秒钟而已，是无痛注射。"

"在你注射的时候，我能抱着它吗？"大卫向约书亚问道。

"当然。"

大卫拉起克利福德的手，然后向莎莉转过头，"我想让你们和我一起坐在这里。"莎莉点头，因为她知道，这时她自己已经无法开口讲话。

大卫坐在沙发上，斯基皮躺在他的双膝上，莎莉和克利福德坐在他的身旁。当我再次注意克利福德的眼神的时候，我吃惊地看到了爱与平静，希望与信任，以及在那冰冷的法庭之中拒我千里之外的无数种情感。

伯尼和奇普拖着尾巴也来到了沙发旁边。奇普用鼻子爱抚着低着头满怀疲惫的斯基皮。伯尼坐在了大卫腿旁的地板上，伤心地喘息着。

"你走之后，"莎莉对着两只大狗说，"它们花了一整天的时间陪在它的身边。他们知道。"

"所以它们不会只是好奇他会去哪里，就像和……"大卫哽咽了。

克利福德轻轻地将头埋在斯基皮的胸前，闭上了眼睛。"它们会知道的，"克利福德说道，"它们一直都知道。"话语从克利福德的口中流出，但我不再肯定那是他的话。"我准备好了。"他说道。

大卫轻轻地爱抚着斯基皮的耳朵，然后将身了倾上前去，"在凉爽的夏日黄昏，我们一起坐在花树丛中，在月光之下寻找仙女。"我知道他是在和我讲话。我知道，他也是在和斯基皮讲话。

"我喜欢和你在一起的每一个瞬间。谢谢你的陪伴。"克利福德为我们说道。

约书亚手中拿着两支注射器，在克利福德的身边跪了下去。约书亚将一针镇定剂插入导管，按下了活塞。斯基皮几乎立即在大卫的怀中放松了下来。"我们准备好了吗？只几秒钟。"约书亚也一样哽咽了，他的手开始发抖。

大卫吻在了斯基皮的头上，"看见海伦娜的时候，告诉她，我说过再见了。告诉她……告诉她，她是对的，我能听见。"

"它在乎我们中的每一个，你们知道吗？每一个。"克利福德最后说道，然后身体变得僵直。

约书亚将第二根针管插入了导管，深深地吸了一口气。在约书亚还没有推动活塞的时候，大卫轻轻地将他的手从注射器上挪开了。"这该由我来完成。"大卫告诉他，然后他推动活塞，直到注射器中没有一点剩余。就在注射液耗尽的时候，斯基皮柔软地瘫在了大卫的膝盖上。

谢谢你，我的爱人。谢谢你。

约书亚摸了摸他的胸口。它的心脏不再跳动了。"它走了。"

沙莉将双臂抱在了大卫和她儿子的身上。大卫最后屈服了——向我，向斯基皮，向辛迪，向审判，向爱，也向记忆——那啜泣声摧毁了他的意志，他的牙齿吱吱作响。"可恶，可恶，可恶。"他流着泪抱怨着。

我看不见大卫，看不见克利福德，也看不见莎莉和约书亚这些个体了。相反，在我眼前的是一个整体。他们彼此联结着，组成了一个崭新的事物——超越了他们的曾经——以某种方式是可预见的，而某种意义上则不同。

一只小黑狗的离开让他们相拥在了一起；在这之前，一匹叫亚瑟的马儿让大卫和莎莉走到了一起；而在那之前，一只名叫小皮特的猫儿将莎莉和约书亚聚在了一起；再之前，一只名叫斯摩基的小猫将我带给了玛莎，然后玛莎和大卫走到了一起；再之前一只名叫查理的黑猩猩将杰西和我带到了一起。

在我生前，在一条几乎已经被废弃的黑暗的公路中央，一只恳求用快速的死亡来结束痛苦的鹿儿成全了我和大卫的邂逅。

杰西说过，沟通仅仅是以对倾听者有意义的方式传递信息的能力。它没有必要用词语表达出来，甚至大声说出来；只要有意义。那只鹿在最后的瞬间与我和大卫的沟通，如同辛迪向我讲话一样清晰、一样深刻。语言不同，但声音的力量一样。

它们都曾向我说话。它们都曾用这种不寻常的方式向我说话——一种改变了我又让我感动的方式。

看着莎莉、大卫、克利福德和约书亚如此欣然地分享着他们的爱与悲伤，这些碎片最终成就了它们的意义。我太愚蠢了，穿过整个森林去找寻生命那隐没而幽深的意义，而却错过了宝贵的树木：斯基皮、亚瑟、爱丽丝、奇普、伯尼、斯摩基、普林斯、科莱特、查理、辛迪，以及无数只其他的猫儿和狗儿们，我曾救助过的生命，它们更懂得如何去接受死亡，或者它们只是拥有获悉这一切的特权。它们中的每一个都有被珍视的权利，每一个在将我们联结到一起的过程中都发挥了极重要的作用，它们将我们的生命向前推进着，它们中每一个所付出的都远远超过了它们所得到的回报。

克利福德是对的，每一个都很重要。了解了它们之中的每一个让我倍感幸福，而读懂了这个整体让我无比满足。我想我做出了贡献，我也绝对肯定，我爱过。

我并非两手空空，至少，我爱过。

这已足够了。

第二十六章 UNSAID

新生

距离我最后一次见大卫已经七年了。我想再最后看一次他的面庞。

当我找到他的时候，他正沿着林中的一条小道散步，身旁跟着一只大黑狗。我对那狗很陌生。对于一个家庭而言，七年是一段不短的时光。

我立即看出了那狗儿髋关节发育不良，这意味着它的髋骨无法正常与其对侧的月状面相衔接。这只狗儿走路时将髋骨倚在大卫的腿上以寻求支撑。因此，大卫和狗儿必须以完全相同的步调行进，一个倚靠着另一个，走路时他们无比亲密。

他们走到了小路的尽头，面前瞬间出现了一所小房子。他们爬上了门前的几级台阶。在前门的一侧，一个简易的木牌上写道：

约书亚·马克斯医生。

莎莉·汉森医生。

大卫看着这木牌，笑了，满脸愉悦。我也笑了。

大卫和狗儿来到的竟然是一家兽医办公室。贴在墙上的海报记述了防治犬心虫以及保持犬类口腔卫生的益处。四只小猫——其中一只竟是已经成年的小彼得——懒散地挤在月亮窗旁。

一位年轻的女性办公室接待员兴高采烈地向大卫说道,"回来得真早。会议怎么样?"

"很好。我们找到了一只黑猩猩,经过测试这只黑猩猩相当于一个五岁的孩子。看来最后我们也许可以对公民权的学说发动攻击了。"

"黑猩猩终于可以做原告了。我没有想到真的会有这样一天。"

"要少用脑,多用心。"大卫笑着对她说道。

他们的对话被一阵严厉的呵斥声打断了,那声音是从接待处的后方传来的。毫无疑问,这绝对是莎莉的声音。"这一条一定要按我说的做,听见了吗?"莎莉对一个陌生人说道,"如果你自己连续呕吐三天没有人注意,你会是什么感觉?我是说,太荒唐了!你不是一个愚蠢的人,对吗?"

"对不起,汉森医生,"那个不明身份的人回答道,"你是对的,真的太对不起了。"

"别向我道歉,"莎莉说道,"生病的不是我。"

"斑迪,对不起。"那位主人说道。

"好了,你坐在这里吧,我去取血。"

接待员怀疑地摇头,"我还是很吃惊,他的客户居然又回来了。"

"如果对他们的动物的关心是真诚的,他们会为你宣传的。"

莎莉从体检室走了出来,牵着一条哈巴狗。她看见了大卫,跑过来给了大卫一个拥抱,"真见鬼,你怎么走了那么久?"

"想我了?"

"是啊,但你走的这两个星期约书亚一直闷闷不乐。下次走的时候带上他,好吗?"

"可以,但他会更离不开你的。"

"我知道你这样说肯定是因为他给了你好处。我要回去工作了,今晚过来一起吃晚饭吧?克利福德想让你帮他看看他的大学申请书。"

"好的。"大卫答道。

大卫走到了办公室后面,停了下来,让狗儿跟了上去。当再次并在一起的时候,他们又出发了。

大卫和狗儿一起来到了一幅巨大的壁画前方。

壁画中的每一个细节都图绘得非常精致:辛迪,手中拿着她的布娃娃,膝上放着一本打开的书，坐在人和动物们围成的圆圈中央，有斯基皮、伯尼、奇普、科莱特、亚瑟、爱丽丝，还有那只体型巨大的雌鹿、我、大卫、约书亚和莎莉。辛迪看起来像是在向我们读书，我们都在专心致志地倾听着。她正在读的是斯图尔特·罗斯的《灵长类动物活体解剖的道德和宗教影响》。第一眼看见这幅画我便知道，这一定是克利福德的作品，这是他的视角。我甚至猜得到辛迪正在阅读的段落。

大卫走过壁画，他会意地笑了，笑容中暗含着淡淡的忧伤。我敢打赌，他每次路过这幅壁画的时候，都会带着同样的笑容。

最后，大卫和狗儿来到了诊所后门。我听见了从门的内侧传来的孩子的笑声与狗儿愉悦的叫声。

大卫将门打开，用尖桩围起的一大片草地展现在了眼前。草地上，十多只不同品种、不同大小的狗儿与不同年龄的人们玩耍着。这些人中的几个似乎认识大卫，他们挥手和他打招呼，大卫以同样的方式回应。

一个小橡皮球滚到了大卫脚下，一只博德牧羊犬追了过来。一个看上去不过八岁左右的小女孩追在那只狗儿的后面。她停在了大卫面前，大卫将她抱起，像荡秋千一样将她荡在空中。女孩回头笑着。在轻轻地将她放在草地上后，她又开始追赶那只牧羊犬了，似乎一步都没有浪费。从头至尾，大卫的狗儿都骄傲地站在他身边。

一位英俊的年轻小伙子越过小女孩和她的狗儿慢慢地跑了过来。他同样停在了大卫面前。吉米长大了，就是这块伤疤、那只缺失的耳朵和那狡黠的微笑告诉了我，他就是很久以前那个打算拯救一箱小猫的小男孩。大卫与吉米握手。

"作为康奈尔兽医学院的新学生，感觉怎么样？"大卫问道。

"你已经听说了？"

"好消息总是传得很快。"

"我都不敢相信自己被录取了。"

"你一直很努力，你应该被录取的。"

"但是奖学金的事……我真的不知道该怎么感谢你。"

"基金选择了你，是因为你选择的活下去的方式。我们以向你提供资助而骄傲。"

刚刚拿着皮球追赶狗儿的小女孩现在正被狗儿追赶着。她的笑声更加快乐了。"过来，吉米。"她喊道。

吉米和大卫看着她从身前跑过，那笑声很有感染力。"我看你还是过去吧。"大卫说道。吉米给了大卫一个拥抱，有几秒钟的时间，他紧紧地抱着大卫，然后他也加入了追赶中。

距离这片草地500码的地方，大卫来到一座房子前。狗儿走上了前方的几级台阶，用前脚轻轻推开了屋子的前门，然后走进屋中喝水，它开始休息了。

这就是大卫现在生活的地方，被关心他的以及他关心的人和动物们围绕着。他做出了一个不错的选择。他的生命不再渺小了。

如果你问大卫他是怎样或者为什么来到这里的，如果他倾向于回答你的问题的话，他会模糊地向你解释一些关于我和辛迪的事，他还会说出保护那些以我们不熟知的语言沟通的动物的重要性。

我想我更了解。我知道这其中的真正原因。

大卫夺走了一个生命：他按下了注射器的活塞，杀死了另一个活着的生物。通过给予死亡，他最后开始懂得了生命的细节——那些将他从自己与其他人的联结中分离开来的事物，以及他更好的自己——并没有什么真正的意义。

没有了他的狗儿的陪伴，大卫独自绕过房子，很快来到一个6英尺高的石墙前面，墙上嵌着一扇圆形木门，与这砖石结构搭配得很完美。大卫从口袋中取出钥匙，打开了锁。

打开木门，映入眼前的是一片广阔的花园，花园被照料得很好。花的颜色组成了一个个引人注目的斑点，这些美丽的颜色向各个方向延伸而去。对这个地方我莫名地熟悉，尽管我肯定自己从没来过。

这些年的时光突然在我眼前凋谢，我想起来了。这就是大卫为我设计的神秘花园，多年以前，这个花园曾经被画在大卫收到的蓝图上。

大卫走进花园，关上了身后的门。在花园中央处那棵老橡树的投影下是一个巨大的石椅，周围是几座墓碑。墓碑上的名字清晰可见——斯基皮，奇普，伯尼，科莱特，辛迪，亚瑟，爱丽丝，还有一些我不熟悉的名字。

马克斯也在其中，正如他所希望的。也许你还不知道吧？他葬礼那天的天气确实不尽如人意，很冷，下着雨——有一百多人参加了葬礼。是大卫读的悼念词。每个人都落泪了，但没有一个人的哭泣声超过大卫（按马克斯的要求）。

还有，是的，我的名字也在上面。

大卫坐在石椅上，呼吸着紫丁香那淡雅幽香的味道，听着忙碌的蜜蜂们的嗡嗡声。

一只迷路的猫儿走出花丛，坐在了我的石碑前。猫儿开始清理自己，完全忽视了大卫。片刻之后，另一只迷路的猫儿从另一个方向走来，顺着斯基皮碑前的一缕阳光坐下去。接着，第三只猫，第四只猫……它们坐在了不同的墓碑之前。

一时间花园中来了十多只猫——橙色的、黑色的、长毛的、短毛的、花纹的和有斑点的——宁静、舒适、安心地沐浴着日光。

我的丈夫静静地注视着它们，几秒钟过后，他的脸上布满笑容。他说出了三个字："海伦娜。"

在我必须离开之前，我还有一点信息想留给你。

对于正在前方等待我的，我是正确的。那些我害怕面对的死去的生物确实正在终点等待着。它们都在。

它们看到了我内心的和善、慈爱与高贵，它们为我提起了压在心头的所有重量。它们对我的人性赐予了难以想象的宽仁。

阿门。

THE END